KB269717

작은 요새의 아이들

* 일러두기

이 책에서는 작품의 배경이 되고 있는 영국의 계량단위를 우리나라의 단위로 환산하지 않고 원작
대로 그대로 표기하였습니다. 원작의 내용을 정확하게 전달하기 위함이니 독자 여러분들의 넓은
양해를 바랍니다.
1피트 ≒ 30.5센티미터
1야드 ≒ 0.91미터
1마일 ≒ 1.6킬로미터

작은 요새의 아이들

로버트 웨스톨 지음
고정아 옮김

살림Friends

나의 아들 크리스토퍼 웨스톨에게 이 책을 바칩니다.

채스 맥길이 잠에서 깨었을 때 방공호는 조용했다. 회색 겨울 빛이 문 앞에 드리워진 커튼 사이를 돌아 들어왔다. 때는 언제인지 알 수 없었다. 어머니는 언제 나갔는지 없었고, 보험 증서와 비상용 브랜디 병이 든 작은 갈색 가방도 없었다. 우유 수레가 광장을 돌아서 오는 소리가 들렸다. 공습경보가 해제된 것이다.

채스는 머리를 긁으며 밖으로 나가 주변을 둘러보았다. 모든 게 똑같았다. 휘파람을 부는 우유 배달부도, 수레를 끄는 말도. 하지만 수레에 우유가 너무 많았고, 그것은 나쁜 징조였다. 우윳병이 남는다는 것은 간밤에 어느 집인가 폭격을 당했다는 뜻이기 때문이다.

부엌문으로 돌아가니 맥길 부인이 등유 히터를 켜고 빵을 튀기고 있었다. 안전한 냄새가 났다. 창문은 유리 두 장이 더 깨졌는데 맥길 씨는 네슬레 우유 상자 판지로 그 틈을 막아 놓았다. 판지의 글씨는 똑바른 각도를 유지하고 있었다. 그는 그런 일에 무척 까다로웠다.

맥길 씨는 머그잔에 담긴 차를 들고서 히터 옆에 앉아 있었다. 피곤해 보였지만 아직도 베레모를 어깨끈에 끼워 넣은 단정한 공습 지도원 제복 차림이었다.

"식품점 아가씨 알지?"

"머리 색깔이 빨간 아이?"

맥길 부인이 계속 스토브 위에 허리를 굽힌 채 물었다.

"그래. 직통으로 맞았어. 몸통 절반은 앞마당에서, 나머지 절반은 집 뒤편에서 발견됐다는구먼."

"그 아이는 지하 방공호를 싫어했지. 그러다가 산 채로 묻힐지 모른다고……."

맥길 부인의 웅크린 어깨를 보고 채스는 어머니가 울음을 참고 있다는 걸 알았다.

맥길 씨가 그를 돌아보았다.

"네 토끼들은 무사하다. 치니 녀석 먹이에 유리가 좀 들어갔다만 내가 골라냈어. 하지만 온실 유리가 여섯 장이나 나갔어. 이런 식이라면 크리스마스도 국화 없이 보내야 할 거다."

"국화 없는 크리스마스가 크리스마스 같을까?"

맥길 부인이 말했다. 꽉 다문 입술이 바르르 떨렸다.

"여기 아침 먹어라."

채스는 기운을 냈다. 튀긴 빵 두 조각과 연분홍색 소시지 한 조각. 맛은 이상했다. 전쟁 전 소시지하고는 전혀 달랐다. 하지만 어느새 그런 이상함도 좋아지고 있었다. 그는 말없이 식사를 하면서 부모님의 대화를 들었다. 입을 다물고 있으면, 부모님은 자신이 옆에 있다는 것도 잊었다. 끼어들지 않아야 훨씬 더 재미있는 이야기를 들을 수 있었다.

"어젯밤에는 우리가 완전히 가는 줄 알았어. 정말이야. 그 급강하 폭격기…… 그게 이 방공호에 내려앉는 줄 알았어. 그런데 스폴딩 부인네가 당했지 뭐야."

"급강하 폭격기가 아니었어." 맥길 씨가 자신 있게 말했다.

"엔진이 두 개였어. 그게 지붕 높이까지 내려온 건 영국 공군에 쫓겨서였어. 아주 바짝 쫓겼지. 여기서도 포를 쏘는 게 보였어. 그러다가 결국 따라잡혀서 처턴에 있는 옛 세탁소에 떨어졌지. 폭탄을 가득 싣고 말이야. 거리가 1마일이나 되는데도 얼굴에 열기가 느껴지더군."

맥길 부인의 얼굴이 굳었다.

"어쨌건 아무도 안 죽었어. 그 세탁소는 빈 지 오래됐으니까. 그

나마 다행이지. 지금은 그저 껍데기뿐이야."

채스는 육면체 모양으로 공들여 자른 빵의 마지막 조각을 먹고
서, 아버지에게 부탁하는 눈길을 보냈다.

"제가 가 봐도 될까요?"

"그래, 가도 된다. 하지만 벽돌밖에 없을 거야. 다 무너졌으니까."

어머니의 얼굴에 의심이 떠올랐다.

"재가 가도 괜찮을까?"

"가도 돼. 아무것도 없어."

"불발탄은?"

"없어, 어젯밤은 조용했어. 우리 전투기가 많이 떴거든. 그래서
포 소리가 들리지 않은 거야."

"엄마 장바구니 빌려 가도 돼요?" 채스가 말했다.

"그래. 하지만 잃어버리면 안 돼. 그리고 네 그 잡동사니들은 집
으로 들이지 말고 곧장 온실로 가져가라."

"학교는 몇 시냐?" 맥길 씨가 말했다.

"열 시 반이요. 공습이 자정 이후까지 있었으니까요."

전쟁 덕을 보는 일도 있었다.

채스의 전쟁 수집품 목록은 가머스에서 두 번째가는 것이었다.
그건 어디에서 수집품을 찾아보느냐에 달려 있었다. 멍청한 애들

은 도로 위나 배수로 같은 데를 본다. 마치 그 물건들이 거기서 그 애들이 올 때까지 기다리고 있기라도 한 듯이. 가장 좋은 곳은 누구도 들여다볼 생각을 하지 않는 곳이다. 쥐똥나무 생울타리 밑의 마른 흙 같은. 거기는 땅에 닿으면서 금속 버섯처럼 찌그러진 기관총 탄환도 자주 나타났다. 하지만 멍청한 아이들은 생울타리를 관통해서 떨어지는 건 아무것도 없다고 생각했다.

채스는 사방을 살피며 걸었다. 마스턴 로드 모퉁이 근처에서 도로가 1야드 정도 하얗게 타 있었다. 소이탄이었다! 근처에 꼬리핀이 있을 것이다. 꼬리핀은 대개 폭탄이 터질 때 탕 하고 강하게 떨어져 나가기 때문이다.

곧 어느 집 마당에서 꼬리핀 하나를 발견해 외투 자락에 닦았다. 좋은 것이었다. 구부러지지도 않았고, 암록색 페인트도 그대로였다. 하지만 그건 그런 건 이미 열 개나 있었다.

보드서 브라운은 열다섯 개를 갖고 있다. 보드서의 전쟁 수집품 목록은 가머스에서 최고였다. 모두가 인정했다. 전에는 거기에 의문을 품는 아이들도 있었지만, 보드서가 3.7인치 대공 포탄의 노즈콘(원뿔 모양을 한, 포탄의 앞부분-옮긴이)을 발견한 뒤로 논란은 잠들었다.

채스는 한숨을 쉬고 꼬리핀을 장바구니에 넣었다. 꼬리핀을 백 개 발견한들 노즈콘 하나를 당할 수 없다. 옛 세탁소 자리에 가지

않고도 이미 거기 가 봐야 소용없다는 걸 알았다. 비행기 파편이 여기저기 눈에 띄었지만, 그저 옆면이 검고 모서리가 반짝이고 젖은 종이처럼 구겨진 알루미늄덩어리일 뿐이다. 수집품으로 아무런 가치가 없었다. 그런 걸 보여 주면 아이들은 '너희 엄마 주전자를 잘라 왔구나.' 하고 놀렸다. 물론 그 위에 숫자나 독일어가 쓰여 있으면 사정은 달라졌다. 그리고…… 채스는 가슴이 살짝 조이는 느낌에 한숨을 쉬었다. 진짜 나치 문양이 있다면……. 하지만 이 파편들은 그저 검은색과 은색덩어리일 뿐이었다.

충돌 현장은 완전한 파국이었다. 채스가 관심 있는 것은 부분적 파국이었는데—오층 건물 벽에 아직도 걸려 있는 그림들이나 무너지기 직전의 아슬아슬한 굴뚝들 같은— 옛 세탁소 자리는 시청 철거반이 다녀간 것처럼 박살이 나 있었다. 깨진 벽돌더미와 폭격기 엔진 두 개가 전부였다.

엔진 하나는 창문이 다 깨지고 천장이 내려앉은 공영 주택 앞마당에 있었다. 그 집 사람들은 둥지 잃은 개미처럼 정신없이 왔다 갔다 하면서 무너진 집에서 살림을 꺼내다 여기저기 쌓았고, 그런 다음에는 그 더미를 해체해서 새로운 더미를 만들고 있었다. 채스는 개미들을 보듯 아무런 연민 없이 그 가족을 바라보았다. 그들이 거의 난민 지경이었기 때문이다. 슬리퍼를 신은 뚱뚱한 여자 한 명과 크기가 다양한 아이들 한 무리가 있었는데, 아이들 머리는 모두 변기 솔 같고 목이 안 채워지는 거친 밤색 셔츠에 강철 징을 댄 구두를 신고 있었다.

채스는 담장 너머로 그들을 보았다. 여자가 출렁거리는 요강을 든 채 멈춰 섰다.

"뭘 그렇게 쳐다보냐, 망할 놈아! 할 일이 그렇게 없어?"

"저 엔진 좀 봐도 될까요?" 채스가 별 기대 없이 물었다.

"안 돼. 그건 우리 거야."

"아녜요. 공군부 소유예요. 법에 그렇게 돼 있어요."

채스가 당당하게 말했지만 별로 자신은 없었다.

"아냐. 저건 우리 거야. 저게 우리 집을 부쉈으니까. 얼른 안 꺼지면 우리 커스버트가 가만 안 있을 거야."

커스버트는 가장 큰 '변기 솔'을 말하는 것이었다. 그가 갑자기 흥미가 생겼다는 표정으로 돌멩이를 집어 들었다. 다른 변기 솔들이 커스버트 주변에 공격 대형으로 모여 섰다. 채스는 욕을 내뱉고 떠나려고 몸을 꼿꼿이 세웠다.

"웨스트 처턴 쓰레기." 채스 어머니가 자주 사용하는 말이었다.

"재수 없는 보크웰놈. 너희 동네로 가. 이건 우리 엔진이야. 신문사에서 오늘 사진을 찍으러 온다고 그랬어."

여자는 몸을 세우고, 벽에 기대 세운 부서진 현관문을 이리저리 맞추었다. 그 위에는 분필로 '정상 영업'이라고 쓰여 있었다.

변기 솔의 주먹에서 돌멩이가 날아왔고 공격 대형이 전진하기 시작했다. 채스는 달아났다.

두 번째 엔진은 지역 경찰관 뚱보 하디가 지키고 있었다. 경찰을 표시하는 P자가 쓰인 흰색 양철 모자를 쓴 채 근엄한 표정을 짓고 있었지만, 그래도 전쟁 전에 수많은 공사 현장에서 채스를 쫓아 낸 명청이 뚱보 하디인 것은 변함 없었다.

두 번째 엔진은 공영 주택 마당의 엔진보다 훨씬 좋았다. 프로펠러도 아직 붙어 있었다. 프로펠러 날들은 말편자 모양으로 굽었지만, 붉은 페인트가 반짝이는 동그란 중간 부분은 전혀 손상되지 않았다. 채스는 욕심이 목까지 차올랐다. 저것만 가질 수 있다면……. 그 어떤 3.7인치 노즈콘을 갖다 댄들, 비행기 엔진에 비할쏘냐! 프로펠러는 헐거워져서 바람이 불 때마다 흔들거렸다. 파이 냄새라도 나는 것처럼 입안에 침까지 고였다.

뚱보 하디를 다른 곳으로 보낼 방법이 없을까? 불발탄? 채스는 재빨리 눈에 먼지를 한 움큼 집어넣어서 눈물을 줄줄 흘렸다. 그러고는 뭐라고 알아들을 수 없는 말을 떠들며 뚱보 하디에게 돌진했다. 경찰관 앞에 이르자 채스는 자기도 모르게 손을 들었다. 학교에서 익힌 습관의 힘은 강했다.

"경찰관님, 우리 어머니가 급하게 부르세요. 마당에 구멍이 깊이 패였는데 재깍재깍 소리가 나요."

뚱보는 어찌할 바 모르는 표정이 되었다. 비행기 엔진을 꼬마 도둑들에게서 지키는 일도 중요했지만 불발탄을 제거하는 일 역시 중요했다.

"얼른 가 보세요! 동네 꼬마들이 다 모여서 안을 들여다보고 있단 말이에요."

뚱보는 채스의 어깨를 잡고 흔들었다.

"어디냐? 앞장서라!"

"안 돼요. 엄마가 폭발할지도 모르니 저는 가까이 오지 말라고 그랬어요. 할머니 댁으로 가야 돼요. 하지만 폭탄 위치는 마스턴 로드 19번지예요."

뚱보는 뒤뚱뒤뚱 뛰어갔다. 널따란 엉덩이에서 방독면 집이 덜렁거렸다. 그가 시야에서 사라지기도 전에 채스는 엔진 앞으로 다가갔다. 진짜 엔진이라는 실감이 밀려들었다. 엔진 커버에 독일어가 쓰여 있었다. 채스가 알아볼 수 있는 건 'öel'이라는 글자뿐이었다. 가까이서 보니 모든 것이 컸다. 비틀린 프로펠러 날은 종려 잎처럼 하늘을 향해 말려 있었다. 럭비공처럼 가뿐하게 들 수 있을 것 같던 빨간색 중앙 스피너는 이제 보니 술통만큼이나 컸다. 스피너를 당겨 보았다. 앞으로 어느 정도 나오다가 움직이지 않았다. 채스는 반짝이는 빨간색 몸통을 다시 한 번 당겼다. 여전히 꼼짝하지 않았다.

"나치 악당들!"

손이 미끄러져 피가 나자 채스가 소리를 질렀다. 그는 벽돌덩어리—벽돌 네 개가 시멘트로 붙은—를 주워 머리 위로 들어 올린 뒤 스피너를 향해 내리쳤다. 빨갛고 예쁜 물건은 우그러들었지만 그래도 꼼짝하지 않았다. 다시 내리쳤다. 페인트가 벗겨지면서 흰색 함몰 자국이 또 하나 큼지막하게 생겼다. 그것은 이제 소장할 가치가 없는 폐품이 되었다. 그래도 스피너는 떨어지지 않았다.

뒤에서 버럭 고함 소리가 들렸다. 뚱보 하디가 돌아와 있었다. 일그러진 얼굴에 땀이 뻘뻘 흘렀다. 채스는 곧장 달아났다.

그다지 걱정되지는 않았다. 하디는 이미 숨을 헐떡이고 있었기 때문이다. 50야드도 못 따라올 것이다. 그저 발밑의 돌 부스러기들이 신경에 거슬렸다. 넘어지면 잡힌다. 채스는 발밑을 조심하면서 우드 숲으로 달렸다.

우드 숲은 웨스트 처턴 홀 지역에 있었다. 아버지 말에 따르면, 한때 웨스트 처턴 홀은 남부러울 게 없었다. 하지만 공장이 들어서고 공영 주택이 세워지자 그들은 그것을 수치로 생각했고 당황스러워했다. 이제 그 집에 남은 것은 땅에 팬 구멍과 벽돌들, 그리고 석탄재로 뒤덮인 시커먼 바닥뿐이었다. 그리고 녹물이 가득 찬 물 탱크, 그게 전부였다.

거기다 우드 숲은 황량하고 볼썽사나웠다. 어른들은 주변에 쓰레기를 버렸고, 아이들은 나무에 올라 가지를 부러뜨렸다. 하지만 그 안쪽으로 들어가는 사람은 아무도 없었다. 유령이 나온다는 말도 있었지만, 채스가 발견한 것은 그저 춥고 썰렁한 느낌뿐이었다. 그런 건 목 없는 기사처럼 짜릿하지 않았다. 그래도 이상하게 음침한 기운이 감도는 곳이기는 했다.

찔레 덤불은 해마다 무성해졌다. 채스도 그곳을 뚫고 가는 길을 하나밖에 알지 못했다. 그리고 그는 지금 바로 그곳, 그러니까 사람 손가락만 한 찔레 가지들이 가시 철망처럼 뒤엉킨 곳을 납작 엎드려 지나가고 있었다. 이제 안전했다. 뚱보 하디는 따라올 생각조차 하지 않았다. 풀밭이 젖은 것을 보고 채스는 얼른 일어섰다. 헐벗은 가지 틈으로 하늘의 잿빛이 더욱 도드라져 보였고 갑자기 모든 게 지겨워졌다. 그래도 기왕 여기 왔으니 수집품을 찾아보는 것도 좋을 것 같았다. 웨스트 처턴 홀은 아무도 오지 않는 곳이었다. 채스가 소장하고 있는 것 중 가장 멋진 포탄 파편도 바로 여기서 찾았다. 길이가 1피트나 되고 표면이 매끈한 데다 옆면에 골무늬로 패여 있었지만 가장자리는 고르지 않은 이처럼 들쭉날쭉했다.

그는 공기를 들이켰다. 우드 숲에 어울리지 않는 냄새가 났다. 휘발유 냄새와 폭죽 냄새가 뒤섞인 것 같았다. 가이포크스데이(11월 5일. 1605년 가이 포크스가 화약으로 의회를 폭파하려다 실패한 사건을 기념해서 폭죽을 터뜨리며 논다-옮긴이)는 아직 며칠 남았는데 이상했다. 아이들이 장난을 친 게 분명했다. 냄새는 점점 강해졌다. 아주 많은 휘발유가 있는 게 분명했다.

나뭇가지 위에서 무언가 햇빛을 가로막고 있었다. 새로 들어선 건물? 비밀 군사 기지? 새로 설치한 대공포? 무언지 제대로 보이지 않았다. 그저 색이 검다는 것밖에 알 수 없었다.

그러다 채스는 그 물체의 꼭대기에 박힌, 흰 테가 둘린 검은색 나치 문양을 똑똑히 보았다. 앞으로 달려가 봐야 할지 돌아서서 달아나야 할지 판단이 서지 않았다. 그래서 가만히 서서 귀를 기울여 보았다. 들리는 건 파리들이 붕붕거리는 소리뿐이었다. 개똥 위로 모여드는 파리를 쫓으려고 할 때처럼 요란한 소리였다. 여름 이 지난 게 언젠데 파리가 이렇게 꼬이는 걸까?

앞으로 다가가 보았다. 물체는 높이가 집채만 했고, 서로 직각을 이루는 네 개의 부분으로 갈라져 있었다.

빈터로 뛰어들어 보니, 그것은 비행기 꼬리였다. 세탁소에 추락한 독일 폭격기. 기체 대부분이 세탁소에 떨어진 건 맞았다. 하지만 꼬리는 공중에서 잘려 단풍나무 열매처럼 빙글빙글 돌며 따로 떨어졌다. 책에 보면 그런 이야기들이 나왔다. 역시 책에서 읽은 것으로 보면, 이 비행기는 하인켈 He 111이었다.

채스는 갑자기 자부심이 차올랐다. 이걸 신고하면 아홉 시 뉴스에 나올 것이다. 뉴스 진행자의 목소리까지 들리는 것 같았다.

11월 1일 밤 가머스에 떨어진 정체불명의 폭격기는 하인켈 He 111기의 신형 비밀 기종으로 판명되었습니다. 폭격기를 발견한 찰스 맥길은 가머스 고등학교에 다니는 평범한 학생입니다. 아, 다시 말씀드리겠습니다. 가머스 고등학교 3학년 A반 학생입니다(영국의 고등학교는 대개 13세에서 16세 또는 18세까지 다닌다. 그러므로 3학년은 우리나라 중학교 3학년과 비슷한 학년이다. 채스는 찰스의 애칭이다-옮긴이) 이 소년의 예리한 눈이 없었다면, 우리는 적들이 전격전에 사용하는 몇 가지 필수 비밀 무기를 발견하지 못했을 것입니다.

채스는 한숨을 쉬었다. 만약 신고하면 사람들은 이것을 쓰레기처럼 치울 것이다. 전에 반짝이는 새 소이탄 장착대를 지도원 초소에 가지고 갔을 때 그랬다. 그들은 고맙다는 말조차 하지 않았다.

결국 뉴스에 나가는 걸 포기했다. 그것은 완전히 정상적인 하인켈 He 111기였다. HX-L이라는 등록 문자가 새겨지고, 전형적 상부 총좌에 기관총 한 대가 있는…….

채스는 침을 꿀꺽 삼켰다. 기관총은 아직도 검게 반짝이며 총좌에 붙어 있었다.

채스는 손을 뻗어서 총신을 당겨 보았다. 회전대 다리 하나가 충격에 부러져 있었다. 다른 다리를 비틀어 보았지만, 기체의 알루미늄은 부러지지 않고 휘어지기만 했다. 게다가 반짝이는 탄띠는 기관총에서 도로 기체 안으로 들어갔다. 탄띠가 멜빵처럼 기관총을 붙든 채 채스의 잡아 내리는 힘에 저항하고 있었다. 저 탄띠를 풀 수 있다면…….

둥근 총신을 잡은 뒤 운동화 밑창을 비행기의 둥글게 굽은 측면에 대고 원숭이처럼 기체를 기어올랐다. 그리고 조종실 안을 들여다보았다.

기관총 사수는 아직도 거기 앉아서 앞을 보고 있었다. 부드러운 털가죽 장갑을 낀 한 손은 기관총을 다시 가져오기라도 할 듯 위로 쭉 뻗어 있었고 다른 한 손은 전투복 바지 위에 올려져 있었다. 머리에는 루프트바페[독일 공군]의 검은 가죽 비행 헬멧을, 눈에는 고글을 쓰고 있었다. 흐린 회색인 오른쪽 눈은 참을성 있게 그리고 조금 슬픈 표정으로 고글 밖을 내다보았다. 착해 보이는 젊은이였다.

고글의 다른 쪽 유리는 깨져 있었다. 고글 테는 끈끈한 붉은색으로 덮여 있었고, 안쪽에는 파리 떼가 들끓었다. 파리 떼는 채스가 오는 순간 요란스레 날아오르며 붕붕거리다가 다시 고글 안으로 들어갔다.

공포스런 한순간, 채스는 그 나치 병사가 살아 있어서 장갑 긴 손을 뻗어 자신을 잡으려 한다고 생각했다. 하지만 곧 그가 죽었다는 사실을 깨닫자 더욱 끔찍해졌다. 그것은 싸움박질을 할 때, 자신이 이기는 줄 알고 있다가 갑자기 입에 찝찔한 피를 물고 바닥에 뻗으며 내가 질 거라는 사실에 온몸을 떨게 되는 순간과 비슷했다. 다른 점은 지금이 열 배는 더 끔찍하다는 것뿐이었다.

채스는 비행기를 떠나고 싶었다. 아래로 뛰어내려서 집으로 달려가고 싶었다. 하지만 어쩐지 그렇게 되지 않았다. 죽은 남자가 묘하게 그를 잡아끌었다. 채스는 손을 뻗어 병사의 장갑 긴 손을 만졌다. 양가죽 안의 손가락은 쇠처럼 단단했다. 팔도 몸 전체도 뻣뻣했다. 몸이 움직이긴 했지만 조각상이나 장난감 병정처럼 몸 전체가 한 덩어리로 움직였다. 파리 떼가 병사의 몸 위로 윙윙거렸다. 고글 안쪽에 깊고 붉게 팬 구멍은 마치……. 채스는 아래로 뛰어내려서 '니히트 안파센[손대지 마시오]'이라고 적힌 작은 문에 대고 격렬하게 토했다.

이렇게 식량이 귀한 시절에 아침 식사를 낭비한 걸 알면 어머니가 화를 낼 것이다. 그때 아홉 시를 알리는 경적이 울렸다. 사람들은 모두 공장의 경적에 시계를 맞추었다. 경적은 일곱 시, 여덟 시, 열두 시, 다섯 시에 울렸다. 하지만 바르르 떨리는 이 바보 같은 경적은 아홉 시에 울렸다. 채스는 그 사실을 잘 알았다. 그것은 자신이 학교에 늦었는지 아닌지를 알려 주었기 때문이다.

학교! 학교는 열 시 반에 시작이다. 집에 돌아가서 교복으로 갈아입어야 했다. 서둘러야 했다. 채스는 뒤도 돌아보지 않고 찔레 덤불을 뚫고 나와 달렸다.

하지만 악몽은 그렇게 쉽게 사라지지 않았다. 옷에 묻은 토사물은 집에 오는 길에 닦아 냈지만, 어머니는 채스의 얼굴이 유난히 창백한 것을 알아차렸다.

"귀신이라도 본 얼굴이구나! 무슨 일 있었니?"

"아무 일도 없었어요, 엄마. 시간이 늦어서 달렸더니 옆구리가 아파요."

"바구니는 어디 있지?" 채스는 입이 딱 벌어졌다. 바구니는 '니히트 안파센'이라고 적힌 작은 문 옆에 있었다.

"잊어버리고 안 가져 왔네요. 하지만 괜찮아요. 안전한 데 있으니까요. 학교 끝나고 저녁 때 찾아올게요."

한순간 어머니가 당장 바구니를 찾아오라며 자기를 거기로 끌고 가는 것은 아닌가 싶어서 겁이 났다. 어머니는 화가 나면 그러곤 했기 때문이다. 하지만 채스가 학교에 늦을까 봐 걱정한 어머니는 이렇게만 말했다.

"그래, 꼭 가져와라. 요즘에는 바구니 하나도 귀하기가 이를 데 없으니까. 그건 연애할 때 네 아버지가 뉴캐슬 시장에서 사 준 거야. 이제 회초리 맞기 전에 어서 학교에 가라."

채스는 한숨을 쉬었다. 요즘은 지각한다고 회초리를 맞지 않는다는 것을 어머니는 이해하지 못할 것이다.

하지만 악몽은 학교에서도 지속되었다. 수학 시간을 지나 채스가 가장 좋아하는 영어 시간까지도 그 고글 쓴 얼굴은 그의 머리를 떠나지 않았다. 손에 땀이 번들거렸다. 땀은 이마에도 흘렀다. 그는 영어 교사인 리들 선생님의 질문조차 듣지 못했다. 평소에는 그가 가장 먼저 손을 드는 학생이었다.

"오늘 무슨 일이냐, 맥길? 어디 아프니?"

안 돼. 아프다고 하면 집에 가라고 할 테고, 집에 가면 온갖 질문에 시달리다가 바구니를 찾으러 가야 할 것이다.

"죄송합니다, 선생님. 방공호에서 잠을 못 잤어요. 옆집 아줌마가 폭격기가 일부러 자기를 공격한다고 법석을 떨어서요."

반 아이들이 일제히 웃음을 터뜨렸다.

영어 선생님은 잠시 채스를 날카롭게 바라보다가 함께 웃었다. 그런 뒤 하품을 삼키고 두 손으로 흰머리가 듬성듬성한 머리를 훑었다. 리들은 밤에는 가머스 자치 방위대의 대장으로 일하고 있는지라 많이 지쳐 있는 상태였다. 게다가 맥길은 평소에는 모범생이었다. 상상력이 지나치다는 문제만 뺀다면 말이다. 좋아할 수는 있지만 믿을 수는 없는 학생.

채스는 다시 기관총 사수의 환상으로 돌아갔다. 환상 속에 또 한 가지가 있었기 때문이다. 반짝거리는 검은색 기관총. 공포 속에서도, 아니 공포 때문에 채스는 그 기관총이 탐났다. 보드서 브라운의 코를 납작하게 해 주고 싶었다. 하지만 어떻게?

먼저 기체에서 잘라 내야 한다. 아버지의 쇠톱을 쓰면 될 것이다. 아버지의 연장은 모두 훌륭하고 튼튼해서 무슨 일이든 척척 해 낸다. 하지만 그런 다음에 기관총을 이동시킬 방법을 찾아야 한다. 총좌에서 흔들리는 모습으로 짐작하건대 무게가 상당할 게 분명하다.

묘지기 존스의 손수레. 그것이면 될 것이다. 채스는 수레를 떠올려 보았다. 2인치 두께의 묵직한 널빤지 양끝에 유모차 바퀴 두 개를 달고 그 위에 몸체로 비누 상자를 얹은 것이었다.

묘지기 존스는 해질녘에 기꺼이 처턴 우드 숲에 같이 가 줄 것이다. 묘지기 존스라고 불리는 그 아이는 아버지가 가머스 공동묘지의 관리인이어서 그 같은 별명을 얻었다. 다리에 검은 각반을 차고 머리에는 검은 모슬린 천으로 감싼 중산모를 쓴 채 장례식 행렬을 인도하는 그의 아버지 모습은, 꼭 보란듯이 죄인들을 이끌고 지옥문으로 가는 악마 같았다.

장례 일을 하지 않을 때면 존스 씨는 매우 쾌활했다. 연갈색 머리에 눈은 연청색이고, 섬뜩한 농담을 잘하며 말이 우는 것과 비슷한 소리를 내며 웃었다. 반짝이는 이는 대리석 비석들처럼 사이가 뚝뚝 떨어져 있었는데, 소문에 따르면 그는 이를 하루에 여섯 번 닦는다고 한다.

묘지기의 아들은 아버지와 웃음소리, 머리색, 눈동자색, 이 모양이 똑같았지만, 이를 전혀 닦지 않아서 이는 누랬다. 언젠가 치과 의사가 이렇게 띄엄띄엄한 이는 썩을 일이 없겠다고 말했다며 존스는 그 이론을 실험하고 있다고 했다.

채스는 점심시간에 존스를 찾아갔다. 학교 급식은 일종의 극기 훈련이었다. 감자도, 묽고 반투명한 커스터드 크림도 맛이 너무 이상해서 마음을 단단히 먹지 않고는 먹기가 어려웠다. 하지만 채스는 달랐다. 그는 페르시아 만의 유조선에서 수석 기술자로 일하는 윌리엄 삼촌이 있었다. 삼촌은 종종 지역 족장의 초대를 받았는데 그들은 손님에게 기름이 흐르는 손으로 양 눈알을 건네곤 한다고 했다. 그걸 구역질하지 않고 한입에 꿀꺽 삼키면 석유는 끊기지 않았다. 그러지 못하면……. 그런 작은 행동에 자유세계의 운명이 걸려 있는 것이다. 채스는 윌리엄 삼촌처럼 되기 위해 혼자 훈련하는 중이었다. 심지어 고무 타는 냄새도 좋아하려고 노력했다. 그러면서 친구들에게 '습득한 취향이야.' 하고 짐짓 으쓱하며 말했다.

묘지기는 급식에 대해 다른 태도를 지녔다. 그가 음식 접시를 대하는 태도는 미술가가 팔레트를 다루는 것 같았다. 그는 육즙과 마른 감자와 마른 완두콩과 마른 달걀을 휘휘 저어서 거대한 소용돌이로 만든 뒤, 그 뭉클거리는 덩어리에서 정성껏 고른 한 조각을 이따금 입에 떨구어 넣었다. 모든 것이 형체 없는 잿빛 덩어리로 걸쭉하게 으깨어져서 더 이상 어떤 일도 할 수 없는 지경이 되면, 음식은 4분의 3 정도 삼켜져 있었다. 이런 과정을 그는 '감자 용해 작전'이라고 불렀다.

"내가 뭔가를 발견했어." 채스가 뻑뻑한 생강 요리를 먹으며 일부러 알쏭달쏭하게 말했다. "근데 아주 커. 네 수레가 필요해."

"안 돼. 수레에는 가이 포크스 인형이 실렸어."

"가이 인형으로 뭘 하려고? 올해는 모닥불도 못 피우고, 폭죽도 안 팔고, 아무것도 못 해. 바보짓 그만해."

"돈을 모아서 사탕을 살 거야."

"야, 그냥 하룻밤만 빌려 주면 돼. 정말 크단 말야. 그렇게 큰 건

너도 처음 볼 거야."

"흥, 너는 늘 그렇게 말하지."

"그러면 네가 직접 와서 봐."

"언제?"

"오늘 밤."

"공습 전에 숙제해야 돼. 우리 집 방공호는 초가 하나뿐이라서, 엄마가 거기서 숙제하면 눈을 버린대."

"야, 소이탄 꼬리핀 하나 줄게. 하나도 안 찌그러진 멋진 놈으로."

"그러면 가서 꼬리핀은 받을게. 하지만 나머지 말은 안 믿어."

그때 채스의 두 눈이 반짝 빛났다. 또 한 가지 꾀가 떠올랐다.

"그리고 가이 인형을 그냥 태우고 와."

둘은 웨스트 처턴으로 갔다. 채스가 수레에 탔고 묘지기는 말처럼 쿵쿵 툴툴거리며 수레를 끌었다. 그는 한사코 자기가 수레를 끌려고 하기 때문에 거기 타는 일은 전혀 없었다. 왜 그러냐고 물으면 늘 '근육 운동이 되니까.'라고 말했지만, 그가 견인 밧줄을 놓치 못하는 진짜 이유는 누가 수레를 가지고 달아날까 두려워서라는 사실을 모두가 알고 있었다. 그래서 누구나 즐거이 수레에 올라탔다.

그때 뒤에서 자전거 종소리가 시끄럽게 울렸다.

"젠장." 채스와 묘지기가 동시에 내뱉었다.

“너네 어디 가는 거야?” 시끄러운 여자 목소리가 들렸다.

“그리고 올해는 수레에 사람을 둘이나 실은 이유가 뭐야?”

“아하하.” 채스가 짜증스레 말했다.

“비켜, 오드리 파턴, 우리는 바빠.”

“바쁘다고?” 가벼운 비웃음이 터졌다.

“하긴 좀생이들한테는 좀스런 일이 많겠지.”

“바보는 옆에서 구경만 하고 말야.” 채스가 응수했다.

“한심하니까.”

“자기 자신이.”

뻔한 대꾸 놀이였는데 묘지기는 말처럼 웃어 댔다. 오드리 파턴은 둘을 앞지르더니 자전거를 돌려 길을 막았다.

“어디로 가는지 말하지 않으면 길 안 비켜 줘.”

그건 그냥 해 보는 소리가 아니었다. 오드리는 묘지기와 채스보다 덩치가 컸다. 맥길 부인이 기골이 장대한 처녀라고 부르는 아이였다. 하키 선수처럼 울퉁불퉁한 근육에, 회색 발목 양말을 신고, 붉은 머리는 갈래로 묶고, 얼굴에는 주근깨가 있었다. 오드리는 남자아이들하고도 맞붙어 싸웠고, 안타깝게도 가끔 이겼다.

하지만 좋은 점도 있었다. 그 때문에 오드리는 묘지기와 채스가 유일하게 말을 하고 지내는 여자애였다. 가슴이 납작했고 다른 여자애들처럼 곁을 지날 때 킥킥거리며 소곤거리지 않았다. 친구들 일을 어머니한테 이르지 않았고 남자애들 못지않게 나무와 배수관을 잘 탔다. 오랫동안 오드리는 여자애들의 대장 노릇을 했지만 시간이 지나자 아이들은 모두 오드리를 버리고 하늘하늘한 스타킹과 꼬불꼬불 곱슬머리와 엄마 화장품의 세계로 갔다. 오드리는 외톨이가 되었다. 오드리는 옛날부터 남자가 되고 싶다고 했다. 무릎에서 반창고 떨어질 날이 없는 여자애도 오드리뿐이었다.

맥길 부인은 오드리를 좋게 보았다. 오드리네 집이 부자고 자동차도 있었기 때문이다. 하지만 맥길 씨는 오드리 아빠처럼 병역 면제 직업(교사나 의사 등-옮긴이)으로 떼돈을 버는 사람보다는 나라를 위해 나가서 싸우는 사람들이 훨씬 더 훌륭하다고 말했다. 맥길 씨가 그런 목소리로 말을 하면 아무도 반박을 하지 못했다.

"어디로 가는 거야?" 오드리가 물었다. "같이 가도 돼?"

채스는 해군들이 쓰는 욕설을 나직하게 중얼거렸다.

"웨스트 처턴에 사는 이모네 집에 가." 묘지기가 말했다.

"네가 웨스트 처턴에 무슨 이모가 있어?"

"있어!"

"없어!"

한동안 그런 옥신각신이 이어졌다. 채스는 오드리의 울퉁불퉁한 근육을 가만히 들여다보았다. 기관총은 무겁다. 오드리가 도움이 될지도 몰랐다. 게다가 죽은 독일 군인을 보면, 오드리도 기겁

해서 다시는 남자 일에 끼어들려고 하지 않을 것이다.

"좋아. 같이 가도 돼."

"앞장서라, 맥더프." 수레가 출발하자 오드리가 채스의 머리를 토닥이며 말했다. 이가 바글거리는 것처럼 채스의 머리카락이 쭈뼛 곤두섰다.

셋은 오드리의 자전거를 우드 숲 가장자리에 숨기고 안으로 들어갔다. 찔레 덤불 틈으로 수레를 밀고 들어가려면 가이 인형을 내려놓아야 했다. 어둠 속에서 보니 인형은 꼭 죽은 사람 같았다.

채스는 묘지기와 오드리를 조용히 시켰다. 긴장을 느끼자 둘이 웃음을 참지 못했기 때문이다.

"네 썰렁한 장난인 거 다 알아." 묘지기가 말했다.

"어쨌거나 폭탄 꼬리핀 하나는 이제 내 거야."

"이 숲에서 너네랑 지저분한 짓은 절대 안 할 테니까 그렇게 알아." 오드리가 두려움 반 기대 반으로 말했다.

"키스까지는 괜찮지만 그 이상은 안 돼."

"우엑!" 묘지기가 말했다. "누가 너랑 그런 거 하고 싶대?"

채스의 가슴이 조여 왔다. 혼자가 아니라서 다행이었다. 적어도 엄마의 장바구니는 가져가야 하니까.

묘지기는 폭격기를 보고 그것도 장난인 것처럼 웃었다.

"조용히 해." 채스가 말했다. "저 안에 독일 군인이 죽어 있어. 원하면 가서 봐. 하지만 오드리는 안 돼."

묘지기가 올라갔다가 내려와서 휘파람을 불었다.

"우리 아빠가 와야겠는걸."

"아냐, 독일군은 여기 안 묻어."

"아냐, 묻어. 아까 우리 집에 있던 관 하나에 점심시간 폭격기 사람들의…… 잔해가 들어 있었어. 못을 단단히 박아 놨지."

"헛소리, 그건 모두 다른 곳으로 보내."

"뭐?"

"국방부로 보내. 집계를 위해서."

채스가 이를 떨면서도 단호하게 말했다.

"정말로 저기……?" 오드리가 말했다. 눈이 동그래지고 완전히 여자 같은 표정이었다.

채스는 오드리가 자기 말에 그렇게 벌벌 떠는 게 기분 나쁘지 않았지만 계속 심각하게 말했다.

"여자애들은 보면 안 돼. 견디지 못해."

"불쌍한 사람." 오드리가 말했다. "집에서 이렇게 멀리까지 와서."

"이것 좀 봐." 채스가 말했다. "저게 우리가 여기 온 목표야."

그리고 기관총을 흔들었다.

"너 설마……. 이걸 어떻게 떼?"

“아빠 톱을 가져 왔어.” 채스는 가죽조끼에서 톱을 꺼냈다.

“네가 기관총을 잘 잡고 있어.”

그는 톱질을 시작했다. 쉽지 않았다. 손가락 마디가 비행기 동체 못에 자꾸 긁혔고 손바닥에 금세 물집이 잡혔다. 그가 묘지기에게 톱을 넘겨주었을 때 알루미늄 버팀대는 4분의 1가량 잘려 있었다.

“어디에 톱을 대야 할지 안 보여.” 묘지기가 말했다.

“손전등 있어.” 그는 동체와 주변의 나무들을 비추었다.

채스는 위를 보고 싶은 충동을 참을 수 없었다. 죽은 독일군이 자신을 내려다보고 있는지 궁금했다. 묘지기에게서 톱을 넘겨받았을 때 버팀대는 이제 절반가량 잘려 있었다.

“이상한 냄새가 나.” 오드리가 말했다. “이 냄새가 뭐야?”

“사람 냄새지.” 묘지기가 그늘에 잠긴 동체 쪽을 고갯짓하며 전문가처럼 말했다. “시간이 갈수록 지독해져.”

“나 집에 갈래.” 오드리가 훌쩍거리며 말했다.

“그럼 가. 우드 숲에는 너를 기다리는 다른 시체들도 있을 거야.”

오드리는 짧은 비명을 질렀다.

“손전등 흔들려. 하긴 난 원래부터 여자애는 도움이 안 된다고 생각했어.”

“무슨 헛소리야.” 불빛은 다시 고정되었다.

“불 꺼!”

우드 숲 끝에서 고함 소리가 들렸다. 오드리가 비명을 지르며 손전등을 떨어뜨렸다. 유리 깨지는 소리가 나면서 손전등은 꺼졌다.

"아이고 하느님." 묘지기가 말했다. "뚱보 하디야. 조용."

하지만 채스는 미친 듯이 톱질을 계속했다. 알루미늄 지지대는 거의 잘렸다. 여기서 다시 당하기는 싫었다.

지지대가 꺾이는 게 느껴졌고, 기관총이 고통스러운 듯 채스의 발 위로 떨어졌다. 그러더니 잡아 올리는 순간 그의 품에서 마구 흔들리며 펄쩍펄쩍 뛰었다. 황금빛 어린 붉은빛이 빈터를 채웠고, 가이포크스데이처럼 요란한 소리가 울렸다. 기관총을 놓자 소음도 그쳤다. 하지만 그는 하늘을 배경으로 우람하게 솟은 비행기 꼬리에 크고 깔쭉깔쭉한 구멍이 난 것을 보았다.

우드 숲 가장자리에서 경찰의 호각 소리가 신경질적으로 울렸다.

"이제 끝장이야." 묘지기가 말했다. "도망가야지?"

하지만 채스는 발 위에 느껴진 진동과 붉게 튀어 오른 불꽃들과 그 너머 어두운 적국의 하늘을 뚫고 날아간 검은 총알들을 기억하며, 자리에 웅크리고 앉아 그 강력한 힘에 대한 꿈에 젖었다.

"어떻게 해?" 묘지기가 겁에 질려 속삭였다.

채스는 번쩍 정신이 들었다. 온몸이 부들부들 떨렸지만, 아직 그의 꾀는 녹슬지 않았다.

"가이 인형 다리 뭐로 만들었어?"

“나무 막대기.”

“하나 빼.”

“왜?”

“그 속에 기관총을 넣게.”

바지가 찢어지기는 했지만 어쨌건 기관총을 가이의 바지 안에 우겨 넣었다. 낡은 웰링턴 부츠가 끝 부분을 딱 덮었다. 다리 길이가 달라졌지만 가이 인형은 원래 그랬다. 채스는 주머니에서 끈과 철사를 모두 꺼내서 다리를 고정시키고 틈새마다 다시 밀짚을 채워 넣었다.

“됐어, 나가자.” 그는 엄마의 장바구니를 잊지 않았다.

“어이쿠야!” 묘지기가 신음소리를 냈다.

뚱보 하디가 몇 야드 앞에 서서 그들을 노려보고 있었다. 지도원 한 명과 머리에 두건을 두른 여자 그리고 어린 소년 두 명과 개 한 마리가 곁에 있었다. 채스는 소년들이 걱정이었지만 그들에게 짖으며 달려든 것은 개였다. 채스의 눈에 분노의 눈물이 차올랐다. 기관총을 손을 넣기 직전인데.

개가 몇 야드 앞에서 멈추더니 자리에 선 채로 미친 듯이 짖어 댔다. 채스가 나무 막대기를 던졌지만 맞히지 못했다. 개는 1야드 정도 물러섰다가 다시 요란스레 짖어 댔다.

“봐, 개가 뭘 찾았어!” 뚱보 하디가 소리치고 앞으로 다가왔다.

3

채스는 절망했다. 그때 밤하늘이 갑자기 흰색, 검은색, 흰색, 검은색, 흰색으로 변했다. 거대한 망치가 하늘의 검은 양철 쟁반을 두드리는 것 같은 소리가 사람들의 고막을 찢었다. 대공포였다. 잠시 침묵이 흐른 뒤 비행기 엔진 소리가 이어졌다.

부아아앙 부아아앙.

"적기야." 묘지기가 속삭였다. 개는 낑낑거리다가 달아났다. 하디가 소리쳤고, 구경꾼 전체가 가까운 방공호로 도망쳤다. 망치 소리가 다시 하늘을 두드리기 시작했다. 누군가 문들을 쾅쾅 닫으면서 복도를 걸어가는 것처럼 물결치며 울리는 소리였다.

채스는 하늘을 바라보며 다음번 섬광은 어느 쪽에서 올지 짐작해 보았다. 섬광은 무리를 이루어 번쩍이며 서쪽을 향해 움직였다.

한 번에 다섯 개씩. 성채 절벽에 있는 포였다. 그런 뒤 한 번에 세 개짜리가 왔다. 그것은 월링턴 키에 있는 포였다.

"우리 어떡해?" 오드리가 속삭였다.

"자전거를 타고 방공호로 가. 나머지는 우리끼리 할 수 있어."

"하지만 공습이 벌어질 때 밖에 나가면 안 돼."

"여기도 밖이야. 설마 나무들이 있다고 여기가 안전할 거라고 생각하는 건 아니겠지?" 채스가 냉정하게 말했다. 오드리는 비틀거리며 황량한 우즈 숲을 뚫고 갔다.

"우리는 어떡해?" 묘지기가 말했다.

"사람들이 안 다닐 때 이 기관총을 옮겨야 해. 공습 때가 최고야."

"지도원들이 통행을 막을 거야."

"보기 레인으로 가면 돼." 보기 레인은 사람이 별로 다니지 않는 석탄재가 뒤덮인 길로, 분할 농지(공유지를 소규모 농지로 나누어서 여러 개인에게 임대하는 것-옮긴이)들을 지나 집 근처까지 이어졌다.

"거기는 아무도 안 가 볼 거야."

"좋아. 그러면 가자."

밤은 다시 어두워졌다. 둘이 어둠을 뚫고 기관총을 끌고 가는데 공습경보가 울렸다.

"게으른 인간들. 또 자다가 걸렸군." 묘지기가 화를 내며 말했다.

"저건 비밀 습격기야. 엔진 없이 활강해 들어오지."

“그리고 무언가 맞았어.” 묘지기가 서쪽으로 고갯짓을 했다. 지붕들 위로 노란 섬광이 빠른 속도로 번졌다.

“어쩌면 적기가 맞은 건지도 몰라. 하우던 쪽 같아.”

“겨우 한 대였네. 1분만 있으면 공습 해제 사이렌이 울릴 거야.”

하지만 사이렌이 울리기는커녕, 보기 레인을 절반쯤 갔을 때 다시 부아아앙 부아아앙 적기 엔진 소리가 울렸다.

“한 대가 아냐.”

“여섯 대 아니면 일곱 대.”

대규모 청색 투광 조명을 켠 것처럼 앞쪽에 깔렸던 어둠이 싹 사라졌다. 별보다도 환한 파란 빛들이 하늘에 꼼짝 않고 걸려 있었다.

“낙하산 조명탄이야.”

부아아앙 부아아앙 소리는 더욱 가까워졌다. 채스와 묘지기는 흰 식탁보 위를 기어가는 벌레 두 마리가 된 것 같았다. 저 하늘 위에서 검은 고글을 쓰고 이를 앙 다문 나치 조종사가 폭탄 투하 장치를 꽉 잡고서, 조준경 내 십자 표시를 보기 레인과 그 위를 기어가는 벌레 두 마리에 맞추고 있어, 채스는 생각했다.

둘은 겨울 브로콜리 밭으로 뛰어들었다. 포근한 냄새가 났다. 집의 채소 선반에 브로콜리가 있었기 때문이다. 채스는 브로콜리가 부러웠다. 무슨 일이 있어도 그것들은 내일이면 다시 밝은 햇빛 아래 멀쩡하게 자라날 것이다. 분할 농지 주인이 울타리 구멍 땜질을 위해 뒤집은 채 붙여 놓은 프라이스 초콜릿 간판만큼이나 멀쩡하게.

부아아아앙. 이제 비행기는 머리 위로 왔다. 이제 안전 궤도에 들어섰다. 폭탄은 폭격기 앞에 곡선을 그리며 떨어지기 때문이다. 채스는 폴란드 전투에 대한 뉴스에서 검은색 슈투카 기가 폭탄을 그렇게 떨어뜨리는 것을 본 적이 있었다.

쾅쾅쾅, 다시 망치 소리가 울렸다. 바로 머리 위였다. 잘못하다간 포탄 파편에 맞을 수도 있다. 채스는 파편이 강철 비처럼 사방에 타타타닥 떨어져 내리는 소리를 들었다.

"아 뭐야!" 채스가 소리쳤다. "나쁜 놈들, 죽일 놈들!"

그런 뒤 정적과 어둠에 싸였다. 낙하산 조명탄이 모두 사라졌다.

"가자." 채스가 묘지기를 일으켜 세우며 소리쳤다.

"놈들이 금방 다시 올 거야."

수레바퀴가 석탄재 포장 위에서 삐거덕거렸고 널빤지 위의 기관총이 덜커덩거렸다. 둘은 또다시 일이 벌어지기 전에 스퀘어로 들어섰다. 거친 손이 채스의 어깨를 잡았다.

"도대체 어디 갔었니?" 양철 모자를 쓴 아버지였다.

"네 엄마가 걱정으로 초주검이 됐단다."

"처턴에 간다고 말씀드렸어요." 채스가 말했다.

"당장 방공호로 내려가. 저 애는 누구냐?"

“묘지기예요.”

“같이 데리고 내려가. 녀석의 집에는 내가 가서 알리마.”

“가이는 어떻게 하고요?”

맥길 씨는 수레를 끌어서 마당 생울타리에 아무렇게나 대어 놓았다. “그냥 운에 맡길 수밖에.”

“내가 얼마나 걱정했는지 아니?” 맥길 부인이 말했다. “여기 스폴딩 부인도 오셨다.”

스폴딩 부인은 고개를 끄덕이고 코를 훌쩍였다. 부인의 아들 콜린은 이층침대 아래 칸에 앉아 잘난 척하는 표정을 짓고 있었다.

“콜린은 밤에는 집에서 꼼짝 안 한대. 얼마나 착하니. 아까 피시 앤드칩스 요리를 하다가 사이렌이 울려서 가스를 잠가 버렸어. 음식을 망쳤으니 저녁으로 뭘 먹어야 할지 모르겠다. 집에 있는 건 마른 빵뿐이고 너희 아버지는 야간 조인데 공습 때문에 일을 못 해서 돈도 없어. 그리고 지도원 일은 돈이 안 되고. 그렇게 열심히 일을 해도 말이야……”

채스는 자리에 누워서 어머니의 말을 흘려들었다. 머리에는 온통 어둠 속에 내놓은 기관총 생각뿐이었다.

“그리고 시릴을 끌고 그렇게 헤매 다니다니.”

묘지기 존스의 원래 이름은 시릴이다. 그래서 그가 묘지기라는 별명을 더 좋아하는 것이다.

"그러니까 시릴을 그렇게 끌고 다니다가…… 그 애한테 나쁜 일이라도 생기면 내가 존스 부인 얼굴을 어떻게 다시 보겠니?"

"요즘 같은 때는 해진 뒤에 애들을 내보내면 안 돼요. 정말 안 돼요."

스폴딩 부인이 말했다. 채스는 자기 자리의 그늘 속에서 부인을 노려보았다. 적갈색 스타킹 차림의 뚱뚱한 무릎이 자꾸 벌어져서 살구색 속바지가 보였다. 다리는 불 앞에 너무 바짝 붙어 앉아 있어서 얼룩얼룩했다. 채스의 머리 위에 매달린 어머니의 다리는 분홍빛이 도는 스타킹에 싸여 있었다. 다행히 어머니는 언제나 무릎을 잘 간수했다.

그들은 새벽 빛 속에 흐릿한 눈으로 둘러앉았다. 새로 깨진 부엌 창문은 없었다. 등유 히터와 가스스토브에 다시 불이 들어왔다.

"묘지기의 수레를 온실에 넣어 놨다." 맥길 씨가 말했다.

"그거 꽤나 무겁더구나. 가이 인형을 뭐로 만든 거냐? 배수관으로 만들었냐?"

"몰라요." 채스가 튀긴 빵을 조그만 육면체로 자르면서 말했다.

"저녁에 가져다줄게요."

"오늘 아침에 가져가도 돼. 오늘 학교는 휴업이니까. 아직 공습경보는 해제되지 않았어."

"괜찮을까?" 맥길 부인이 물었다. 남편은 구름 없는 11월 하늘을 올려다보았다.

"또 오지는 않을 거야. 안 그러면 애클링턴의 우리 공군이 무슨 말을 해 줬겠지."

"시내의 피해 상황은 어때?"

"시내는 괜찮아. 하우던이 당했지. 가스 본관이 폭파돼서 아직도 불타고 있어."

아침 식사를 한 뒤 채스는 아버지의 스패너를 들고 온실로 숨어들었다. 전쟁 전 코크스(석탄과 비슷한 고체 연료-옮긴이)가 배급 대상이 아닐 때, 온실에는 보일러와 온수 파이프가 있었다. 지금 파이프는 물이 말라서, 끝의 마개를 떼어 낼 수 있었다. 기관총에 달린 총알 드럼들만 떼어 내면 파이프 안에 밀어 넣을 수 있었다. 그는 조심조심 드럼을 만졌다. 아버지의 온실을 날려 버리고 싶지는 않았다.

마침내 드럼이 떨어졌다. 하나는 아직 안 쓴 총알이 가득했고, 나머지 하나는 이미 쓴 탄피로 차 있었다. 채스는 망설였다. 총알을 한두 개 학교에 가지고 가서 자랑하고 싶었다. 하지만…… 폭격기 꼬리를 발견한 뚱보 하디가 인근의 학교들을 쑤시고 다니며 탐문을 할 테고 누군가 반드시 경찰에게 떠들 것이다. 후회할 짓은 안 하는 게 좋다.

그는 기관총을 천으로 싼 뒤 더 이상 들여다보지 않고 온수 파이프 안으로 밀어넣었다. 그러고 나서 다시 마개로 파이프를 막았다. 총알 드럼은 치니 토끼장의 풍성한 밀짚 속에 숨겼다. 모든 일을 마쳤을 때 아버지가 내려왔다.

"묘지기의 가이 인형을 분해하고 있었니?"

채스는 뜨끔했지만 별일 아니라는 듯이 말했다.

"다리만 손보고 있어요."

"묘지기한테 맡겨라. 그 애 인형이잖아. 가끔 보면 너는 다른 사람 물건을 너무 함부로 만지는 것 같구나. 내 것 네 것을 잘 구별 못하는 것 같아."

"알겠어요. 아빠." 채스는 공손하게 말했다.

채스의 온순한 태도에 맥길 씨는 눈썹을 치켜세웠다가 곧 국화를 돌보러 갔다.

무슨 이유에서인지 뚱보 하디는 폭격기로 돌아가지 않았다. 하지만 다른 사람들은 갔다.

이틀 뒤에 묘지기가 학교 강당에서 채스에게 속삭였다.

"총알이 든 동그란 물건 있잖아. 네 개 더 나왔다. 사수 발 주변의 동체에 장착돼 있었어."

"어디다 감췄어?"

"헛간 화분 밑에. 걱정 마. 전쟁이 터진 뒤 아버지는 거기 절대로 안 들어가시니까. 거긴 거미집과 번데기들뿐이야. 봐. 새 거야."

채스는 깜짝 놀랐다. 하지만 묘지기가 찬송가책에서 꺼낸 것은 놋쇠 총알이 아니라 검은색과 노란색이 뒤섞인 번데기였다.

"나오려고 파닥거리는 소리가 들려."

"사수는 아직도 그대로야?"

"응. 휴우, 냄새가 지독해."

"넌 어떻게 그런 일을 견디니?" 채스가 격하게 물었다.

"아무런 느낌도 안 들어?"

"익숙해지는 거야. 집 안에서 늘 보니까. 우리 아버지가 시체 보존법을 배울 때, 어떤 친구는 시체에 책을 세워 놓고 읽으면서 샌드위치도 먹었대."

"웩." 채스가 목소리를 줄이지 않고 말했다.

"강당에서 계속 그렇게 떠들면," 교장 선생님이 쩌렁쩌렁한 목소리로 말했다.

"이따 내 회초리하고 인사할 수가 있어. 그래, 주근깨 있는 3학년 A반 학생. 그래, 아닌 척하고 뒤돌아보는 너 말이야. 회초리 좀 맞아야겠다. 자, 학생들 찬송가 235장. '새로운 아침마다 사랑이로다.'"

하지만 회초리가 최악은 아니었다. 이틀 뒤에 채스는 운동장에서 아이들이 보드서 브라운을 둘러싸고 모여 있는 것을 보았다. 모두가 무언가를 보면서 웃고 있었다.

채스는 보드서가 싫었다. 보드서는 동그란 안경을 끼고 머리는 독일인처럼 바짝 자른 데다 홀쭉하면서도 큰 어른 체구의 아이였다. 그는 멍청하고 아이들 괴롭히는 걸 좋아했다. 팔을 한번 비틀면 오래도록 놓지 않았다. 지난 학기의 어느 날, 보드서 무리는 어떤 아이 머리를 변기에 박고 물을 세 번이나 내렸다. 아이는 질식해서 죽을 뻔했고 일주일 동안 학교를 쉬었다. 보드서는 회초리를 맞았지만 그건 코뿔소를 때리는 것이나 마찬가지였다. 채스는 가끔 쇠파이프로 보드서의 머리를 내리치는 상상을 했다.

하지만 보드서를 그냥 지나칠 수는 없었다. 그를 골려먹기는 너무도 쉬웠기 때문이다. 보드서가 흥분하면 언제나 "주먹만 빠르지 머리는 느려요."라거나 "그렇게 열 내지 마. 그러다 심장마비 생겨." 하고 소리치기만 하면 된다. 그러면 모두가 웃었다. 보드서를 좋아하는 사람은 아무도 없었기 때문이다. 그리고 보드서는 채스가 그의 주먹을 두려워하는 것만큼이나 아이들의 웃음을 두려워했다. 보드서를 놀리는 것은 투우 같았다. 위험하지만 재미있었다.

채스는 웃고 있는 아이들에게 다가갔다.

"무슨 일이야?"

"하, 맥길." 보드서가 말했다. "소이탄의 왕."

"그 노즈콘을 아예 착용하고 다니지 그래. 안경하고 잘 어울리겠는데."

아이들이 키득거렸고 보드서는 얼굴을 붉혔다.

"착용할 거라면 노즈콘보다 더 좋은 게 있어. 봐!" 그는 채스의 얼굴 앞에 검은 가죽 비행 헬멧을 늘어뜨렸다.

채스는 그게 독일군 기관총 사수의 것이라는 걸 알았다. 직감이었다. 하지만 차분히 말했다. "어디서 난 거야? 울워스 슈퍼마켓?"

"알 거 없어. 어쨌거나 진짜 나치 헬멧이야. 그리고 이 돈도."

그는 히틀러의 얼굴과 나치 문양이 새겨진 지폐를 한 주먹 내보였다.

"이건 어때. 이름이 '마인 리블링[내 사랑]'이래." 그는 금발 갈래머리 여자의 사진을 내밀었다. "쿵짝쿵짝 좋던 시절은 다 갔지 뭐야." 사진 한 구석에 갈색으로 물이 흐른 자국이 있었다. 채스는 식은땀이 솟고 속이 울렁거렸다. 보드서는 죽은 군인의 주머니를 뒤진 것이다. 채스는 돌아서서 사물함 쪽으로 걸어갔다.

"네가 가진 포탄 파편 따위보다 훨씬 훌륭하지!"

보드서가 채스의 등 뒤에 대고 의기양양하게 소리쳤다.

4

"리들 선생님!"

스탠 리들은 자기가 무슨 일을 했기에 교장이 저렇게 성난 목소리로 부르나 하면서 교장실 문을 향해 돌아섰다.

"리들 선생님!" 교장 헨리 몽고메리가 언짢은 표정으로 고개를 치켜들었다.

"학교에 경찰이 왔습니다. 선생님을 보고 싶어 하는데, 내게는 용건을 밝히길 꺼리는군요. 일급비밀인 모양입니다. 어쨌거나 내 방에서 선생님과 이야기를 좀 하고 싶다고 합니다. 내가 돌아오기 전에 방을 비워 주시기 바랍니다. 학부모 면담이 있으니까요."

그는 물러갔다. 검은 외투가 분노로 떨렸다.

스탠은 안으로 들어섰다. 경사 한 명이 벽난로 앞에 서서 셰익스피어의 모조 대리석 흉상을 보고 있었다. 경사가 돌아서자 스탠은 그가 다리를 전다는 걸 알았다.

"안녕하세요, 선생님!" 경찰의 말투가 아니라 학생이 선생님을 부르는 말투였다. 얼굴은 낯설지만 눈빛은 낯익었다. 이마 끝에서 턱까지 새겨진 흉터, 눈과 입가에 새겨진 팽팽한 고통의 자국.

"너…… 그린이로구나, 그렇지?"

"네, 선생님!" 아직도 학생 같은 미소였지만 경사의 나이는 어림잡아 마흔쯤 되어 보였다.

"하지만 나는 네가 군대에 있는 줄 알았는데?"

그러다가 경사의 불편한 다리와 흉터가 떠오르자 스탠은 다음 순간 혀를 깨물 뻔했다.

"됭케르크에서 당했어요. 발과 얼굴과 신경을 다쳤죠. 부상으로 제대했지만 아직도 쓸모 있게 움직이려고 노력하고 있습니다. 그래야 자꾸 그때 생각이 나는 걸 막을 수 있으니까요."

"앉게." 스탠이 어색하게 말했다.

"조언을 구하러 왔습니다. 경찰이 무언가 발견했는데……. 별로 보기 좋은 건 아닙니다. 경감이 제게 그 사건을 넘겼어요. 인력이 부족하거든요. 별로 중요한 건 아닌데도 신경이 쓰이네요. 어젯밤에 뜬눈으로 그 생각을 하다가 선생님 생각이 났어요. 학교 다닐 때 선생님은 언제나 해결 방법을 아셨으니까요."

"그거야 내가 아는 한에서지." 스탠이 어색함을 느끼며 말했다.

"선생님이 한번 가서 봐 주셨으면 해요. 이미 말했듯이 별로 보기 좋지는 않아요. 하지만 한번 봐 주시면 고맙겠습니다. 선생님은 자치 방위대시잖아요. 그러니까 무기에 대해서도 아실 테고. 아무래도 아이들 짓 같아요. 아이들에 대해서라면 선생님만큼 잘 아시는 분이 없죠."

그들은 경찰차를 타고 학교 밖으로 나갔다. 스탠은 교장에게 허락을 구하지도 않았다. 마음에 안 들어도 할 수 없었다.

경관들의 구둣발이 처턴 우드 안으로 아예 길을 다져 놓고 있었다. 경관 한 명이 메스꺼운 표정으로 아직 경계를 서고 있었다.

"아직은 손을 대지 않았습니다. 오늘밤 안으로 치우긴 하겠지만요. 그리고 이건 아무에게도 말씀하지 말아 주십시오. 소문이 퍼지면 곤란하니까요."

폭격기 꼬리는 아직 그 자리에 있었지만 본래 상태는 아니었다. 수집품이 될 만한 건 다 떨어져 나가고 없었다. 벽돌이 방풍 유리를 박살내고 알루미늄 측부를 우그러뜨렸다. 불을 놓은 흔적도 있었고 검은 부분은 분필로 쓴 온갖 음담패설로 뒤덮여 있었다.

"지독하죠? 그리고 저것도 개똥은 아닐 거예요."

"냄새도 개똥이 아니군!"

"우리가 여기 오게 된 것도 지역 주민들이 냄새 때문에 신고를 해서예요. 안에 사람이 죽어 있습니다. 제가 선생님이라면 들여다보지 않겠습니다. 여기 비행기에 저지른 일들이 그 사람에게도 저질러졌으니까요, 불쌍한 사람. 아무리 적군이라고 해도 이건 정말……."

그린 경사는 할 말을 찾지 못했다.

"제가 선생님을 모시고 온 이유는……. 이걸 보세요." 그는 비행기 잔해에 아직도 툭 튀어나와 매달려 있는 알루미늄 지지대 하나를 가리켰다.

"쇠톱으로 잘랐군." 스탠이 말했다.

"여기 원래 뭐가 달려 있던 겁니까, 선생님?"

"기관총이었던 것 같아."

"그리고 탄약도 없어졌어요. 이 비행기들은 후방 총좌에 이천 발의 예비 탄약을 가지고 다닙니다. 애클링턴의 공군에 문의해 봤습니다."

"하지만 누가 그걸 훔쳐갔을 수 있다는 거지?"

"처음에는 IRA(아일랜드 공화군, 아일랜드 섬 전체가 영국에서 완전히 독립할 것을 요구하는 무장 투쟁 단체-옮긴이)가 아닌가 했습니다. 최근에 그들이 라이플 총을 닥치는 대로 훔치고 있거든요. 하지만 IRA가 이 북쪽 지방까지 올 리는 없지 않습니까? 랭카셔라면 몰라도요. 그리고 이 쇠톱 자국을 좀 보세요. 어른이 이렇게 어설프게 톱질을 할 수 있을까요? 제가 볼 때는 아이들 짓 같습니다, 선생님."

"그래, 분명히……."

"저건 어떤가요?" 그린은 머리 위 방향타에 난 총구멍들을 가리켰다.

"이 비행기를 격추시킨 영국군 전투기의 총탄 아닌가?"

"구경이 다릅니다. 저건 7.62밀리미터인데 영국 공군은 .303구경을 씁니다."

"그러면 사수가 당황해서 자기 기체의 꼬리를 쏜 거겠구먼!"

"그건 불가능합니다. 저 구멍은 기관총이 비행기에서 분리된 뒤에 생겨났습니다. 동료 경찰 한 명이 실제로 그 총소리를 듣기도 했어요. 비행기가 격추된 다음 날 밤에요."

"그 경관은 왜 바로 조사를 안 한 거지?"

"그때는 그게 정확히 뭔지 몰랐죠. 그리고 곧바로 공습 사이렌이 울렸어요. 그래서 공습이 시작된 소리라고 생각한 거죠. 그렇게 똑똑한 경관은 아닙니다."

"그렇다면 자네 말은……."

"어떤 영악한 아이가 기관총과 이천 발의 탄약을 가지고 갔습니다. 그 기관총은 콩알총이 아니에요. 0.25마일 거리에 있는 벽돌담도 뚫을 수 있어요."

"저런."

“그 아이는 재주가 비상한 게 분명해요. 이걸 발견하고 집에서 톱을 가져오고 자기 집까지 가져가고 부모의 눈을 피해 숨기는 일에는 상당한 계획이 필요하죠. 초등학생은 아닙니다. 고등학생 정도의 아이입니다.”

“설마 우리 학교 아이가…….”

그린 경사는 일그러진 미소를 지었다.

“저는 아이들을 잘 알고 있고 그건 선생님도 마찬가지입니다. 초등학생도 때로는 꽤나 거친 짓을 합니다만, 정말로 고약한 짓이라면 고등학생이라고 단언할 수 있습니다.”

“교장 선생이 별로 좋아하지 않겠군.”

“그분은 가만히 계셔야 합니다. 그리고 바로 그 대목이 선생님이 저를 도와주실 부분이고요.”

“아, 고마워라.”

“다른 일이라면 부탁드리지 않았을 겁니다. 하지만 아이들이 그걸로 장난을 친다면……. 무슨 일이 일어났는지도 모르는 채 스무 명이 넘는 목숨이 달아날 수 있습니다.”

"야!" 묘지기가 감자 용해 작전을 멈추고 고개를 들었다. "오늘 아침에 교장실에 경찰이 한 명 다녀갔어. 리들 선생님하고도 만났어."

"문제가 있겠는걸." 채스가 말했다.

"리들 선생님이 크롬 도금한 비윅 부시장 상 트로피를 전당 잡혀서 그런 것 아닐까?"

"그런 행운이 있을 리가. 경찰이 그 일을 알고 있을까?"

"보드서가 저렇게 떠들어 대니 당장이라도 알게 될 거야. 처턴우드에 가서 한번 확인해 보는 게 어때?"

"오늘은 괜찮을 거야."

"율리우스 카이사르도 암살이 예고된 날에 그렇게 말했지."

"정말 거기 가 봐야 할까?"

"응! 야, 홍당무, 점심시간에 네 자전거 좀 빌려 써도 될까?"

묘지기가 엎지른 물과 녹아 가는 완두콩의 황량한 풍경 너머로 체구가 작은 붉은 머리 1학년 학생에게 소리 높여 말했다.

"공짜로는 안 되지." 홍당무가 역겨운 커스터드에 연방 수저질을 하며 말했다. 세 번째로 받아 온 음식이었다.

"탄피 두 개, 스핏파이어 기 거."

"자치 방위대 사격장에서 난 거지?"

"아냐, 우리 사촌 형이 공군 총포 수리공이야. 코버 케인(본명은 에드거 제임스 케인. 뉴질랜드 출신으로 제2차 세계대전 당시 영국 최초의 공군 에이스였다-옮긴이)이 그 형한테 직접 줬어."

"코버 케인은 죽었어. 격추당해서. 그건 모두가 아는 사실이야."

"격추당한 그날 사촌 형한테 줬어."

"거짓말. 하지만 받겠어. 자치 방위대 거라도."

"좋아."

묘지기는 홍당무의 낡아 빠진 선빔 로드스터를 타고 페달을 밟았다. 안장이 너무 낮아서 무릎이 귀 옆까지 올라오는 것 같았다. 처턴 우드는 너무 멀게 느껴졌다. 마침내 거기 당도하자, 그는 자전거를 쐐기풀 밭에 두었다. 장갑 없이는 손을 못 대게 하기 위해서였다. 숲에는 아무도 없는 것 같았지만 경찰의 구둣발이 선명하게 찍혀 있었다. 그것만으로도 충분했다. 묘지기는 이제 학교로 곧장 돌아가야 한다는 걸 알았지만 현장을 한 번 더 보고 싶은 충동을 억제할 수 없었다.

"잡았다!" 커다란 손이 뒤에서 그를 잡았다.

"도와줘요, 살인자예요!"

묘지기는 목소리의 주인공이 뚱보 하디인 걸 알면서도 그렇게 소리치며 버둥거렸다. 묘지기가 계속 악을 쓰자 지나가던 중년 여자 두 명이 멈춰 서서 보았고, 하디는 당황해서 얼굴이 빨개졌다.

"미안해요, 순경 아저씨. 그 살인자가 나타난 줄 알았어요."

뚱보 하디는 순경 아저씨라는 말을 싫어했다.

"무슨 살인자?"

"이 숲에서 여자를 죽인 폴란드 남자요."

뚱보 하디의 얼굴에 의구심이 떠올랐다. "무슨 폴란드 남자?"

"몽크시턴 캠프의 군인이요. 토요일 밤에 여기서 여자 공군 한 명을 목졸라 죽였잖아요."

"누가 그래?"

"간이 식당 아줌마요. 그 말 듣고 실마리가 있나 하고 와 본 거예요. 그 남자는 여자가 신은 스타킹으로 목을 졸랐다잖아요. 여자는 얼굴이 새파래지고 혀가 쭉 나왔대요."

"헛소리! 그건 거짓말이야."

"네? 살인 사건이 없었다고요?"

"없었어. 그러니까 널 잡아 가기 전에 얼른 떠나라."

"네, 네." 묘지기는 고분고분 말하고 자전거가 있는 쐐기풀 밭으로 갔다.

묘지기가 자전거를 밟는데 뚱보 하디의 얼굴에서 의기양양한 표정이 사라졌다. 반드시 물어봐야 할 질문을 하지 않은 것이다.

"야, 돌아와. 너 이름이 뭐야? 어디 살아? 이름이 뭔지 말해!"

하지만 묘지기는 아무 소리도 듣지 못한 것 같았다. 아마 페달을 너무 열심히 밟은 탓일 것이다.

묘지기는 숨을 헐떡이며 옆 책상에 주저앉았다.

"경찰이 발견했어."

"그럴 줄 알았어. 조심해. 리들 선생님이야."

스탠 리들은 평소처럼 씩씩하게 교실로 들어왔다. 헐렁한 가운과 짧은 스웨터 안쪽으로 멜빵끈이 살짝 보였다. 멜빵은 스탠하고 잘 어울렸다. 그는 멜빵에 엄지손가락을 걸고 이야기하는 걸 좋아했기 때문이다. 그는 언제나 재미있는 이야깃거리가 있었고, 오늘도 예외가 아니었다.

"오늘 아침에 이걸 주웠구나." 그가 소이탄 꼬리핀을 들고 말했다. 아이들이 전부 고개를 잡아 빼고 웅성거렸다.

"그건 아무것도 아니에요, 선생님. 보드서 브라운은 그런 게 열

다섯 개고, 맥길은 열 개예요.”

“이런 건 아닐걸. 이건 녹색이 아니라 검은색이고 노란 줄무늬도 있어. 독일군이 최근에 쓰기 시작한 신형이지. 화력이 두 배야.”

아이들은 흥미진진해했고 그는 삼십 분 동안 그 이야기를 끌고 나갔다. 그가 무기에 대한 내부 정보를 공개하며 그는 수류탄과 각종 총이 그려진 자치 방위대 훈련 포스터를 펼쳐 보였다. 그러다가 이야기가 기관총으로 옮겨 가자 채스의 머리에서 경보음이 울렸다.

리들 선생님은 정말 교묘해, 채스는 천천히 잉크 병 뚜껑을 열고 기다렸다. 교탁에는 돌돌 말린 큼직한 포스터 한 장이 더 놓여 있었고 채스는 그게 무엇인지 알았다. 그 기관총의 도해. 선생님은 교실을 둘러보며 당황한 얼굴을 찾을 테고 묘지기의 표정으로 바로 들통이 나고 말 것이다. 조심하라고 경고할 시간이 없었다.

스탠이 짐짓 과장된 동작으로 포스터를 펼쳐 들 때, 그 순간 채스가 잉크 병을 툭 쳤다.

“아이구, 이런!” 잉크는 묘지기의 바지로 쏟아졌다. 묘지기를 포함해서 모두가 돌아보았다. 스탠이 계획한 진실의 순간은 망가졌다. 채스는 묘지기의 바지에 정신없이 손수건을 문질렀다.

“저거 우리 기관총 그림이야. 표정 관리 잘해.”

“맥길, 정신을 어디 팔고 있는 거냐! 그리고 존스 너도. 이 그림은 독일 비행기 기관총이다. MG 15 기종으로, 구경은 7.62밀리미

터지. 일 분에 천 발을 발사하고 유효 사격 거리는 1마일이야."

아이들은 그를 보았지만 이제 모두가 똑같은 표정이었다. 모두가 결백해 보이는 게 아니라 모두가 어수선했다. 스탠은 자신이 졌다는 걸 알았다.

"좋아. 지금부터 작문을 할 거다. 제목은 '전쟁 수집품.'"

정적 속에 종이를 긁는 펜소리만이 사각사각 울렸다. 채스는 한 시간은 벌 수 있지만 그 이상은 불가능하다는 걸 알았다. 그리고 그 한 시간은 기관총을 지킬 마지막 기회가 될 것이다. 그는 입 한쪽 구석으로 혀를 내물고 글을 썼다.

얼마 전까지 전쟁 수집품이라면 내가 우리 마을 최고였다. 소이탄 꼬리핀이 열한 개, 사용한 총알이 스물여섯 개에 포탄 파편이 열여덟 개였는데, 그중 하나는 길이가 1피트나 되었다. 거기에 탄피가 오십 개인데, 그중에는 무장 트롤 어선에서 일하는 아빠 친구가 준 열 개짜리 묶음도 있다.

하지만 이제 내 수집품은 두 번째밖에 되지 못한다. 3학년 B반의 보드서 브라운이 나를 이겼기 때문이다. 보드서는 3.7인치 노즈콘이 있고 냄새 나는 독일군 비행 헬멧이 있고, 히틀러의 얼굴이 새겨진 독일 돈도 잔뜩 있고, 마인 리블링이라는 갈래머리 독일 여자 사진도 있다. 나는 그 애가 어디서 그런 물건들을 구했는지 모르

겠다. 도저히 따라잡을 수가 없으니 말이다. 보드서 브라운을 이길 수 없다면, 다 포기하고 대신 담배 카드나 모으는 게 나을 것 같다.

수업 종료를 알리는 종이 울렸다.

"책 덮고 연습장 앞으로 내." 리들 선생님이 말했다. 아이들이 한목소리로 항변했다.

"선생님, 아직 다 못 썼어요. 집에 가서 숙제로 해 오면 안 돼요?"

"아니, 모두 내." 리들 선생님의 얼굴에는 당장 그 작문들을 읽고 싶다는 기색이 역력했다. 채스는 조용히 웃었다. 보드서 브라운이 안겨 준 웃음이었다.

네 시에 보드서는 교장실 문 밖에 땀을 흘리며 서 있었다. 다섯 시가 되었을 때는 회초리를 심하게 맞았다. 다섯 시 반에는 경찰이 수색 영장을 가지고 그의 집에 갔다.

하지만 다섯 시 반이 되기 한참 전부터, 안개 속에서 수레에 가이 인형을 싣고 "가이에게 1펜스!" 하고 소리치며 다니는 끈질긴 두 사람이 있었다.

"우리 떼돈 벌자!" 묘지기가 말했다. "그런데 어디로 가지?"

"보기 레인으로." 둘은 수레를 기울여 좁은 입구로 들어선 뒤 어른들의 시야에서 사라졌다.

"이걸 어디에 숨겨?" 묘지기가 물었다.

"번티네 집 마당." 번티는 건설 노동자였는데, 지금은 군대에 들어가서 사우스 다운스에 토치카를 짓고 전선을 연결하는 일을 했다. 번티의 늙은 아버지가 가끔 마당을 돌보러 왔지만 하는 일이라고는 오두막에 앉아 스토브를 켜고 차를 끓이는 것뿐이었다. 그는 아이들하고 이야기하는 걸 좋아했다. 아이들밖에 이야기를 나눌 사람이 없었기 때문이다. 때로 채스와 묘지기는 그에게 조심하겠다고 약속하고 마당을 쑤시고 다니기도 했다.

번티네 집 벽돌담은 높이가 10피트에 달했고 꼭대기에는 유리조각이 박혀 있었다. 삼면은 그랬지만 철길 쪽은 그냥 썩어 가는 널빤지 두 개를 헐렁하게 연결한 나무 울타리였다. 채스는 지금 그 널빤지들을 빼내고 있었다. 수레와 짐이 안으로 들어갔다.

"어디에?"

"저기 낡은 하수관 속에. 가운데 밑에 있는 것."

"녹슬지 않을까?"

"내가 이 기름천을 왜 가져왔을 것 같아?"

"그건 어디서 났어?"

"우리 아빠가 회사에서 가져와. 엄마가 이걸로 벽난로 불을 붙이거든." 기관총은 은닉처로 미끄러져 들어갔다. 그런 뒤 헝겊 조각들로 하수관 양끝을 막고, 그 위로 살포시 모래를 뿌렸다.

십 분도 지나지 않아 큰 길에서는 다시 처량한 목소리가 울려 퍼졌다.

"가이에게 1펜스?"

채스의 집에 도착하니, 집 밖에 검은 경찰차가 세워져 있었다.

"아!" 묘지기가 말했다. "달아나자!"

"아냐." 채스가 말했다. "그럴 필요 없어. 우리 둘만 입을 꾹 다물고 있으면 번티가 오기 전까지는 아무도 그 기관총을 못 찾아."

"맞아!" 묘지기가 나치 군의 정강이를 깨무는 불독처럼 말했다.

채스는 당당한 얼굴로 집 안으로 들어갔다.

"아빠, 묘지기하고 같이 '가이에게 1펜스'로 3실링을 벌었어요!"

채스의 아버지는 화가 잔뜩 난 얼굴로 벽난로 앞에 서 있었다. 채스가 아니라 긴 안락의자에 앉은 경사 때문이었다. 경사는 얼굴에 이상한 흉터가 있었다. 리들 선생님도 와 있었다. 방위대 대장 제복의 선생님은 예사롭지 않은 표정이었다.

맥길 씨는 경찰을 좋아하지 않았다. 틈만 보이면 끼어들어서 모든 걸 다 망쳐 놓을 주제넘은 족속이라고 생각하고 있었다. 그리고 그중 절반이 범죄자라고 믿었다. 게다가 집 앞에 경찰차가 있으면 이웃들이 수군댈 것이다. 그 때문에 맥길 부인은 화가 난 상태였다. 부인은 구석에 서서 계속 앞치마에 손을 닦았다. 아내를 화나게 하는 일은 맥길 씨도 화나게 했다.

경사는 상황을 점점 악화시키고 있었다.

"가이에게 1펜스? 그건 구걸 행각이야. 그걸로 너희를 법정에 세울 수도 있어!"

"그렇다면 나도 같이 세우시구려." 맥길 씨가 말했다. "나도 어린 시절에 그 짓을 많이 했수다. 경사님은 안 그랬습니까?"

"이야기를 마저 하죠." 스탠 리들이 불편하게 말했다. 일을 엉뚱하게 몰고 가는 경사가 답답해 보였다.

"네가 찰스 해럴드 맥길이지?" 경사가 위협적인 목소리로 물었다.

"아니, 그 애는 찰스 피스(19세기 영국의 유명한 강도-옮긴이)요. 이런 멍청한 질문들은 집어치워요."

"저는 제 방식으로 일을 합니다." 경사가 말했다. 맥길 씨는 돌아서서 벽난로에 침을 뱉었다. 침은 반짝이는 검은 창살 위에서 프스스 소리를 내며 튀었다. 집 안에서 침을 뱉다니, 아빠가 정말로 화난 게 분명했다!

"찰스 맥길, 지난 며칠 동안 새로 모은 전쟁 수집품이 있니?"

채스는 열심히 생각해 보는 시늉을 했다.

"꼬리핀 하나요. 여기 묘지기한테 주었어요. 너한테 있지?"

"응." 묘지기는 주머니에서 꼬리핀을 꺼내서 식탁에 탕 내려놓았다. 경사는 그것을 주워 들어서 한참 들여다본 뒤 다시 내려놓았다. 괜히 겁주려고 저러는 거야, 채스가 생각했다.

"이게 전부냐?"

"네."

"정말로?"

"네."

"폭격기가 추락한 다음 날 아침, 너는 웨스트 처턴에 갔지?"

"네."

"무언가 찔리는 표정이구나."

채스는 고개를 숙였다.

"말해 보렴."

"엔진 노즈콘을 훔치러 갔어요. 그런데 뚱보 아니 하디 경관이 쫓아왔어요."

"그게 다야?"

"네."

"네 수집품은 모두 어디 있지?"

"온실에요."

"그리 가 보자." 모두가 갓을 씌운 손전등을 들고 마당으로 나갔다. 갑작스런 불빛에 토끼들이 눈을 깜빡이며 짚더미 속을 뛰었다. 채스는 치니의 토끼장에 총알 탄창을 넣어 둔 게 떠오르자 아찔함에 눈을 감았다. 날이 어두운 게 다행이었다.

"어디 보여 다오!" 천이 펼쳐지고 기념품이 굴러 나왔다.

“흐음.” 경사가 말했다. “이건 우리가 가져가야겠다.”

바보 같은 말이었다. 채스는 왈칵 화를 냈다.

“이건 제 거예요! 일 년 동안이나 모은 거라고요. 다른 아이들도 다 갖고 있어요.”

“지금 우리나라는 쪼가리 금속도 아쉬워.” 경사가 으름장을 놓듯 말했다.

“하지만 그건 가머스에서 둘째 가는 수집품이에요!”

“그냥 두고 가시죠, 경사님.” 맥길 씨가 말했다. 목소리에 날이 잔뜩 서 있었다. 채스는 리들 선생님도 경사를 말릴 거라는 걸 알았다. 하지만 경사는 계속 헛소리를 했다. 다친 발 때문인지 고집이 대단했다.

“이런 건 모두 왕실 재산입니다.”

“허튼 소리!” 채스의 아버지가 말했다.

“아이를 방으로 데리고 들어가 재우시죠. 소란을 피우면 곤란합니다.”

“경찰이란! 어린애 보물까지 빼앗고는 운다고 나무라다니.”

“제발 데리고 들어가 주세요. 집과 마당을 전부 수색해야 할지도 모릅니다.”

“애를 데리고 들어가, 매기.” 아버지가 말했다. “나는 여기 있을 거야. 경찰을 믿을 수 없으니까.”

　그래서 채스는 방에 들어갔고, 아버지는 성난 거석상처럼 우뚝 서서 경찰이 소중한 마당을 구석구석 파헤치고, 온실 보온 장치를 해체하고, 유리 석 장을 깨는 모습을 지켜보았다.

　"남의 집 귀한 작물을 해치고 토끼들 겁 주는 것밖에 할 일이 없는 인생이라니 한심하우."

　경찰은 마침내 실망과 분노 속에 떠났다.

　"이상한 게 나타나면 꼭 알려 주십시오."

　"당장 나가요!" 맥길 씨가 사납게 말했다. "내일 아침에 변호사를 찾아갈 거요."

　천만다행이 아닐 수 없었다. 경찰은 치니의 우리를 열어 볼 생각을 하지 않았다. 거기는 기관총을 넣기에는 너무 좁았기 때문이다. 더욱 다행인 것은 맥길 씨가 채스에게 기관총에 대해 묻지 않았다는 것이다. 이 세상에 채스가 속이지 못하는 사람이 한 명 있다면 그것은 바로 아버지였다. 앞으로 누가 다시 채스에게 전쟁 수집품 이야기를 할 때, 그가 화를 버럭 내며 경찰 욕을 해도 누가 그를 비난할 수 있겠는가?

　스탠 리들은 패배감 속에 자치 방위대 본부로 걸어갔다. 자치 방위대는 빌링 제분소를 본부로 썼다.

　빌링 씨는 사백 년 전에 최대한의 풍력을 이용하려고 가머스에서 가장 높은 언덕에 풍차 제분소를 지었다. 하지만 1940년에 이르자 풍차 날개도, 거대한 목조 구동축도, 톱니바퀴도 모두 썩어 없어졌다. 남은 것은 검게 변한 우윳병 모양의 돌확(돌 표면을 우묵하게 파서 물건을 담아 두는 도구-옮긴이)과 땅에 반쯤 묻힌 맷돌과 파리 떼 그리고 몇 마리의 고양이 사체뿐이었다.

그러던 곳에 샌디 샌더슨이란 사람이 오면서 철재 주름 지붕이 얹히고, 바닥이 새로 깔리고, 필요한 곳마다 모래주머니가 놓이게 되었다. 꼭대기 경계 초소에는 전화기도 있었고 폴란드 구축함 잔해에서 가져온 커다란 쌍안경도 있었다.

스탠 리들은 우울하거나 무력감이 느껴질 때마다 샌디를 찾아갔다. 샌디는 빌링 제분소보다도 더 단단한 사람이었다. 그는 자치 방위대 지원병 모집 호소문이 붙은 당일, 훈련장에 홀연히 나타났다. 블레이저코트 차림의 학생들과 핀스트라이프 정장 차림의 은행가들 틈에서, 그는 지브롤터의 바위처럼 우뚝했다. 6피트 4인치의 키와 집채만 한 덩치 그리고 나프탈렌 냄새가 강하게 풍기는 말끔한 청색 콜드스트림 가즈(왕실 근위대를 이루는 다섯 부대 중의 하나-옮긴이) 상사의 제복.

샌디 자신 또한 나프탈렌 통에서 나온 것 같았다. 1933년에 '기관총과 관련된 어리석은 행위'로 부상을 입고 퇴역한 뒤, 그는 지난 칠 년 동안 제복 입는 직업들을 전전했다. 호텔 짐꾼, 고속도로 순찰 대원, 극장 문지기 등을 거쳤지만, 어떤 일도 오래하지

못했다. 목소리가 너무 크고, 눈빛이 너무 강하고, 사람을 신사와
병졸로 가르는 이분법(장교와 양아치)이 너무 단순했다. 그리고 민
간인의 세계에서는 양아치들이 돈과 힘을 가진 경우가 너무 많
았다.

훈련장에 모인 첫날 샌디가 들어와서 주변을 둘러보자, 사람들
이 모두 입을 다물었다. 그의 눈길이 스탠에게 이르더니, 이십 년
교사 생활의 허름함 속에 감추어진 1918년의 젊고 명민한 준대
위를 보았다. 그는 양치기 개가 양떼 가운데 거세하지 않은 숫양
한 마리를 물어내듯이 스탠을 발탁해서 훈련장 끝으로 데리고
갔다.

그러더니 입을 크게 벌리고 소리쳤다.

"모두 집합!"

학생과 은행가들이 화들짝 놀라서 제자리에 빳빳하게 섰다. 샌
디는 사람들 수를 세고 스탠에게 갔다. 징을 박은 군홧발 소리는
빅벤(영국 국회의사당 동쪽 끝에 달린 높이 106미터, 시침 길이 2.7미
터, 분침 길이 4.3미터의 대형 탑시계-옮긴이)의 종소리만큼이나 우렁
찼다.

"총 여든네 명입니다, 대장님!"

스탠이 생각해 낼 수 있는 대답은 "계속하시오, 주임 원사!"가
전부였다.

샌디는 계속했다. 스탠의 놀란 눈길 앞에서, 광부와 회계사와 사환들이 키 순서로 도열한 가운데 왼쪽부터 번호가 착착 매겨지고 소대와 분대로 나눠졌다. 스탠은 사람을 귀신같이 알아보았다. 의사는 군의관으로 발탁되어, 스탠이 있는 가상의 장교 식당으로 파송되었다. 제1차 세계대전 참전 상병들도 알아 내서, 머리를 자르고 양말을 치켜 신으라고 명령한 뒤 병장으로 승진시켰다.

삼십 분이 지나서 지역 군 사령관이 나타났을 때는 모든 것이 끝나고, 행정병이 된 은행가가 C 소대 대원들의 이름과 종교와 가족 연락처를 적고 있었다.

사령관의 얼굴이 걱정에서 안심으로 옮겨 갔다.

"여기는 모든 게 잘 돌아가는 것 같군요!"

"아, 네." 스탠이 말했다.

"저 주임 원사가 부럽습니다. 제 수하로 삼고 싶을 정도예요. 근위대를 이길 수는 없거든요."

"네, 그렇죠." 스탠이 말했다.

"이제 대장께 맡기고 저는 갑니다!"

그렇게 해서 가머스 자치 방위대가 태어났다. 그 이후 스탠이 한 일은 (샌디의 제안에 따라) 두 사람을 승진시킨 것뿐이다. 그리고 샌디는 많은 것을 '얻었다.'

'얻었다'는 건 샌디의 표현이었다. 자치 방위대에 필요한 물건들은 저절로 생겨났다. 모래주머니, 전화, 쌍안경, 물컵, 도자기, 나무, 그리고 군용 승합차. 스탠은 그런 것들이 어떻게 났는지 감히 묻지 않았다.

빌링 제분소에 지붕을 새로 씌운 뒤, 샌디는 그리로 이사했다. 스탠은 샌디가 자는 것은 본 적이 없지만 그는 늘 거기 있었고 늘 바빴다. 라이플 총에 기름을 칠하거나 사방에 석회를 칠하고 또 칠했다. 1940년대의 지독한 음울함 속에서 샌디는 단순하고도 충만한 행복을 누렸다. 만약 히틀러가 온다면 그는 평생 제복을 입고 살았듯이 역시 제복을 입은 채 죽을 것이다.

샌디는 지금 스탠이 토로하는 고충을 들었다. 그런 뒤 오래도록 생각에 잠겼다.

"기운 내십시오, 대장님. 공격 계획은 일급이었습니다. 하지만 그 경관의 조사 방식은 문제가 있었네요. 적의 마음을 읽지 못했어요. 아이들은 약삭빠르기가 비렁뱅이들하고 똑같아요. 신병들하고도 같습죠. 잠시도 등을 돌리고 있으면 안 돼요. 그래도 우리가 이길 겁니다, 대장님. 그 기관총이 우리한테 들어오면······, 쓸 데를 저는 알고 있습니다."

"하지만 그건 우리 게 아니야, 주임 원사!"

"얻으면 됩니다, 대장님. 얻으면요."

다음 수요일 저녁은 별 문제 없이 시작되었다. 맥길 씨가 두 시부터 열 시 근무 조라서, 오후 티타임 때는 채스와 어머니뿐이었다. 하지만 휴가를 맞은 사촌 고든이 청회색 공군 장교복 차림으로 찾아왔다. 그는 라이플 총을 들고 다녔는데, 그건 한편으로는 언제라도 전투에 나가야 하기 때문이었고, 또 한편으로는 그의 어머니가 고든이 외출했을 때 그 더러운 살인 무기가 집에 있는 걸 싫어했기 때문이었다.

채스가 고든의 허락 아래 (모형 총알 클립으로) 그 총을 가지고 놀기 시작한 직후;에 사이렌이 울렸다.

"둘 다 방공호로 내려가라. 나는 소시지와 감자튀김을 접시에 담아서 갈게. 이건 히틀러도 건드리지 못할 식사야."

나이프와 포크, 찻주전자와 마른 빵 접시를 들고 참호로 내려가는 일은 거의 소풍이나 마찬가지였다. 채스는 마당길을 내다보면서 다과를 먹으려고 방공호 문 옆에 앉았다.

"내가 바깥의 딱정벌레라면, 언제라도 포탄 파편에 날아갈 수 있어. 하지만 여기는 안전해."

그것은 비 한 방울 맞지 않고 문간에 서서, 비에 젖은 행인들을 바라보는 것만큼이나 즐거웠다. 그는 머리 위를 덮은 강철과 흙더미를 상상하며, 달콤한 기분 속에서 감자튀김을 먹었다. 그리고 고든의 총을 보며 고개를 끄덕였다.

"형이 좀 더 큰 총을 갖고 왔으면 좋았을걸. 그러면 폭격기가 왔을 때 우리가 폭격기를 쏠 수도 있었을 텐데."

"그럴 필요 없어." 전문가 행세를 좋아하는 고든이 말했다.

"라이플 총으로도 폭격기를 쏠 수 있어. 우리는 그런 훈련도 받아. 비행 속도에 맞추려면 동체에서 손바닥 폭만큼 앞쪽을 겨냥해야 돼."

"하지만 폭격기는 하늘 높이 날잖아!"

"착각하지 마. 폭격기는 5,000피트 상공을 날고, 그건 1마일도 안 돼. 이 총은 사정거리가 1마일이야."

그는 라이플 총을 쓰다듬었다.

"그러면……. 독일군 기관총도 그렇게 멀리까지 나가?"

"그건 훨씬 멀리까지 나가지. 슈마이서는 나무 줄기도 뚫고 가."

"슈마이서가 뭐야?"

"기관총이지."

채스는 심각한 얼굴을 하고 마지막 감자튀김 다섯 개를 한꺼번에 포크로 찍어 입에 우겨 넣었다.

"몇 번을 이야기해야 알겠니?" 맥길 부인이 말했다.

"잘라서 넣으라고 말야."

열 시 무렵 공습 해제 사이렌이 울렸다. 소나기가 두 차례 지나간 것을 빼고는 아무 일도 없었고, 비가 그치기 한참 전부터 사람들은 방공호 앞에 나와 수다를 떨었다.

"시간이 아깝다, 정말." 맥길 부인이 말했다.

"다림질이라도 할 수 있었을 텐데. 잘 가라, 고든. 어머니한테 내가 금요일에 갈 거라고 말씀드리렴."

"안녕히 주무세요. 조용할 때 가는 게 좋겠네요."

그들은 고든의 군화발 소리가 사라지는 걸 들었고, 가만히 앉아서 다른 발소리를 그리고 자전거 세우는 소리를 기다렸다. 아빠였다.

"어서와요, 여보." 맥길 부인이 더러워져서 돌아온 남편의 뺨에 입을 맞추었다. 채스는 아버지가 뒷문으로 돌아올 때 어머니가 그 뺨에 입 맞추지 않는 모습을 한 번도 본 적이 없었다. 아버지의 뺨은 검댕과 기름 맛이 날 것이다. 결혼한 뒤로 어머니는 얼마나 많은 검댕과 기름을 먹었을 것인가.

"저녁 준비 됐어. 따끈따끈해."

맥길 씨는 얼굴은 빼고 손만 씻었다. 얼굴을 씻는 건 식사 후의 일이었다. 일에는 순서가 있는 법이다. 그는 더러운 구두도 벗지 않았다. 따라서 맥길 부인은 양탄자가 더러워지는 걸 막기 위해 언제나 남편 의자 밑에 「데일리 익스프레스」 지를 깔아 놓았다.

"공습이 일찍 닥치는 것도 괜찮네. 내 방 침대에서 하룻밤 편히 자 보고 싶어."

"섣부른 기대하지 마. 아직도 황색 경보야."

"하지만 공습 해제 사이렌이 울렸잖아!"

"그건 적색 경보가 끝났다는 거지. 아직도 바깥 어딘가에는 놈들이 있어. 제복으로 갈아입는 게 좋겠군."

가스 공장 작업 반장인 맥길 씨는 그런 일을 잘 알았다.

"하지만 음식이 다 식을 거야."

"오븐에 넣어 둬."

맥길 부인은 코를 훌쩍이고 바닥에서 「데일리 익스프레스」를 치웠다. 작업화는 깨끗할 때가 없어도, 공습 지도원 구두는 언제나 깨끗하게 반짝였다. 맥길 씨는 어깨 끈에 베레모를 끼운 말끔한 옷차림으로 식사 자리에 앉았다.

그런데 다음 순간 전등이 나갔다. 그러더니 등화관제 커튼 틈으로 섬광이 연속해서 빛났다. 맥길 씨의 접시가 바닥에 떨어져 깨졌다.

"아이고, 아까운 소시지!" 맥길 부인이 소리쳤다.

"엎드려, 여보. 얼굴을 창문 반대편으로 하고. 비밀 정찰기야."

하지만 아니었다. 소파 밑에 엎드린 채스의 귀에 수많은 엔진 소리가 들렸다.

"방공호로!" 그들은 복도를 달려가 현관 문을 열었다. 낙하산 조명탄이 어찌나 많이 터지는지 바깥이 꼭 대낮 같았다. 방공호로 가는 돌길에서 핀이라도 찾을 수 있을 지경이었다.

"보험 증서!" 어머니가 소리를 지르며 돌아섰다. 아버지가 몸으로 어머니를 막았고, 한순간 두 사람은 현관 앞에 술 취한 사람들처럼 뒹굴었다.

"어서 나가." 아버지가 헐떡였다.

채스가 현관 밖에 발을 내디딘 순간 다시 폭격이 시작되었다. 채스는 다리가 완전히 망가진 게 아닌가 싶었다. 검게 입을 벌린 방공호의 문이 가까워지기는커녕 오히려 더 멀어져 갔다. 폭탄에 맞는 사람은 폭발 소리를 듣지 못한다고 한다. 하지만 그런 걸 어떻게 아는가? 식품점 누나처럼 죽은 사람만이 알 것이다. 채스는 그 누나의 몸 윗부분을 보았다. 그 몸은 끔찍하게도 여전히 감자의 무게를 달고 있었다.

잠시 후 그는 방공호 안으로 몸을 던졌다. 무릎이 침상 모서리에 걸려 미칠 듯이 아팠다. 그런 뒤 어머니가 덮쳐서 그를 쓰러뜨렸고, 이어서 아빠의 구둣발 소리가 났는데, 채스에게 그런 소리는 처음이었다. 그런 뒤 천둥 치는 듯한 소리가 다시, 또다시, 또다시, 또다시, 또다시 울렸다. 천둥 같은 소리가 그들을 향해서 계속해서 다가왔다. 이제 다음번 소리가 울리면 그들은 가루가 되고 말 것이다.

하지만 다음번은 없었다. 들리는 것은 벽돌들이 지하실에 석탄 쏟듯 떨어지는 소리와 유리가 연달아 깨지는 소리뿐이었다.

아버지가 방공호 문에 무거운 방수포를 쳤고, 어머니는 덜덜 떨리는 손으로 세 번째 성냥을 켜서 작은 기름 램프에 불을 붙였다. 그런 뒤 어머니는 방공호에 온기를 불어넣어 주는 화분 밑에 촛불을 켰다.

"현관 문 닫았어, 여보?" 어머니가 아버지에게 말했다. "누가 들어와서 보험 증서를 훔쳐 가면 어째? 그리고 스폴딩 부인이랑 콜린은 어디 있지?"

부아아앙, 부아아앙, 부아아앙.

"놈들이 또 오고 있어!" 맥길 씨가 소리쳤다. "포들은 다 뭐하는 거야? 전투기들은 다 뭐하는 거냐고?"

부아아앙 소리 사이로 숨 가쁜 비명 같은 게 들렸다. 또 죽기 직전의 캥거루가 날뛰듯이 무언가 질질 끌리다가 펄쩍펄쩍 뛰다가 하는 소리도 났다. 그 소리는 부아아앙 소리보다 더 무서웠다. 그 소리가 방공호 문 앞까지 오더니, 사람의 몸이 털썩 쓰러져 들어왔다. 스폴딩 부인이었다.

"죽은 거야?" 맥길 부인이 물었다.

"아니, 하지만 속옷이 발목에 걸려 있어." 맥길 씨가 말했다.

"계속 깡충깡충 뛰어 왔어요." 스폴딩 부인이 헐떡이며 말했다. "바깥 화장실에 있었는데, 곧바로 나올 수가 없었어요. 놈들이 화장실 문을 날렸고, 렉스 영화관도 폭격했어요. 브랜디 없나요?"

"내가 줄을 당겼어요, 엄마. 물은 잘 내려갔어요." 콜린이 만족스런 표정으로 말했다.

"빅토리아 십자 훈장을 받을 일인걸." 채스가 참을 수 없다는 듯이 킬킬거렸다.

"그만해, 찰스. 지금이 웃을 때니?" 엄마가 스폴딩 부인을 돌아보았고, 부인은 자기 침상에 올라가서 바쁘게 속옷을 치켰다.

"미안해요. 급하게 내려오느라고 브랜디하고 상자를 못 가져 왔어요. 보험 증서도 걱정이에요. 잭은 현관을 안 닫았어요. 여보, 가서 좀 가져와!"

하지만 다시 폭탄이 떨어지기 시작했다. 폭탄 소리가 날 때마다 채스는 방공호 벽을 뚫어지게 바라보았다. 맥길 씨는 그 벽을 흰색으로 칠하고는 페인트의 액화를 막기 위해 중간중간에 작은 코르크 조각을 붙여 놓았다. 채스는 눈으로 그 코르크 조각을 세었다. 숫자가 20에 이르면 자신은 죽어 있거나, 아니면 살아남아서 방공호 벽에서 코르크 조각이 떨어지는 걸 보고 있을 것이다. 그리고 살아서 또 다음번 폭격을 맞겠지. 그건 하나마나한 놀이였고, 아무런 재미도 없었지만, 그렇게라도 해야 비명을 억누를 수 있었다.

할아버지는 폭탄에 자기 이름이 쓰여진 사람만 그 폭탄에 맞는다고 했다. 채스는 영국 공군 병사들이 폭탄에 이름을 써 넣는 사진들을 보았다. 독일군도 똑같이 할까? 그들이 어떻게 자기 이름을 알까? 영국 사람들의 명단이 있나? 게슈타포한테는 있을지 모른다. 하지만 이런 생각을 자꾸 하면 비명을 지르거나 스폴딩 부인처럼 한심한 짓을 하게 될 거다. 다른 놀이를 하자, 얼른.

아, 다른 놀이가 생각났다. 그는 묘지기와 홍당무와 같이 참호에 있다. 검은 기관총이 그의 손 안에서 거칠게 반동하면서 검은 폭격기들을 향해 오렌지 빛 불꽃을 쏘아 댄다. 그리고 그 총탄은 한 발도 빗나가지 않고 명중한다. 폭격기들이 폭발하고, 이제 비명을 지르며 몸이 반토막 나는 건 그 폭격기에 탄 사람들이다. 하나, 둘, 셋, 넷, 다섯, 여섯, 일곱. 아, 괜찮은 놀이인걸. 폭격기들은 아무리 애를 써도 채스에게 다가오지 못한다. 그가 가진 검은 기관총이 선제 공격으로 그들을 지옥불 속으로 떨어뜨린다.

"기운 내라, 애야. 이제 끝일지도 몰라." 아버지 목소리였다. 그의 눈에 다시 코르크 박힌 흰 벽이 들어왔다. 폭격은 그쳤다.

그들은 새벽녘에 뻣뻣한 몸을 이끌고 방공호 밖으로 나왔다. 그리고 집이 아직 무너지지 않았다는 데 놀랐다. 스퀘어의 다른 집들도 마찬가지였다. 긴 뒷마당 뒤쪽의 집들도 거의 피해가 없었다. 하지만 두 채는 완전히 허물어졌다. 그 양쪽 집들은 창문과 슬레이트 지붕이 날아간 정도였지만, 두 채는 박살이 났다.

"로니 보이스네 집이에요." 채스가 말했다. 이틀 전에 로니 보이스를 때려 코피를 흘리게 한 게 생각났다.

"집이었지." 아버지가 말했다. "이제는 없어졌으니까. 뭐가 와서 떨어지는지도 몰랐을 거야."

반짝이는 구두를 신고 다니는 뚱보 로니 보이스 그리고 천식을 앓는 그 애의 엄마……. 로니는 지금 어디 있나? 천국에? 머리에는 동그란 후광을 두르고 그 반짝이는 구두에 어울리는 하프를 타고 있을까? 하느님이 그에게 가혹한 벌을 내리지 않았으면 좋겠다. 그 아이는 도벽이 심했지만 폭탄에 맞아 죽는 것만으로도 도둑질에 대한 벌로는 충분할 테니까.

"채스야." 아버지가 조용히 말했다. "나는 할머니와 할아버지한테 가 봐야겠다. 어젯밤에는 주로 강변 지역이 폭격을 맞았어. 너도 같이 갔으면 좋겠다."

채스는 대포알을 삼킨 듯 배가 묵직했다. 제발 할머니하고 할아버지만은! 머릿속에 헨리 스트리트에 있는 깨끗한 할머니 할아버지 집이 떠올랐다. 흰색의 바퀴가 대문 역할을 하고, 정원에는 크고 하얀 조개껍데기가 있는 집, 새로 페인트를 칠한 깃대에 할아버지가 매일 아침 유니언 잭(영국 국기-옮긴이)을 걸고 경례를 하는 집.

"아이는 데려가지 마, 잭." 어머니가 앞치마를 만지작거리며 말했다.

"아니, 데려갈 거야." 아빠가 무겁게 말했다.

"찰스도 이제 열네 살이니까 거기서 나를 도울 수 있을 거야."

"그러면 옷이라도 제대로 갖춰 입혀……."

"바보 같은 소리 하지 마. 아직 장례식은 아냐. 잘못하다간 괜히 옷만 버려. 가자, 얘야."

두 사람은 나란히 도로를 걸었다. 채스는 자신이 아버지한테 필요하다는 사실이 기뻤다. 그것은 중대한 가족의 일이었고 어른들의 일이었다. 하지만 손은 계속 떨렸다. 할아버지 집은 어떻게 되었을까. 할머니가 주전자를 불에 올려놓고, 할아버지가 아침 기침을 다스리고 있을지도 모른다. 그러면 모두가 어젯밤 폭격 이야기를 할 것이다.

아니면 땅에 구멍 하나만 덜렁 패어 있을지도 모른다. 로니 보이스의 집이 당한 것처럼. 온 세상이 두 쪽으로 갈라진 것 같았다.

늘 보던 거리에서 여자들이 문 앞에 나와 수다를 떨고, 아이들은 담장 너머를 기웃거렸다. 하지만 익숙한 지붕들 위로 여태껏 본 적 없는 자욱한 연기가 피어 올랐다. 기름 냄새 가득한 검은 연기가 동쪽으로 뭉클뭉클 뻗어 나가서 떠오르는 해를 가렸고, 그들 머리 위로는 햇빛과 그늘이 일 분 단위로 교차했다. 채스가 전에 본 됭케르크 사진 같았다. 그때는 그 연기 구름들이 멋있다고 생각했다. 강렬했다. 하지만 저 연기가 할머니 집에서 나는 것이라면?

그들은 처치 레인으로 돌아 들었다. 길이 막혀 있었다. '접근 금지'와 '위험'이라고 적힌 커다란 붉은색 표지판이 있었다. 경찰이 교통을 통제했다. 남자들이 트럭 뒤편에서 쇠지레를 꺼냈고, 소화전의 흰색 호스들은 말썽꾸러기 소년이 오줌을 누듯 배수로로 꾸물 텅꾸물텅 물을 흘려보냈다.

길 끝에 있는 성 구세주 교회의 붉은 벽돌 첨탑이 불에 타고 있었다. 불꽃은 교회 건물 꼭대기에서 바닥까지 모든 창문을 핥으며 타올라서, 동쪽으로 뻗어 가는 연기 기둥과 합쳐졌다. 오늘 아침에는 북해의 독일군도 이 냄새를 맡을 것이다. 그리고 웃을 것이다.

아버지는 경찰관에게 강변 마을로 가는 길 중 어떤 길이 열려 있느냐고 물었다. 경찰은 아버지와 악수를 했다. 채스는 교회를 보았다. 그곳은 하느님이 사는 집이다. 하느님마저 히틀러를 피할 수 없다면 과연 누가 피할 수 있다는 말인가? 왜 하느님은 저런 짓을 하는 히틀러를 잡아가지 않는가? 왜 베르흐테스가르텐(나치 시설이 있던 독일의 한 지방-옮긴이)으로 벼락을 내리지 않는가? 히틀러는 하느님이 두렵지 않은가? 채스는 장난으로 교회 의자에 침을 뱉었다가 그 후 일주일 동안 두려움에 떨며 지낸 적이 있다. 하느님은 어디에 있는 걸까?

채스가 바라보는 눈앞에서 첨탑이 열기 속에 아른아른해지는 것 같았다. 아른거리는 빛이 점점 강해졌다. 그러더니 첨탑의 몸체가 서부 영화 속 총 맞은 무법자처럼 비틀렸다. 그렇게 높다란 벽돌 탑이 말이다. 채스는 머리가 띵했다. 거리가 100야드나 떨어져 있는데도 달아나고 싶었다. 거대한 벽돌덩어리들이 퍼즐 조각처럼 부서져서 교회 안으로 쏟아져 내렸다. 꼭대기의 수탉 모양 금색 풍향계가 기우뚱했다. 소방관들이 이리 뛰고 저리 뛰었다. 마침내 첨탑은 천천히, 아주 천천히, 붉은 사자처럼 소방관들 앞으로 뛰어내렸다. 그런 뒤 길 위에서 앞으로 쿵쿵쿵 튀었고, 붉은 벽돌 가루가 갈기처럼 펄럭이며 달아나는 소방관들의 다리를 잡았다.

한 사람이 벽돌에 맞아 쓰러졌다. 동료 두 사람이 그를 일으켜서 끌고 나왔다. 붉은 사자가 쫓아오는 동안에는 멈출 수가 없었다.

추격이 멈추자, 채스의 귀에 우릉우릉 하는 소리와 고함 소리가 들렸다. 사람들이 쓰러진 소방관 주변에 모여서 그의 까매진 얼굴을 하늘로 돌렸다. 그리고 조그만 갈색 병에 든 액체를 그의 목으로 넘겼다. 그는 일어나서 걷다가 허리를 접고 기침을 했다.

"괜찮을 거다." 맥길 씨가 말했다. "저 사람은 운이 좋았지 뭐냐. 저런 행운은 평생 다시 없을 게다. 가자."

그들은 다음 거리를 향해 갔다.

"어릴 때 성 구세주 교회 짓는 걸 보았지." 맥길 씨가 말했다.

"교회를 다시 지을까요?"

"그야 하느님만이 아시겠지." 하지만 하느님이 정말 아실까?

다음 거리는 조용하고 비어 있었다. 특이한 점이라면 경찰관 한 명과 '불발탄'이라는 표지판이 있다는 것뿐이었다. 거리 중간에 작은 구멍이 패었고, 주변에는 하수관 공사를 할 때처럼 흰색 바리케이드가 둘러져 있었다. 고양이 한 마리가 구멍 주변을 킁킁거렸다. 할머니 일이 그렇게 걱정되지 않았다면, 채스는 그 고양이를 걱정했을 것이다.

"저러다 어떻게 될지 모르겠구나, 고양이 말이다." 맥길 씨가 말했다.

"새빌 스트리트는 열리겠죠." 채스가 말했다. 새빌 스트리트는 시내에서 가장 중요한 길이다. 장난감 가게가 세 개나 있기 때문이다.

하지만 새빌 스트리트는 사라지고 없었다. 남은 건 벽돌 더미뿐이었다. 상점들도 벽돌 더미가 되고, 도로도 벽돌 더미가 되었다. 길 앞쪽에 '대량 구조'라고 쓰여진 녹색 트럭이 있었다. R자가 박힌 흰색 양철 모자를 쓴 지저분한 남자가 머그잔을 들고 트럭 짐 칸 끝에 앉아 있었다. 머그잔은 반짝이는 흰색이었지만 검은 지문이 가득 찍혀 있었다.

"안녕하세요, 조지 형님." 채스의 아버지가 익숙한 말투로 인사했다. 어이쿠, 그 사람은 사촌 형 고든의 아버지인 조지 삼촌이었다. 얼굴이 너무 까매서 석탄 광부 같았다. 삼촌이 얼굴을 찡그리자 완벽한 틀니가 보였다.

"기가 막힌 일이야." 그가 말했다. "지난번 참호들에서 볼 것 못 볼 것을 다 봤다고 생각했는데, 오늘 아침 같은 건 또 처음이야. 저 밑에 아이들 시신이 있어. 저걸 다 꺼내려면 사흘은 걸릴 거야."

"얼마나 죽었죠?"

"지금까지는 스물일곱이고, 세 명이 살아 나왔어. 벽돌을 하나하나 맨손으로 치웠네. 건물이 무너져서 우리가 깔릴지도 모르니까." 그는 그 맨손으로 기름종이 봉투에서 샌드위치를 꺼내 먹기 시작했다. 어쩌면 이런 상황에서 식사를 할 수 있을까?

"식구들은 괜찮습니까?"

"응, 로지는 친정에 갔고 고든은 몽크시턴에 있는 여자 친구 집에 갔어."

"헨리 스트리트 관련 소식은 있나요?"

"거기도 심하게 당했어. 아들하고 같이 가고 있구먼?" 그는 채스를 바라보았다. "조심하게!"

그는 샌드위치를 다 먹고 손가락을 핥았다. "러드야드 스트리트가 방금 전에 열렸어."

러드야드 스트리트는 채스가 익숙하게 알고 있는 풍경보다 특별히 더 나빠지지는 않았다. 지붕이 날아가고 천장이 내려앉고 유리창이 깨진 정도였다. 한 집 건너 한 집 꼴로 '정상 영업'이라는 한심한 표지판이 달려 있었다. 「가머스 이브닝 가제트」 신문의 사진 기자가 바쁘게 왔다 갔다 했다.

헨리 스트리트가 가까워질수록 채스는 가슴이 쿵쿵 뛰었다. 맥길 씨는 싸우러 가는 사람처럼 걸음이 빨라졌다. 강철 징 소리가 점점 커졌다. 채스는 숨 쉬는 게 어려워졌다.

모퉁이를 돌았다. 바퀴 대문, 조개껍데기, 깃대는 모두 무사했다. 유니언 잭도 여전히 펄럭였다. 하지만 지붕은 나무 골격만 남았고 창문으로 하늘이 보였다.

"현관문을 두드려 보자." 아빠가 말했다. "옆에 서 있어. 그리고 내가 눈을 감으라고 하면 얼른 감아야 돼, 알았어?" 채스는 침을 꿀꺽 삼키고 고개를 끄덕였다. 맥길 씨가 문을 노크했다.

할머니가 꽃무늬 앞치마를 두르고 문을 열었다.

"네가 올 줄 알았다. 그리고 내 손자도! '힐터'하고 '덕일'놈들이 무슨 짓을 했는지 좀 보렴."

할머니는 파란 눈에 분노를 불태우며 커다란 가슴 앞에 억센 두 팔로 팔짱을 꼈다. 할머니는 히틀러를 늘 '힐터'라 불렀고, 그가 무슨 개인적인 원수라도 되는 것처럼 말했다. 그러니까 몰래 할머니네 울타리 안에 쓰레기를 버리는 못된 이웃처럼 말이다.

"그 고얀 놈을 잡으면 목을 확 졸라서 죽여 버릴 거야. 어미 배 속에서 나오자마자 그랬어야 되는데……. 더러운 놈. 네 할아버지가 완전히 당했단다. 차를 끓이려고 하는데 공습이 시작됐지. 할아버지는 마당 끝으로 날아갔고 롱코트 뒤쪽이 쫙 찢어졌어. 놈들은 1918년 카파레토에서는 네 할애비를 못 죽였지만 이번에는 정말로 죽일 뻔했어. 그런데 바보같이 기회를 놓쳤지 뭐냐. 이십 년 전에 네 할애비는 놈들이 꽁지 빠지게 달아나는 걸 봤어. 허섭한 놈들. 힐터 그놈이 뭐야? 페인트공일 뿐이잖아?"

할머니의 이야기를 듣다 보니 채스는 히틀러와 독일군이 거기서 두 블록쯤 떨어진 곳에서 아침 식사를 하고 있고 할머니가 그 유서 깊은 밀방망이를 들고 쳐들어가기만 하면 전쟁이 끝날 거라는 황당한 생각이 들었다.

"들어오렴." 할머니가 말했다.

할아버지는 안락의자에 앉아서 따뜻한 머그잔으로 손을 데우고 있었다. 갈색 털 슬리퍼에 줄무늬 잠옷 그리고 그 찢어진 롱코트에 검은 베레모 차림이었다. 베레모에는 반짝반짝 닦은 놋쇠 배지 두 개가 달려 있었다. 하나는 할아버지의 옛 연대 배지로 깃발을 든 양 모양이었고, 다른 하나는 독일군 배지로 돌격하는 보병 모습에 누구도 알아볼 수 없는 글자가 새겨져 있었다. 할아버지는 그 두 번째 배지를 가리켰다.

"어젯밤에 벌 받을 걸 알았다. 그자가 배지를 찾으러 오는 꿈을 꾸었어."

그자는 할아버지가 카파레토에서 총검으로 죽인 오스트리아 군인이었다. 할아버지는 전리품으로 그 배지를 떼어 왔다. 그런 뒤 계속해서 죽은 남자가 찾아와서 아무 말 없이 자기 물건을 돌려 달라고 요구하는 꿈을 꾸었다. 할아버지는 25년 동안 그 남자에 대한 공포 속에 살았지만 그러면서도 아무리 설득해도 배지를 떼지 않았다.

난로에는 불이 타 올랐고 그 위에는 언제나처럼 커다란 검은색 주전자가 놓여 있었다. 물이 끓자 뚜껑이 덜그럭거렸다. 할아버지의 이빨이 덜덜 떨렸고 할머니가 얼른 주전자를 치웠다.

"할아버지는 저 뚜껑만 보면 기관총이 생각난대."

하지만 늦었다. 할아버지는 이미 해묵은 악몽에 휩쓸려 있었다. 할아버지의 손이 이상하게 움직이기 시작했다. 할아버지는 보이지 않는 레버를 당기고 무슨 무기라도 잡은 듯 두 손을 가슴 앞에 모았다. 오른손 검지가 보이지 않는 방아쇠를 천천히 당겼다. 그와 동시에 왼쪽 눈이 감기고 오른쪽 눈은 실눈이 되었다.

"사정거리? 375피트. 공이치기 당김. 250발 소모. 예비 탄약 세 상자. 물을 부어 총열 식힘. 예비 총열 있으나 낡았음."

식구들은 가만히 그를 보았다. 할아버지가 벌떡 일어서더니 디딜 곳을 찾는 듯 발을 이리저리 움직였다. 그러다가 토끼를 본 개처럼 몸을 긴장시키고 보이지 않는 총이 손 밖으로 튀어 오르기라도 하는 듯 몸을 덜덜 떨었다.

"요즘은 더 나빠졌단다." 할머니가 말했다. "십 년 동안 안 저랬는데. 놈들이 잡으러 온다고 생각하고 있어."

"이런!" 할아버지가 소리쳤다. "총미 막힘. 다시 공이치기, 발사, 다시 공이치기." 그의 손이 미친 듯이 움직였다.

"내가 화약을 섞어 주어야겠다." 할머니가 말했다. "네가 좀 도와 다오, 채스."

채스와 아버지는 그날 내내 할머니 집에서 바쁘게 일했다. 그 집은 이제 사람이 지낼 수 없었다. 벽이 갈라졌다. 지붕을 다시 씌운다 해도 그 무게를 지탱하지 못하고 벽이 무너질 것이다.

그들이 주로 한 일은 흩어진 물건—1898년의 불로뉴 숲을 담은 유리 문진, 손때 묻은 쥠쇠가 달린 큼직한 검은색 성경, 대나무 탁자—을 건져 내어 보관할 수 있도록 포장한 것이다. 할아버지는 딱

벌린 입 위로 키치너 원수 같은 풍성한 콧수염을 늘어 뜨린 채 의자에 앉아 졸면서 카파레토 전투에 나가 싸우고 패배했다. 할아버지의 입안은 놀라울 만큼 까맸다. 채스는 신기해서 계속 그 입안의 어둠 속을 들여다보았다.

할아버지의 마지막 전투가 끝났나? 할아버지는 바로 그곳에서 산산히 부서진 채 돌아가실 것인가? 때로 할아버지의 숨이 거칠어졌지만 곧 다시 회복되었다. 할아버지는 자면서 걸어다니기도 했다. 아버지가 모퉁이 가게에 가서 판지 상자를 더 사오라고 심부름을 시키자 채스는 기뻤다. 모퉁이 가게는 피해를 입지 않았다. 다른 점이라면 사람이 평소보다 많다는 점뿐이었다.

채스는 몰래 나가서 할아버지의 특별 보물을 찾아보았다. 석탄 창고—이제 지붕이 부서진—안쪽의 석탄 쌓인 벽에 헬멧 하나가 못에 걸려 있었다. 녹이 심하게 슬고 가죽 턱끈은 철사처럼 딱딱했다. 하지만 헬멧 꼭대기에는 촛농이 묻어 있었다. 카파레토 참호에서 할아버지는 헬멧을 촛대로 사용했다. 그리고 그때 생긴 촛농을 닦지 않았다.

세 시에 가구를 나를 사람들이 승합차를 몰고 도착했다. 아빠는 가구를 저장소에 보관한다고 했다. 채스는 저장소라는 말이 영안실이나 의무실처럼 불길하게 느껴졌지만 그렇다는 말은 하지 않았다.

세 시 십 분에 할머니와 할아버지를 태울 택시가 왔다. 할머니와 할아버지는 스퀘어에 있는 채스네 집에서 지내기로 했다. 채스의 방은 없어졌다. 앞으로 그는 거실의 긴 안락의자에서 수수께끼의 차임벨 시계와 결혼 사진과 방충제와 함께 자야 한다. 그런 건 아무래도 상관없었다. 그의 관심은 오직 헬멧뿐이었다. 모두가 그걸 잊었다면.

할머니는 마지막으로 집을 돌아보았다.

"석탄실의 석탄이 아깝구나." 할머니가 말했다.

"도둑놈들이 죄 훔쳐갈 거야."

"저장소에 석탄은 보관할 수 없어요." 맥길 씨가 퉁명스럽게 말했다. 몸이 피곤했고 그날은 야간 조 근무까지 있었다.

"가요. 택시 요금이 비싸요. 가자, 채스."

"저는 걸어서 가면 안 될까요? 교회가 어떻게 됐는지 궁금해요." 아빠는 손목 시계를 보았다. 폭격 시간까지는 두 시간이 남아 있었다. 그는 고개를 끄덕였다.

"불발탄 근처에는 절대 가지 마라. 그리고 다섯 시 전에 집에 와야 돼."

"네, 아빠." 택시는 집을 약탈꾼과 채스에게 남겨 놓고 떠났다. 유니언 잭은 아직도 펄럭였다. 채스는 깃발을 내려서 석탄실로 가지고 간 뒤 거기에 자신의 새 보물을 감쌌다. 그리고 번티네 집 마당으로 뛰어가며, 할아버지의 기억에 박힌 그 말을 중얼거렸다.

사정거리? 375피트. 공이치기 당김. 250발 발사……. 독일군은 맥길 가의 새 후예가 새 기관총을 들고 나타나는 모습을 볼 것이다.

"미쳤구나." 묘지기가 말했다.

"아냐. 이제 클로거도 있어." 채스가 말했다.

"클로거가 있다고 해도 너는 미쳤어. 걔네들은 거진 열 명이야."

"아, 뭐야!"

클로거가 말했다. 그는 "좋아." "싫어." "아, 뭐야" 이외에는 말이 거의 없었다. 선생님들한테도 마찬가지였다. 그는 말수가 아주 적고 아주 터프했다. 2학년 럭비 팀의 스크럼 하프 선수였는데 앞니 두 개를 잃고도 경기를 끝까지 뛴 적이 있다. 심각한 얼굴로 침을 탁 뱉은 뒤 공을 스크럼에 넣고 트라이 두 개를 성공시킨 것이다.

그는 스코틀랜드가 고향이지만 엄마가 죽고 아빠가 해군에 있어서 전쟁 동안 이모네 집에 와 있었다. 마음만 먹는다면 그는 온 학교를 휘어잡는 공포의 대상이 될 수도 있었다. 하지만 그는 채스의 엉터리 같은 농담을 좋아했기 때문에(그가 그런 농담에 웃는 모습이 두 번이나 목격되었다.) 채스 곁에 붙어 다니는 데 불만이 없었다. 붉은 머리에 얼굴에는 주근깨가 있었고 무슨 일을 시작할 때면 언제나 손에 침부터 뱉었다. 수학 문제를 풀 때도.

클로거는 기관총 일을 알고 있었지만 문제가 될 건 없었다. 그는 다른 사람과 이야기를 하는 일이 좀처럼 없기 때문이다. 시계를 보고 시간을 알려 주는 일조차 하지 않는다.

"야," 채스가 말했다. "우리는 약골 니키의 도움이 필요해. 그러니까 그 애한테 합당한 대가를 주어야 돼."

"왜 우리 캠프를 걔네 집 마당에 설치해야 되는 거야?"

"거기가 가장 좋은 곳이니까. 그리고 지금은 아무도 그 집에 가지 않으니까. 그렇게 은밀히 지낼 수 있는 데가 또 있어?"

묘지기는 어깨를 들썩했다. 할 말이 없었다.

"좋아! 그러면 니키에게 무슨 대가를 줄 거야? 그 애한테 뭐가 필요하지?"

"우리가 니키하고 같이 집에 가는 거야. 물론 보드서가 가만 안 있지 않을 테지."

"그래, 한 번 해 보자." 그들은 집에 가려고 책가방을 쌌다. 니키는 교실 구석에 언제나처럼 혼자 앉아서 깨끗한 책과 비싼 미술 도구를 새것에 가까운 비싼 가방에 챙겨 넣었다. 하지만 가방은 낡히고 찌그러져 있었다.

이제 니키의 시련이 시작될 시간이었다. 그는 얼굴이 창백했고 벌써부터 숨을 헐떡거렸다. 교문 밖에 늑대 무리가 그를 기다리고 있었다. 그들은 니키에게서 가방을 빼앗아 책을 길에 던지고 그가 주우려고 허리를 굽히면 엉덩이를 걷어차고 셔츠 안에 자갈을 넣고 양말을 벗겨서 담장 너머로 던질 것이다. 그가 견디지 못하고 히스테리를 일으키면 그때서야 울면서 집에 가는 걸 허락할 것이다.

그 일은 매일 밤 울리는 시계 장치처럼 반복되었다. 늑대 무리는 그 일에 결코 싫증내는 일이 없었다. 아침은 별 문제 없었다. 늑대 무리가 잠이 덜 상태거나 숙제에 정신이 팔려 있거나 지각을 했기 때문이다. 하지만 하루의 마지막은 언제나 그렇게 한 시간에 걸친 고문으로 마무리되었다.

채스는 니키를 보았다. 투명한 피부의 여자애처럼 고운 얼굴이었다. 곱슬머리는 길게 내려왔고 목 옆에 수술 자국이 있었다. 하지만 그게 끊임없이 괴롭힘을 당하는 이유가 되는가? 아이들은 모두 특이한 점이 있다. 뚱뚱하거나 마르거나 하다 못해 귀가 크거나……. 채스는 입술이 두껍고 목덜미 살이 쭈글쭈글하다고 놀림을 받았다. 그런데 니키가 하필 그런 대상으로 뽑힌 이유는 무엇인가?

채스는 니키에 대한 자신의 느낌을 생각해 보았다. 몸에 손을 댄 적은 없었지만 자신도 끊임없이 그를 놀렸다. 왜? 알 수 없었다. 하지만 지금은 그게 중요한 게 아니었다. 중요한 건 니키를 상처 없이 집까지 데려다주는 것이었다. 너무 편하게 해 주는 것도 안 된다. 그러면 의심을 받을 테니까.

니키는 한숨을 쉬고 책상 뚜껑을 닫은 뒤 교실 문으로 걸어갔다. 채스, 묘지기, 클로거가 니키를 둘러쌌다.

"안녕, 니키." 채스가 먼저 입을 열었다. "오늘 기분이 어때?" 니키의 얼굴에 공포와 희망이 동시에 떠올랐다. 어떤 일이라도 늑대 무리보다는 나을 것이다. 그들은 아래층으로 내려가 운동장을 가로질러 가면서 니키의 허약한 근육에 대해 어쩌고저쩌고 떠들고 너는 하루에 화장실에 몇 번 가니, 엉덩이는 왼손으로 닦니, 오른손으로 닦니, 같은 질문을 해 대며 놀렸다. 니키는 얼굴을 붉혔지만 책가방으로 얻어맞는 것보다는 그 편이 낫다고 생각했다.

늑대 무리는 교문 바깥에서 기다리고 있었다. 우두머리 보드서 브라운을 포함해서 모두 아홉이었다. 채스는 계속 니키를 놀리면서도 한 눈으로는 보드서를 보았다. 보드서의 얼굴은 어두웠다. 그는 계획이 틀어지는 걸 싫어했다.

"비켜, 맥길. 그 애는 우리 거야." 보드서가 말했다.

"부탁드리나이다. 강한 분이시여, 동방의 별님이시여. 내 기쁨의 달님이시여. 님의 아름다움은 눈부시게 빛나고 특히 머리카락과 안경이 더욱 그러하옵니다!"

늑대 무리에서도 키득거리는 소리가 새어 나왔다.

보드서는 얼굴이 빨개졌다. 그리고 클로거를 보자 마음이 불안해졌다. 그는 채스의 목소리에 깃든 전에 없던 자신감이 마음에 들지 않았다.

"비켜, 맥길. 경고하겠어. 지금은 너랑 안 싸워."

"아, 고맙습니다, 고맙습니다. 존귀한 분이시여." 채스가 오른손을 이마에 댄 채 허리를 깊이 숙이고 말했다.

"알라 신이 당신의 매혹적인 발톱을 축복하시기를."

채스 무리는 보드서 무리 옆을 지나갔다. 지금까지는 좋았다. 그들은 서두르지 않고 호키스 레인을 걸어갔다. 서두르면 파멸이다. 늑대 무리는 보드서를 보았다. 그들의 먹잇감은 이미 고문 장소를 벗어나 어른들이 끼어들지도 모르는 큰길에 들어서려는 참이다.

"놈을 데려와." 보드서가 졸개 두 명에게 말했다. 졸개들은 채스와 묘지기 사이의 니키에게 달려들었다.

그러자 클로거가 번개에 기름을 칠한 것처럼 재빠른 동작으로 움직였다. 강철 구두코가 첫 번째 졸개의 무릎을 강타하자 졸개는 배수로에 빠져서 몸을 비틀었다. 클로거의 주먹은 두 번째 졸개의 코를 정통으로 맞추어서 흡족한 핏줄기를 뽑아 냈다. 늑대 무리는 뒤로 물러서서 일제히 보드서를 쳐다보았다. 이제는 그가 나서야 할 차례였다. 겨우 40야드만 지나면 사람들이 학교에 전화할 수도 있는 큰길이 나왔다.

"옆으로 지나가."

보드서가 소리쳤다. 늑대 무리는 클로거의 구둣발에서 멀찌감치 떨어져서 채스 무리 앞을 지나더니 길 끝을 막아섰다.

"내가 뭐랬어." 묘지기가 한탄했다.

"채스, 넌 바보야!"

하지만 그러면서도 주먹을 움켜쥐었다. 묘지기는 진짜 친구였다.

보드서가 앞으로 한 걸음 나섰다.

"맥길, 이거 다 네가 자초한 일인 거 알지?"

평소의 호통이 아니었다. 마음을 굳힌 것이다. 겨우내 무너져 내리는 울타리를 지켜보다가 이제 수선을 하기로 마음먹은 남자 같았다. 최근에 채스 때문에 자신의 권위가 조금 무너졌는데 이제 채스의 피로 그것을 만회할 차례였다. 보드서의 목소리에는 니키를 괴롭힐 때 같은 잔인한 우월감은 없었다. 오직 결연함뿐이었다. 대화의 시간은 물 건너갔군, 채스는 생각했다. 이제 행동의 시간이야. 하지만 무슨 행동을? 채스는 몸이 빠르고 맷집도 좋았지만 보드서의 주먹 앞에 오래 견딜 사람은 그가 아는 한 아무도 없었다. 클로거는 가능할지 모르지만 이것은 클로거의 싸움이 아니었다.

고개를 숙여서 머리로 보드서의 배를 받은 뒤 아래로 내려가 보드서의 다리를 잡고 넘어뜨리는 작전은 어떨까? 하지만 그랬다가는 필시 보드서가 그의 가슴을 깔고 앉아서 머리를 길바닥에 짓찧게 될 것이다.

보드서는 방독면 자루와 책가방, 학교 비옷과 블레이저 코트를 차례로 벗었다. 그리고 천천히 양쪽 소매를 걷었다. 채스는 그와 똑같이 해야 한다는 것 말고 다른 어떤 생각도 할 수 없었다. 그도 방독면 통을 내렸다. 보드서의 것과는 종류가 다른 것이었다. 동그란 양철통으로 크기는 대형 콩 통조림의 두 배고 무게는 얼추 비슷했다. 그리고 길고 가는 가죽 끈에 매달려 있었다.

채스의 머리에 한 가지 생각이 떠올랐다. 너무 잔인한 생각이라서 채스 자신도 놀랐지만 지금은 내가 다치느냐 남을 다치게 하느냐 하는 기로였다. 그는 방독면 통을 조심스레 내리고 책가방과 비옷과 블레이저 코트를 벗어 배수로 옆 자갈 위에 내려놓았다. 그런 뒤 주먹을 불끈 쥐고 고개를 들었다. 보드서가 서두르지 않고 천천히 다가왔다.

"안경 벗어." 채스가 소리쳤다.

"너네 엄마가 우리 아빠를 찾아와서 안경값 물어내라고 하는 소리는 듣기 싫으니까!"

"시간 벌려고 별소리 다하는군, 맥길." 보드서가 비웃었다.

"그런다고 피해 갈 수 있을 줄 알아?"

하지만 그는 안경을 벗어 졸개에게 건네주고 다시 다가왔다. 채스는 첫 번째 주먹을 재빨리 피했다.

그런 뒤 그는 오른쪽 주먹을 보드서의 얼굴 1야드 앞에서 사납게 돌리다가 손을 확 폈다. 자갈이 보드서의 눈으로 날아들었다. 두 번째 공격은 필요도 없었다. 거대하고 무시무시하던 덩치가 갑자기 눈물을 쏟으며 웅크려 들었다.

채스는 침착하고도 잔인하게 방독면 통을 집어 들어서 휘둘렀다. 통은 호박 깨지는 소리를 내며 보드서의 옆통수를 강타했다. 보드서는 비명을 질렀지만 쓰러지지는 않았다. 채스는 다시 통을 휘둘렀다. 통은 완전히 우그러들었다. 보드서는 물결무늬 철 울타리에 털썩 부딪혔다. 채스는 세 번째로 통을 들어올렸다. 유치원과 초등학교 시절을 거치며 쌓인 오래된 분노가 한꺼번에 끓어올랐다.

보다 못한 묘지기가 채스의 손에서 방독면 통을 낚아챘다.

"너 미쳤구나. 그만해!"

묘지기가 소리쳤다. 채스는 다시 무기를 잡으려고 손을 뻗었다. 클로거가 통을 뻥 차고 채스의 두 팔을 등 뒤로 잡았다. 그런 뒤 모두가 보드서를 보았다. 보드서는 비틀거렸고 얼굴을 움켜쥔 두 손 사이에서는 피가 줄줄 흐르고 있었다. 늑대 무리는 돌아서서 달아났다.

클로거가 신음하는 덩치에게 다가가서 손을 떼고 얼굴을 살폈다. 이마가 2인치가량 찢어져서 살이 너덜거렸다.

"그만 울어. 안 죽어." 클로거가 보드서에게 말했다.

"어린애처럼 굴지 마."

그리고 일행에게 돌아섰다.

"병원에 데리고가야 할 것 같아."

다행히 병원은 200야드도 떨어져 있지 않았다. 풀을 빳빳하게 먹인 옷차림의 수녀가 보드서를 접수했다.

"어떻게 된 일이지?" 수녀가 고등법원 판사처럼 물었다.

"제가 때렸어요." 채스가 말했다.

"뭘로?"

"방독면 통으로요."

"망나니 같으니라고." 수녀가 말했다. "내가 직접 교장 선생님께 전화 드려야겠다. 고등학생이나 되어서 이게 무슨 한심한 짓이니. 넌 사람을 죽일 뻔했어."

"이 애가 나보다 덩치가 크잖아요!"

"그건 핑계가 안 돼. 영국 사내는 맨주먹으로즈 싸우는 법이야!" 채스는 범죄자가 된 것 같았다.

"영국 사내는 맨주먹으로 싸워."

맥길 씨는 그렇게 말하고 온실을 손보러 갔다. 아버지는 이틀 동안 채스에게 말을 걸지 않았고 그건 어머니도 마찬가지였다. 공습 동안에도.

"영국 사람은 무기를 쓰지 않아. 주먹으로만 싸우지."

교장 선생님이 회초리를 굽히며 말했다.

"허리 숙여라!"

회초리는 매우 아팠다.

아이들은 놀랍고 두려운 침묵으로 채스를 맞았다. 보드서가 자초한 일이었지만 채스도 심했다는 게 공통된 의견이었다.

"하지만 내가 상대보다 덩치가 작으면 어떻게 해야 되는 거야?" 채스가 답답해서 물었다. 아무도 대답하지 않고 각자의 수업으로 들어갔다.

이웃 사람들은 채스가 심성이 글러먹어서 커서 잘될 리가 없다고들 했다. 모든 일이 괴롭기 짝이 없었다. 채스는 유리병에 갇힌 것 같았다. 오드리를 빼고는 아무도 그와 이야기를 하려고 하지 않았다. 그래서 어느 날 학교가 끝난 뒤 채스는 니키, 오드리하고 같이 어울리게 되었고 거기서 모든 일이 시작되었다.

"저기, 보드서야." 오드리가 말했다. 니키와 채스는 서로 다른 이유로 깜짝 놀랐다. 하지만 보드서는 집에 가려고 엄마와 함께 버스에 타는 중이었다. 머리에는 아직도 흰색 붕대가 둘려 있었다. 날마다 새로 감는 그 붕대는 모습이 꼭 터번 같아서 아이들은 그를 '아라비아 왕자'라고 불렀다.

채스와 싸운 뒤로 보드서의 지위는 크게 하락했다. 우선 그의 어머니가 일주일 동안 학교에 못 가게 했다. 그런 뒤 '거친 애들'이

다시 보드서를 괴롭힐까 봐 매일 네 시에 학교에 전화를 했다. 거기 그치지 않고 만나는 사람마다 가머스 고등학교의 학교 폭력 문제가 얼마나 심각한지 떠들어 댔다. 이미 한두 사람이 부인에게 부인의 귀여운 아들 또한 남의 팔을 꽤나 비틀었다는 사실을 말했는데도 소용없는 걸 보면 부인은 자신의 그런 행동이 보드서를 세상에서 보호하는 것인지 아니면 세상을 보드서에게서 보호하는 것인지조차 분별하지 못하는 것 같았다.

하지만 그런 어머니의 법석을 빼고라도 보드서는 실패했다. 친구들은 더 이상 그와 어울리려 들지 않았다. 재난이 있었으니 그들은 새 지도자를 원했다. 게다가 고통에는 또 다른 측면도 있었다. 자신에 대한 확신을 잃은 것이다. 버스가 지나갈 때 그는 채스에게 혀를 쑥 내밀고 앞날의 복수를 꿈꾸었다.

"똑바로 앉아, 덩치야." 그의 어머니가 팔꿈치로 갈비뼈를 찌르며 말했다. "그리고 코 닦아."

채스와 오드리와 니키는 니키네 집 대문 앞에 이르렀지만 헤어지기가 싫어서 어물거렸다. 이제 그들은 모두 따돌림당하는 처지였다.

"우리 집 금붕어 볼래?" 니키가 물었다. "길이가 6인치야."

"별로." 채스가 말했다. "금붕어는 덩치가 잼병보다 커지면 다 죽더라."

"잼병에 살지 않아. 연못 하나를 혼자 쓰고 있어. 나이는 네 살이야."

"우리 집 애완 토끼는 아흔네 살이야." 채스가 대꾸했지만 별로 열을 올리지는 않았다. 어쨌거나 그는 남의 일에 관심이 많아서 들어가 보기로 했다. 먼저 관리인 주택을 지나갔다. 창문에 나무 널을 댄 문에 분필로 사람들 이름이 쓰여져 있었다.

"정원사 그레이엄이 저기서 살아." 니키가 말했다.

"하지만 지금은 버밍엄의 군수 공장에 갔어."

무성한 철쭉 꽃들 사이로 구불구불 정원 길이 나 있었고 시작 지점하고 아주 가까운 곳에서 끝났다. 길 끝에 있는 커다란 흰색 현관은 그리스 신전처럼 생겼는데 페인트가 벗겨지고 있었다. 해군 한 명이 출입 계단에 앉아 구두를 닦고 있었다. 아이들이 바라보자 그는 고개도 들지 않고 "저리 가." 하고 말했다.

"우리 집이 군 숙소로 지정돼서 해군들이 지내." 니키가 말했다.

"부엌으로 가자. 먹을 게 있을지도 몰라."

그들은 안으로 들어갔다. 먹을 게 있었다. 아직도 식지 않은 빵이 있었고 7파운드짜리 버터 통이 싸구려 완두콩 통처럼 뚜껑이 열려 있었다. 니키는 빵을 큰 덩어리로 잘랐다. 빵은 아코디언처럼 구부러져서 펴지지 않고 그대로 있었다. 채스는 칼을 버터 깊숙이 찔렀다. 그 안에 들어가면 길을 잃을 수도 있을 것 같았다. 전쟁 이후로 그렇게 많은 버터를 보기는 처음이었다.

"어디서 난 거야?"

"구축함에서. 다 구축함에서 나오는 거야."

니키는 싱크대 밑에 쌓인 빈 술병들을 발로 찼다. 채스의 엄마가 보면 별로 좋아할 것 같지 않은 모습이었다. 또 싱크대 안에 든 식은 달걀과 베이컨 위로 찬물이 졸졸 떨어지는 모습이나 갈색 물이 절반쯤 찬 유리컵에 죽은 파리가 떠 있는 모습도. 그는 갑자기 니키가 불쌍해졌다. 돈이 전부는 아니었다.

"너네 엄마는 뭐 하셔?"

"아버지가 돌아가신 뒤로 별로 하시는 일이 없어."

니키 아버지는 해군 대령이었다. 채스는 전쟁 전에 니키 아버지가 노란 굴뚝의 커다란 흰색 증기선을 이끌고 항구로 들어오는 모습을 자주 보았다. 니콜 대령의 옷도 언제나 깔끔한 흰색에 노란 어깨 장식 밧줄이 달린 것이었다. 그는 집에 올 때마다 파티와 야유회를 열었고 맥길 부인은 거기 초대받은 사람들은 자기들이 대단한 줄로 안다고 말했다.

그러다 1940년 1월에 사이클레이즈 호가 지브롤터 해협에서—회색 줄무늬로 위장하고 있었는데도—독일군의 어뢰 공격을 받았다. 늘 미소를 품었던 잘생긴 니콜 대령은 영원히 파도 속으로 사라졌다. 그 뒤로 그의 사진은 두 번 다시 지역 신문에 나지 않았다.

"더 먹어." 니키가 빵을 가리키며 말했다.

“고마워.” 채스가 말했다.

“벤저민, 뭐 하는 거니?”

거만하면서도 약간 흔들리는 낯선 목소리가 들렸다. 큰 키에 홀쭉한 몸매의 여자가 손에 유리잔을 들고 부엌 문 앞에 서 있었다. 마치 망가진 영화배우 같았다. 오후 네 시가 넘었는데도 아직 잠옷 가운 차림이었다. 가운 앞자락에 얼룩이 묻어 있었다. 찻물인 것도 같고 마멀레이드인 것도 같았다.

“뭐 하는 거니? 애들은 다 뭐니?”

니콜 부인은 부엌으로 들어오려고 손을 문 기둥에서 뗐다가 비틀거리고 마음을 바꾸었다. 잠옷 가운이 벌어졌는데, 그 안에 옷이 별로 없는 것 같았다. 채스는 기분이 아주 이상했다.

“피오나, 뭐 해?” 니콜 부인의 뒤쪽 방 안에서 남자 목소리가 들렸다.

“해군을 관리하는 책임자야.” 니키가 말했다. “저 아저씨도 여기 살아.”

“행실 똑바로 해라, 벤저민.” 니콜 부인이 흐리멍덩하게 말하고 나갔다. 부엌에는 오랜 침묵이 흘렀다.

“금붕어 보러 가자.” 오드리가 말했다.

그들은 길쭉하게 생긴 뒷마당으로 나갔다. 거기에는 재미있는 게 많았다. 벽, 계단, 조각상 그리고 이상한 대리석 단지와 그 받침대들. 채스는 그게 니키 엄마가 돈을 넣어 두는 단지인가 싶었다. 어머니가 니키네 집에는 돈 단지가 있다고 늘 말했기 때문이다. 하지만 그 모든 것이 담쟁이로 덮여 있었다.

큼직한 연못의 진한 초록빛 속을 들여다보자, 붉은색과 황금색이 뒤섞인 6인치 길이의 물고기가 나타났다. 니키는 진초록 물 위로 빵 부스러기를 뿌렸다. 물고기가 올라와서 조용히 입을 뻐끔거렸다.

"옛날에는 모두 열두 마리였어." 니키가 말했다. "아버지가 중국에서 가져오신 것들이지. 하지만 지금은 이놈밖에 안 남았어. 이름은 오스카야."

"안녕, 오스카." 오드리가 다정하게 말했다.

"쟤는 중국말밖에 몰라." 채스가 말했다. "정원 저쪽에는 뭐가 있니?"

담쟁이로 뒤덮인 바위 정원에는 고양이와 개들의 비석이 있었다. 니키는 죽은 동물의 이름을 전부 기억하고 있었고 아직도 그 동물들이 살아 있는 것처럼 말했다. 마지막 나무 십자가에는 이름이 없었다.

"저건 뭐야?" 채스가 물었다.

"우리 아버지." 니키가 말하자 둘은 고개를 돌렸다.

"울타리 너머에는 뭐가 있니?" 채스가 마침내 더듬더듬 물었다.

그리고 바위 정원 꼭대기로 올라가서 주변을 둘러보았다. 만과 바다가 내려다보였다. 독일군은 바로 저 길로 들어올 것이다.

"바위 정원에 비밀 캠프를 만들자." 채스가 말했다.

"아, 좋아." 오드리가 말했다. 잠시 후 니키도 고개를 끄덕였다. 그들은 니키의 유일한 친구였고 니키는 그들과 계속 함께 지내고 싶었다.

"어디 갔었니?" 어머니가 물었다.

"니키네 집에요."

"어디?"

"벤저민 니콜의 집이요. 개네 연못에 길이가 6인치나 되는 금붕어가 있어요."

맥길 씨는 '침공 임박?'이라는 제목이 크게 박힌 신문을 내려놓고 안경을 벗었다.

"지금까지 뭐 했니?"

채스의 목소리에 억울함과 분노가 차올랐다.

"아무것도 안 했어요! 니키네 집에 갔어요. 그 애가 집에 금붕어가 있다고 했어요. 나는……."

"다시는 그 집에 가지 마라. 그리고 다시는 니키하고 놀지 마라."

"왜요?"

"이유는 따지지 마. 그런 건 말하지 않을 테니까."

"이유를 말씀해 주세요. 안 되는 일은 언제나 이유를 말씀해 주시잖아요." 아버지는 어머니를 보았고 어머니는 아버지를 보았다. 둘 다 아주 난처한 표정이었다.

"말 못 해. 너는 그런 걸 이해하기에는 너무 어려."

"하지만 그 집은 정말 놀기 좋아요." 채스는 부모님이 난처해하는 걸 감지하고 그 이야기를 계속했다.

"다른 데는 어디든 가서 놀아도 좋아. 하지만 니키네는 안 돼. 최종 명령이야."

맥길 씨는 다시 「데일리 익스프레스」 뒤로 사라졌다. 맥길 부인은 계속 다림질을 했다. 채스는 부모님과 자기 사이에 벽이 섰다는 걸 알았다. 하지만 그는 벽 옆으로 돌아가는 걸 좋아했다. 니키네 집은 이제 세상에서 가장 가고 싶은 곳이 되었다.

"에이," 오드리가 말했다. "손톱이 또 부러졌어."

오드리는 심각한 표정으로 손톱을 빨고 씹으며 하늘을 올려다보았다. 12월 치고는 훌륭한 노을이었다. 서쪽 나무들 위로 해 가장자리가 살짝 걸쳐져 있었다.

"안에서 레모네이드 가져올게." 니키가 말했다. 니키는 거실에 있는 어머니와 장교의 눈에 뜨이지 않도록 몸을 굽히고 달려갔다.

"알고 보면 나쁜 애가 아니야." 채스가 말했다.

"우리 엄마는 싫어해." 오드리가 말했다.

"나더러 이 집에 오지 말래."

"우리 어머니도 그래." 채스가 발을 바닥에 긁었다. "사람들이 왜 저 불쌍한 아이를 싫어하는 건지 모르겠어."

"니키 어머니 때문인 것 같아. 술도 마시고."

"우리 할아버지도 술을 마시지만 사람들은 할아버지를 좋아해."

"그리고 저기……. 해군들 있잖아." 오드리가 얼굴이 빨개졌다. 채스도 얼굴이 빨개졌다.

"오늘은 대공 풍선(비행기 공격을 막기 위해 하늘에 띄워 올리는 대형 풍선. 낮게 나는 비행기가 풍선 몸체에 연결된 케이블에 걸리게 하는 것이 목표다-옮긴이)들이 높이 떠 있네. 공습이 있으려나 봐."

"바보. 풍선이 저렇게 높이 오르는 건 케이블을 시험할 때뿐이야."

둘은 대공 풍선을 바라보았다. 대공 풍선은 강 어귀에 모두 다섯 개가 있었는데, 지역 주민들은 거기 재미있는 별명을 하나씩 붙여 주었다. '사우스 실즈 소시지'도 있고 '윌링턴 윈드백'도 있었다. 가장 가까이 있는 것은 '피시 키 버스터'라 불렸다. 공군 병사들이 땀을 뻘뻘 흘리며 풍선을 띄우고 내리는 일은 아이들에게는 신 나는 구경거리였다. 거의 영화관에 가는 것과 맞먹었다. 어른들은 그것을 공습의 지표로 보았지만 그것을 올리고 내리는 게 정확히 무슨 의미인지는 아무도 몰랐다.

이맘때가 되면 땅 위의 다른 부분은 모두 일찌감치 어둠에 잠겨도 풍선에는 마지막 햇빛이 머물렀다. 풍선이 아주 높이 오르면 그 작고 밝은 모습은 막 떠오른 별들과 구별이 되지 않았다. 하지만 오늘 밤은 그렇게까지 높이 오르지는 않았다. 풍선의 은빛 옆구리와 두툼한 지느러미들이 잘 보였다. 뚱뚱한 은색 코끼리들이 산들바람에 이리저리 코를 디미는 것 같았다.

그리고 그때 채스는 헉 숨을 삼켰다. 동쪽 하늘의 검푸른 어둠 위로 그것이 떠올랐다. 검은색, 쌍발 엔진, 선풍기처럼 슬슬 도는 프로펠러, 소리 없이 천천히 활강해 내려오는 독일 비행기였다.

채스의 입술에서 신음이 터져 나왔다. 두려움이 아니라 절망 때문이었다.

"아, 기관총!" 그것은 1마일이나 떨어진 번티네 마당에 있었다.

비행기가 점점 가깝게 내려오면서 희미한 소리가 들렸다. 연을 날릴 때처럼 줄과 철사가 바람에 펑펑 날리는 소리였다. 기수에 포가 네 개 달린 전투기였다. 전투기는 비틀거리며 방향을 바꾸더니 작고 검은 포문으로 정확히 채스를 겨누었다. 조종실에서 고글 없는 얼굴이 그를 내려다보았다. 높이는 겨우 지붕 높이였고 거리도 축구장 정도밖에 떨어지지 않았다.

"엎드려!" 오드리가 비명을 질렀다.

"왜 그래?" 니키가 소리치며 레모네이드 쟁반을 바위 정원에 내동댕이쳤다.

하지만 채스는 허리를 펴고 서서 전투기 조종사를 노려보았다. 나는 영국인이야! 독일군 앞에서 토끼처럼 달아나지 않아. 포가 네 개 있는 독일군이라 해도. 내가 달아나면 독일군은 의기양양해 하며 나를 비웃을 거야.

"더러운 나치." 그는 두 손가락을 들어 올렸지만 처칠 같은 승리의 V자 모양은 아니었다.

조종사는 웃었다. 하늘이 비행기로 가득 찼다. 그리고 귀청을 찢는 굉음이 울리면서 공중에 기름기 머금은 검은 연기가 피어올랐다.

나는 죽었어, 채스는 생각했다. 죽어서 아무것도 못 느끼는 거야.

그때 기침이 터져 나왔고 눈에 눈물이 흘렀다.

"여긴 지옥이야." 채스가 말했다. 별로 놀랍지도 않았다. 하지만 오드리하고 니키도 지옥에 있는 것 같았다. 그의 발치에 뻗어서 기침을 하고 있었기 때문이다. 그리고 연기가 희미해지면서 울타리가 보이고…….

하지만 비행기는 보이지 않았다.

"이 바보야," 오드리가 말했다. "비행기 엔진에 시동을 건 거야. 저기 있어."

검은 형체는 강 상류를 향해 날아갔다. 이제 배들이 대포를 쏘고 있었다. 비행기 위와 뒤와 옆에서 검은 장미꽃들이 피어났지만 모두 목표를 빗나갔다.

"죽여라, 죽여." 채스가 악을 썼다. 하지만 장난기가 발동한 조종사는 날개를 돌려 빙글빙글 돌며 비행을 했다. 마치 아이가 잘난 척하려고 손잡이를 놓고 자전거를 타는 것 같았다. 하지만 다른 대포들도 합류했다. 강둑에 설치된 대공 속사포의 예광탄(총포에서 발사될 때 앞부분에서 빛을 내며 날아가는 탄알-옮긴이)이 푸른 하늘에 붉은 무늬를 수놓았다. 하지만 그것들은 독일군을 잡기에는 너무도 느렸다. 잠시 후 비행기는 사우스 실즈 풍선을 향해 올라갔다. 비행기의 발포 소리가 지퍼 소리처럼 가늘게 울렸고 검은 하늘에 노란 장미가 피어났다. 불이 붙은 풍선은 은색 몸체가 검은색으로 변하면서 프랑스 담배 종이처럼 조각조각 떨어져 내렸다.

"나치 악당 죽여라." 채스가 악을 쓰면서 펄쩍펄쩍 뛰었다. "눈이 삐었냐? 차라리 눈에 숯을 발라라!"

축구 경기를 보면 사람들이 심판한테 그렇게 욕을 했다.

폭격기는 아름다운 반원을 그리더니 반원 꼭대기에서 빙글 돌아, 영국 공군이 정신없이 감아 내리는 윌링턴 키 윈드백을 향해 갔다. 고사포 때문에 영국군은 더욱 필사적으로 풍선을 감았다.

"어이쿠야." 채스가 소리쳤다.

"그런 솜씨로는 토요일 밤 거스리스 술집의 술꾼도 못 맞히겠다!"

그것은 할아버지가 자주 하는 말인데 엄마는 그 말을 싫어했다.

그때 열이 잔뜩 오른 영국의 대공 팀이 무언가를 맞혔다. 월링턴 윈드백이었다. 풍선은 아름다운 폭음을 냈고 그 바람에 전투기는 몸을 뒤로 훌렁 뒤집었다.

"이런." 채스는 답답해서 나무를 두드려 팼다.

"애클링턴의 스핏파이어 기는 다 어디 있는 거야?"

독일군은 다시 균형을 잡고 앞으로 돌진했다.

"뭐야?" 채스가 고개를 들어 보니 하강하는 피시 키 버스터가 바로 머리 위에 있었다.

"엎드려!" 오드리가 그동안 셋이서 파 놓은 캠프 안으로 그를 끌어당겼다. 캠프는 3피트 깊이에 주변에 1피트 높이로 돌멩이를 둘러쌓은 구덩이였다. 일주일 동안 땀과 물집과 손톱을 바쳐 만든 것인데 지금 보니 한심하기 짝이 없었다.

전투기 뒤로 포들이 불을 뿜었다. 섬광이 무시무시했고 파편은 검은 비처럼 쏟아졌다. 채스는 오드리를 보호하려고 오드리 몸 위로 엎드렸다. 그게 남자의 의무였다.

이어 비행기가 포를 발사했다. 화약 냄새가 진동했다. 포탄 파편이 니콜 부인의 정원 나무들 사이를 휙휙 가르며 날았다. 굉음이 울리면서 피시 키 버스터가 폭발했다. 바위 정원의 돌들이 대낮보다도 환하게 빛났고 불타는 풍선이 그들 머리 위로 떨어져 내렸다!

그들은 이제 끝났다는 공포에 사로잡혀 새끼 고양이들처럼 서로 몸을 부둥켰다. 그런데 잠시 후 덜그럭거리는 소리가 나더니 엔진 소리가 멀어져 갔다.

그들은 일어섰다. 은색 쪼가리에 덮인 나무들은 마치 텐트 지붕 같았다. 버스터의 잔해였다. 그 잔해가 너무도 거대해서 아이들은 경탄했다.

잠시 후 현실 감각이 돌아왔다.

"얼른 저걸 끌어 내려. 저건 방수 처리가 되어 있어. 캠프에 필요할 거야." 채스가 나무에 올라 풍선 조각을 잘라 낼 때 공습경보가 울렸고 성난 스핏파이어 기들이 머리 위로 돌진해 갔다. 조종사들의 이빨 가는 소리가 비행기의 과급기 소리를 뚫고 들리는 것 같았다.

그들은 피시 키 버스터의 거대한 조각들을 쓰지 않는 화분 창고에 숨겼다.

"아주 좋아." 채스가 말했다. "방수가 되니까. 요새 지붕으로 딱이야."

"무슨 요새?" 오드리가 물었다.

채스는 바위 정원에 난 구멍을 가리켰다.

"저게 우리의 요새가 될 거야."

"어느 세월에." 오드리가 말했다. "일주일 내내 팠는데도 겨우 저 모양인걸."

"다른 사람의 도움이 필요해. 이제 예전의 불화를 극복할 때가 되었어."

"설마 보드서 말하는 건 아니겠지?" 니키가 불안하게 말했다.

"아니, 묘지기하고 클로거. 우리는 대의를 위해 힘을 합쳐야 돼."

"폼 잡기는."

오드리가 들리지 않을 만큼 나직한 소리로 말했다. 바위 정원 파기에 진력이 나 있었기 때문이다.

"야, 클로거." 보드서가 속삭였다. "우리하고 같이 안 놀래? 우리 삼촌이 포트 사이드에서 가져온 야한 엽서들을 보여 줄게."

"아, 뭐야." 클로거는 단번에 무시했다. 보드서는 굳이 따라가지 않았다.

"야, 묘지기." 보드서가 속삭였다. "우리 삼촌이 이집트에서 보낸 엽서 안 볼래?" 낙타와 피라미드를 좋아하는 묘지기는 그러겠다고 했다. 보드서는 남자와 여자가 옷을 벗고 이상한 자세를 취하고 있는 야한 사진들을 보여 주었다. 묘지기는 처음에는 어리벙벙했다가 나중에는 부끄러운 표정이 되었다.

"이 남자 콧수염이 싫어." 묘지기는 잠시 생각해 본 뒤에 말했다.

보드서가 방향을 바꾸었다.

"네가 맥길하고 더 이상 안 다녀서 좋아. 언제 한번 우리 집에 와서 내 철로를 가지고 놀자." 보드서의 철로는 삼촌의 엽서보다 훨씬 훌륭하게 여겨졌다. 그건 영국 거니까.

"그래, 나중에." 묘지기가 살짝 우쭐해져서 말했다. 그때 보드서가 들뜬 나머지 실수를 했다.

"맥길한테 독일군 기관총이 있지?" 그 말에 묘지기의 얼굴이 일그러졌다.

"응, 그뿐이 아냐. 걔네 토끼장 뒤에는 마틸다 탱크가 두 대 있고 손수건 서랍에는 냄새 나는 히틀러 팬티도 하나 있어."

보드서는 당황해서 입을 다물고 프랑스 어 연습 문제 풀기에 몰두했다. 그의 등에서 모욕당한 남자의 표정이 느껴졌다.

희망하던 일이었지만 정말로 그런 일이 이루어지자 모두가 놀랐다. 채스와 묘지기는 12월 어느 날 아침, 어둠을 뚫고 학교로 가고 있었다. 가머스 고등학교가 눈앞에 나타나자 묘지기가 말처럼 크게 웃었다.

"어라, 저기 굴뚝이 새로 생겼네!"

채스는 배수로를 따라 보브릴 육즙 병을 통통 차면서 걷다가 고개를 들었다. 가늘고 길다란 비행기 꼬리가 학교 지붕 밖으로 튀어나와 있었다.

"도르니어 Do 17이야." 채스가 자동적으로 말했다.

"아냐, 융커스 88이야."

"아냐."

"맞아. 꼬리 날개를 봐." 묘지기는 주머니에서 비행기 감식 책을 꺼냈다. 하지만 도토리와 버터 사탕이 너무 자주 닿아서 융커스 88기 그림은 닳아 있었다.

"저기 스탠 리들 선생님 계신다. 물어보자."

"안녕, 맥길. 기관총을 또 찾고 있니?" 채스는 무슨 소리인지 모르겠다는 듯 입을 벌렸다.

"무슨 말씀이시죠?"

"그냥 해 본 소리야!"

"저게 뭐죠, 선생님?" 채스가 길고 가는 꼬리를 가리켰다.

"그래, 너희 관점으로 본다면 저건 크리스마스 방학이 일찍 시작된다는 뜻이지."

"휴교한다는 뜻인가요? 별로 구멍이 큰 것 같지도 않은데요."

"구멍은 안 커. 하지만 휘발유 탱크가 터졌어. 학교에 연기에 가득하다. 스파크 하나가 잘못 튀어서 탱크를 날렸지."

"그러면 수업은 끝인가요, 선생님?"

"수업할 데가 없어. 어젯밤에는 처턴 초등학교가 폭격당했어. 프라이어리 유치원도 날아갔지."

그들은 어물쩍 머물렀다. 다른 아이들이 다가와서 평소처럼 폭탄이 어쩌고 떠들어 댔다.

"어젯밤에 우리 방공호에서 아기가 태어났어." 오드리가 눈을 크게 뜨고 말했다.

"축하한다. 이름은 뭐라고 할 거야? 네가 임신한 줄 몰랐는데." 오드리는 얼굴이 빨개졌고 모두가 재미있어했다.

"아빠가 아주 바빠. 노인들이 방공호에서 자꾸 병에 걸리시거든. 습기 때문에 기관지가 나빠져."

모두가 집에 가기 싫어했다. 학교를 좋아한 건 아니지만 휴교는 아이들의 생활에 구멍을 만들었다.

"가서 요새 일을 하자." 채스가 희망차게 말했다. 하지만 모두가 끙 하는 소리를 낼 뿐이었다.

그로부터 이틀 뒤, 그들은 아침부터 니키의 정원에 있었다. 학교도 안 가니 달리 할 일이 없었다.

"채스는 어디 있어?"

"금방 온다고 그랬어." 묘지기가 말했다. "요새 짓는 데 도움이 될 한 가지 방법이 떠올랐대."

“별로 새로운 방법이 아닐 것 같은데. 돌을 움직이는 것 아닐까?”

“여기예요!” 뒤쪽에서 채스의 의기양양한 목소리가 들렸다.

그들은 뒤를 돌아보고 깜짝 놀라서 우르르 물러섰다. 채스 곁에는 어른이 서 있었다. 기골이 장대하고 나이는 마흔 정도였으며 튼튼하고 배가 불룩했다. 모두가 그를 알았다. 마을 할아버지들의 사십 년 전 사진처럼 금발 머리는 프로이센 식으로 바짝 쳐졌고 콧수염은 키치너처럼 북슬북슬했다. 그는 구식 양복을 입고 조끼에는 회중 시계를 사슬로 묶었다. 그의 구두는 늘 반짝거리며 옷깃은 빳빳했다. 빅토리아 시대의 시의원을 그대로 옮겨 온 듯 윤기 있고 당당한 사람.

“채스, 이 바보야.” 클로거가 말했다. “망치려고 작정을 했구나.”

“무슨 소리. 존 아저씨는 단순한 사람이야. 우리 말을 하나도 이해 못해. 그냥 코끼리하고 똑같아. 코끼리만큼 똑똑하지 않다는 것뿐이지. 하지만 이 근육을 좀 만져 봐.”

클로거는 앞으로 가서 존의 울퉁불퉁한 근육을 만져 보았다. 존이 천사 같은 미소를 짓고 말했다.

“이제 어디로 가?”

“존이 하는 말은 저 말뿐이야. 이제 어디로 가? 그밖에는 툴툴거릴 줄 밖에 몰라.”

"어떻게 저 사람을 여기까지 데려온 거야?"

"존은 우유 배달부 아저씨의 우유 배달을 도와주거든. 그래서 내가 빈 우윳병을 흔들었더니 따라왔어."

"사람들이 찾지 않을까?"

"존은 어머니랑 살아. 그리고 그 아줌마는 하루 종일 일하시지."

"우리 말을 못 알아들으면 무슨 소용이야?"

"대신 우리 행동을 흉내 내지. 한 번 시험해 봐."

클로거는 바위 정원에서 가장 큰 바위를 향해 갔다. 이미 삽 두 개를 부러뜨리고도 일주일 내내 꿈쩍하지 않는 바위였다. 그는 바위를 잡아당기다가 포기했다. 존이 가서 허리를 굽히고 끄응 소리를 내자 바위가 뽑혀 나왔다.

"여기, 존, 여기." 채스가 그 바위가 놓일 지점을 가리켰다. 존은 그 자리에 정확히 바위를 놓았다.

"우와." 묘지기의 얼굴이 밝아졌다.

"정말 코끼리처럼 힘이 센걸. 갑자기 미쳐 날뛰지만 않으면 좋겠다."

맥길 씨는 더없이 피곤했다. 지도원 초소가 폭격에 사라졌고, 그와 더불어 전임 분소장과 세 대의 전화기도 함께 사라졌다. 맥길 씨가 이제 분소장이 되어 나무 널로 창문을 막은 집 앞에 전화기 한 대를 놓고 앉았다. 그러는 사이사이 '양철 통과 굽힌 철사'로 가스 공장 일도 계속했다.

채스는 아버지를 제대로 보는 일이 드물었다. 맥길 씨는 자리에 앉으면 양철 모자도 벗지 않고 바로 잠이 들었다. 맥길 부인이 부엌에서 따뜻한 식사를 가지고 나오면, 남편은 식탁보에 얼굴을 묻고 코를 골기 일쑤였다. 그러면 부인은 남편을 깨울지 말지 고민하며 손에 쟁반을 든 채 불쌍하게 서성거렸다. 식사와 잠 가운데 남편에게 더 간절한 것이 무엇일까 고민하며.

채스는 아버지가 자기 곁에서 자는 데 익숙해졌다. 아버지의 부드러운 코골이 소리를 들으며 라디오의 ITMA(1940년대 영국 BBC 라디오의 코미디 프로그램-옮긴이)를 듣고 프랑스 어 숙제를 했다.

맥길 씨는 약간 냄새가 났다. 최근 세 번 연속으로 목욕을 준비하다가 공습 사이렌을 맞았기 때문이다. 맥길 부인은 그가 더러운 속옷 차림으로 다치거나 죽을까 봐 걱정했다. 그러면 가족에게 너무도 큰 수치가 될 거라며.

"속옷만 깨끗하다면 죽어도 상관없다는 소리 같네."

맥길 부인도 바빴다. 할아버지가 심한 기관지염에 걸려서, 온 집 안에 기침 소리가 가득했다. 부인은 할아버지 간호를 안 할 때면 수 마일 떨어진 상점들을 돌아다니며 몰래 물건들을 얻어 냈다. 소시지 몇 개, 여기서 담배 열 개비, 저기서 담배 열 개비. 어머니의 절박한 노력은 상점 점원들의 모욕과 얼음 같은 침묵을 다 이겨

냈다. 어머니와 할머니는 별로 사이가 좋지 않았다. 사람들은 "한 부엌에 두 여자가 살 수 없는 법"이라며 수군거렸다.

그래서 맥길 씨가 때로 잠에서 깨어나 애는 어떠냐, 어디 있느냐, 무슨 일을 하느냐고 묻기는 했지만, 실제로는 식구들 중 누구도 채스 일에 깊이 신경을 쓰지 않았다. 채스는 무사했고 깨끗하고 명랑했고 밥 때가 되면 일찍일찍 집에 왔다. 그 정도면 충분했다. 그가 집에 없어야 집이 더 조용하고 편안했다.

묘지기 누나의 남자 친구가 휴가를 맞아 돌아와 있었다. 새로이 준대위의 견장을 단 앤드루 모건은 영국에서 24시간을 머문 뒤, 검은 수송선을 타고 하느님만이 아는 곳으로 떠나게 되어 있었다. 언제 다시 돌아올지는 하느님만이 알았다.

토요일 밤이었고, 묘지기네 거실 벽난로에 모처럼 불이 지펴졌다. 아버지 묘지기와 부인은 요령 있게 저축 은행에서 여는 카드 놀이 모임에 갔다. 앤드루는 넥타이를 푼 채, 한 손에는 맥주 잔을 들고 다른 손으로는 아름다운 묘지기 누나의 허리를 감고 있었다.

하지만 아들 묘지기가 문제였다. 그는 난로 앞 깔개에 앉아서 계속 나무 블록을 쌓았다가 무너뜨렸다가 하고 있었다. 블록 놀이가 너무나 오랜만이었는데 마음대로 안 되었다.

"너 숙제는 없니?"

“휴교라서 숙제도 없어.”

“부엌에 가서 라디오라도 듣지 그래?”

“바보 같은 드라마밖에 안 해. 맨날 사랑 타령에 키스에, 우엑!”

묘지기가 블록을 뻥 차자 블록이 누나 정강이의 실크 스타킹에 맞았다.

“시릴! 스타킹 올이 풀렸어. 마지막 스타킹이란 말야.”

묘지기 누나는 얌전한 태도를 잊고 동생의 머리에 주먹을 겨누었다.

“진정해!” 앤드루는 불안해졌다. 이번이 여자와 키스할 수 있는 마지막 기회인지도 몰랐다. 어쩌면 영원토록.

누나가 흥분을 가라앉혔다.

“다른 데로 좀 가라.”

“집에서 따뜻한 데는 여기뿐이야. 형이랑 누나 때문에 추운 데로 나가기는 싫어. 어쨌거나 엄마가 꼭 그럴 필요는 없다고 그랬어.”

앤드루는 주머니에서 반 크라운 동전을 꺼냈다.

“극장에 가고 싶니?”

“다 사랑 영화뿐이야.” 묘지기가 말했다. 누나가 코로 킁 하는 소리를 냈다.

“하고 싶은 것 없어?”

“있어, 여기서 블록 놀이 하는 것. 물론 내 방에 가서 이 블록들로 모형 기관총 총좌를 만들 수도 있어. 누가 방법만 일러 준다면 말야."

앤드루는 한숨을 쉬었다. 그는 더럼 경무장 보병대에 새로 임관되었기에 총좌 설치에 관해서라면 아주 환했다. 하지만 그 문서는 '기밀'이라고 표시되어 있었다. 그는 망설였다. 하지만 존스 양이 화를 참지 못하고 멋진 가슴을 씩씩거리는 걸 보자 마음을 굳혔다. 어린아이에게 총좌 설치법을 가르쳐 준다고 전쟁에 무슨 큰 피해가 돌아갈 리는 없을 것이다. 그는 묘지기의 프랑스 어 연습장에 뽀족하게 깎은 연필을 얹고 유혹적으로 옆에 내려놓았다.

"완전히 실제처럼 알려 줘야 돼요." 묘지기가 거칠게 말했다.

"말씀하게, 하디 순경." 얼굴에 상처가 있는 경사가 피곤한 목소리로 말했다. 하지만 피곤하지 않은 사람이 어디 있는가?

"일대에 수상한 절도 행위가 있습니다, 경사님. 도무지 말이 안 됩니다."

"어떻게?"

"모래주머니가 없어지고 있습니다, 경사님. 소이탄 불을 끄기 위해 가로등 기둥에 묶어 둔 모래주머니들 말입니다. 모래를 비워 내고 주머니를 가져가고 있습니다."

"하지만 거긴 개들이 오줌을 누는 곳 아냐? 냄새가 지독해서 사람들은 소이탄이 떨어져도 그걸 안 쓰는데."

“제 말이 그 말입니다, 경사님.” 뚱보 하디가 씩씩하게 말했다. “제정신을 가진 사람이라면 그걸 훔치지 않을 겁니다. 그렇다면 결론은 하나입니다. 적들의 짓이라는 거죠. 하지만 그렇다면 왜 주머니를 그냥 갈라 놓고 가지 않는지가 의문입니다.”

경사는 다친 다리도 무시하고 펄쩍 뛰어 일어났다. 그리고 앞머리 한 자락을 오른쪽 눈 위로 내리고 코 밑에 잉크 고무를 붙인 뒤 나치식 인사를 했다.

“한스 데어 리퍼에게. 영국놈들의 모래주머니 150개를 파괴한 공로로 철십자 일급 훈장을 수여한다. ‘하일 히틀러[히틀러 만세].’” 그리고 미친 듯이 웃으며 의자에 주저앉았다. 뚱보는 불안하게 구급 상자를 찾아 고개를 두리번거렸다.

“고맙네, 하디. 이렇게 웃어 본 게 얼마만인지 모르겠어.”

“자기?” 니콜 부인이 말했다. 부인은 잠옷 차림으로 창밖을 내다보면서 아련한 표정으로 담배를 피웠다.

“응?” 호스폴 중령이 침대에 누운 채 머리를 긁었다.

“우리 방공호가 없어졌어.”

“무슨 소리야. 오늘 아침에 내가 거기 빈 담뱃갑을 버렸는데.”

“그거 말고. 그건 우리 가족용이고. 덤불 속에 훨씬 더 큰 게 있었어. 하인들이 쓰던 거야. 그런데 하인들이 전부 징용되어 간 다음에는 쓰지 않았지."

"그러면 뭐가 문제야?"

"원칙 문제지. 그러니까 쓰지는 않아도 우리 거거든. 요즘은 사람들이 내 것 네 것이 없어진 것 같아. 다들 도덕성을 잃었어. 그리고 늘 전쟁 탓만 하지."

"이리 와. 나는 삼십 분 후면 나가야 돼."

"하지만 그게 어디 갔는지 궁금해."

"중령님?"

"왜 그러나, 중사." 호스폴 중령이 집 출입 계단에 멈추어 섰다. 중사는 오드리와 채스가 처음 이 집에 온 날 계단에서 군화를 닦던 남자였다.

"절도 행위가 있습니다."

"자네한테 그런 말을 들으니 재미있군, 로빈슨 중사. 이제는 누가 색다르게 중사의 물건을 훔친다는 건가?"

"네!"

"없어진 게 뭔가?"

"양철 모자 세 개, 방화 모래 양동이 두 개, 게시판 한 개, 등유 난방 스토브 한 개입니다. 그리고 펌프 하나, 등받이 의자 하나입니다."

“암시장에 내다 팔 물건들은 아니지 않나, 중사? 7파운드짜리 버터도 아니고.” 로빈슨 중사는 얼굴을 붉힐 정도의 예의는 있었다.

“그 아이 짓 같습니다. 부인의 꼬마 악동이요.”

호스폴은 얼굴을 찌푸렸다. 그 아이와 말썽이 나는 것은 원하지 않았다.

“성가신 일은 피하는 게 좋지 않겠습니까? 여기는 너무 편안하니까요.”

호스폴이 고개를 끄덕였다.

“새 물품 요청서를 작성해. 항해 중 유실되었다고. 내가 서명하지.”

“콘크리트 작업 도와드릴게요, 아빠.” 채스가 말했다. 폭격 없는 밤이 지난 밝은 일요일 아침이었고 맥길 씨는 마당을 돌보고 싶어졌다. 하지만 그는 아직도 하늘로 의심스런 눈초리를 보냈다.

“나를 도와? 어디 아프냐? 무슨 일이야? 친구들이 다 교회에 가고 없냐?‘

“아뇨.” 채스가 순진한 척 말했다. “그냥 도와드리고 싶어서 그래요. 아빠가 어떻게 일하시는지 보고 싶어요.”

“하지만 별로 볼 게 없다.” 맥길 씨가 말했다. 어떤 도둑놈이 시멘트를 반이나 훔쳐 갔어. 어떻게 된 일인지 짐작가는 거라도 있냐?”

“아뇨.” 채스가 말했다.

7

크리스마스 이브였고 날이 어둑어둑했다. 동풍에 눈발이 실려 왔다. 채스와 클로거는 '까마귀 둥지'에 있었다. 채스는 세무 가죽 조끼를 입고 '카파레토'라는 흰색 글자가 깔끔하게 새겨진 선홍색 강철 헬멧을 쓰고 있었다. 클로거는 보이 스카우트 제복에 역시 '카파레토'라고 쓰여진 선홍색 헬멧을 썼다.

채스는 불편했다. 바람 때문에 자꾸 눈물이 났고 철끈처럼 딱딱한 헬멧 턱끈이 턱을 마구 후볐다.

해군용 포장 상자로 튼튼하게 만든 까마귀 둥지는 제일 높은 나무에 얹혀 있었다. 피시 키 버스터로 만든 지붕이 바람에 우릉우릉 울렸다.

클로거가 니콜 대령의 커다란 놋쇠 망원경으로 다시 한 번 수평선을 훑었다.

"아무것도 보이지 않음. 오늘밤엔 오지 않을 것 같음. 가시거리가 100야드로 떨어졌고 티타임에 안 가면 이모가 길길이 뛸 것임."

"좋다, 내려가자, 중사." 그들은 뻣뻣한 몸으로 힘겹게 망원경을 들고 밧줄 계단을 내려온 뒤, 카파레토 요새로 기어들었다. 요새는 훌륭했다. 보급 장교가 등유 히터에 올려놓은 주전자는 이제 끓기 직전이었고 길쭉한 참호 전체가 토스트 빵처럼 따뜻했다. 참을성만 있다면 히터로 토스트도 만들 수 있었다. 시간이 삼십 분 걸리고 검은 부분이 구워진 건지 검댕인 건지 알 수 없지만 7파운드 통의 버터를 듬뿍 바르면 뜨겁고 맛있었다. 클로거는 이렇게 추운 날씨에서는 버터가 좀처럼 상하지 않을 거라고 말했다.

존 병장, 니키 이병, 카스테어스 상병(홍당무라는 별명의)은 분홍색 나뭇잎 무늬가 박힌 매트리스 위에서 고양이처럼 만족스런 표정으로 촛불을 바라보며 물이 끓기를 기다렸다. 가머스 전체에서 카파레토 요새만큼 안전한 곳은 없었다. 얇은 강철로 만든 아치형 지붕 위에 무려 3피트 높이로 흙과 바위를 쌓고 그 사이사이에 콘크리트를 넣어 굳혔다. 비스마르크 호가 직접 공격하지 않는다면 어떤 공격도 견디어 낼 수 있을 것이다. 문 앞에는 낡은 누비 이불이 드리워져서 바깥의 찬바람을 막았다. 문 밖에는 냄새 나는 모래주머니로 벽을 두르고 바닥에는 나무 널을 깐 기관총 총좌가 있었다.

채스의 심장은 자부심으로 두근거렸다. 이 모든 게 보름 만에 이루어졌고 피시 키 버스터 덕분에 물 한 방울 들지 않았다. 보급 장교가 요새를 깔끔하게 정돈해서 하얀 머그잔과 빨간 모래 양동이가 가지런히 반짝였고 벽에는 빨간 헬멧들과 게시판이 하나 걸려 있었다. 게시판에는 '카파레토 요새-내무 규칙'이라고 적혀 있었다. 채스는 그걸 어떻게 해야 하는 건지 잘 몰라서 그냥 모두가 날마다 진지한 자세로 서서 그것을 두 번씩 읽자고 했다.

1. 요새에서 식량을 훔친 자가 군법 회의에서 유죄 판결을 받으면 금붕어 연못에 빠지는 벌을 받는다. 원한다면 옷을 벗고 들어갈 수 있지만 다 벗는 것은 허락되지 않는다.

2. 허가 없이 기관총을 건드린 자는 석 달간 요새에서 추방된다. 무슨 이유로든 보드서 브라운과 이야기를 하는 사람은 영원히 추방된다.

3. 침상에서 일어나면 정돈을 한다.

4. 사방 50야드 이내에 소변 금지. 다른 것도 금지.

5. 출입할 때는 언제나 뒷울타리를 이용하고 미행을 당하지 않도록 주의한다.

6. 허가 없이 상점 물건을 훔치지 말 것. 훔친 물건은 모두 요새에 귀속된다.

7. 공기 소총은 경계 근무자만이 만질 수 있다. 경계 근무가 끝나면 주머니 등에 든 총알을 모두 반납한다.

8. 요새 안에서 새총 장난을 치면 나흘 동안 청소 담당.

9. 어지르지 말 것.

10. 부모님이나 선생님 등에게 고자질하는 자는 죽음을 면할 수 없다.

11. 물품을 낭비하지 말 것.

12. 쓸데없는 쓰레기를 가져오면 본래의 쓰레기장에 가져다 놓을 것.

13. 식사는 보급 장교 담당이다. 보급 장교에게 따지지 말 것.

내무 규칙을 읽은 뒤에는 모두가 허리를 굽혀 기관총에 손을 대고 규칙을 지키겠노라고 맹세했다.

존은 명예석으로 마련한 하나뿐인 안락의자에 앉았다. 그들은 차를 끓이면 언제나 존에게 첫 잔을 주고 토스트를 해도 첫 조각을 주었다. 어쨌거나 이 모든 일이 가능해진 것은 존 덕분이었다. 채스의 계획은 착착 돌아갔다. 존은 우유 배달 대신 이 일을 하게 된 것을 즐거워하며 기꺼이 도와주었다. 그리고 정말로 아이들을 잘 따라했다. 어떤 일이고 두 번 시범 보일 필요도 없었다.

문제는 오히려 힘이 너무 세다는 것이었다. 그가 말귀를 잘못 알아들었을 때는 도무지 멈추게 할 수가 없었다. 한 번은 참호 일부를 들고 니콜 부인의 침실 앞을 지나간 일도 있다. 무슨 일인지 부인은 아무 소리도 못 듣고 아무것도 못 보았지만 아이들은 존을 제자리로 돌려놓기 위해 안간힘을 써야 했다.

하지만 그건 초기의 일이었다. 이제 아이들은 코끼리 조련사가 코끼리를 다루듯 그를 확고하고 정확히 다룰 줄 알게 되었다.

문제는 이제 카파레토 요새가 완성되었다는 것이다. 이제는 그가 할 일이 없었다. 그리고 그는 아주 많은 공간을 차지했다.

"이제 어디 가?" 그가 후루룩후루룩 차를 마시며 말했다.

"이제 존을 어떻게 하지?" 묘지기가 속삭였다.

"더 이상 안 데리고 오면 돼." 채스가 말했다. "머리가 나빠서 혼자서는 못 와."

"그 말이 맞았으면 좋겠다." 묘지기가 말했다.

그래서 밤이 되자 그들은 마지막이라고 생각하고 존을 집으로 데려다 주었다.

그날 밤 니키는 잠에서 번쩍 깨어나서 침대맡 등을 켰다. 자명종 시계는 한 시 반을 가리켰다. 왜 잠이 깬 거지? 평소에는 아침까지 깨지 않고 잤다. 자는 시간만큼은 편했다.

폭격기가 오고 있나? 그는 귀를 곤두세웠다. 고요했다. 그는 화장실에 가려고 일어났다.

어머니의 방 앞을 지나가는데 거기도 불이 켜져 있었다. 어머니가 나지막하게 속삭이며 웃는 소리가 들렸다. 이어서 남자 목소리가 났다. 그 남자가 다시 어머니 방에 있었다. 니키는 멈추어 서서 주먹을 불끈 쥐었다. 그 남자가 싫었다. 들어가서 남자를 죽이고 싶었지만 자신은 약골 니키일 뿐이었다. 눈물이 흘렀다. 화장실로 달려갔다. 그리고 변기에 앉아서 무슨 일로 깬 건지 생각해 보았다.

하지만 아무것도 생각나지 않았다. 동풍이 부는 밤에 이따금 그렇듯 바다 냄새가 난 게 전부였다. 바람에는 안개 경보도 실려 왔다.

아버지가 살아서 바다를 누빌 때, 니키는 바다 냄새를 좋아하고 안개 경보도 좋아했다. 예전에 그 냄새가 나고 소리가 들리면 사이클레이즈 호의 함교가 떠오르고 흐릿한 불이 켜진 커다란 나침반과 지도 탁자가 떠올랐다. 그리고 아버지의 얼굴, 강인하고 당당하게 어둠을 뚫고 돌아오는 아버지의 얼굴을. 니키는 아버지와 친했다.

하지만 이제 바다 냄새와 안개 경보는 쓸쓸함만을 안겨 주었다.

그는 깨금발로 미운 문 앞을 지나서 돌아와 잠이 들었다가 다시 바다 냄새에 깼다.

일어나서 까금발로 집 안을 다녔다. 이 방 저 방에서 해군들이 코를 골았다. 부엌에 불을 켜자 쥐들이 달아났다. 그는 다시 불을 끄고 등화관제 커튼을 살짝 들추었다. 별들과 정적. 항구의 안개가 걷히는 모양이었다. 안개 경보가 그쳐 있었다.

하지만 두려움을 떨칠 수 없었다. 뭔가 끔찍한 일이 일어나려고 했다. 달아나야 했다. 하지만 어디로?

별빛 아래 까마귀 둥지와 나무들이 보였다. 요새. 그가 달아날 곳은 그곳이었다. 지금 당장. 위험이 임박했다. 그는 허겁지겁 옷과 신발과 손전등과 곰 인형을 챙겨서 달아났다.

"죄악의 침상에서 죽었어요." 스폴딩 부인이 두건 밑으로 머리핀을 긁으며 과장된 어조로 말했다.

"나는 심판이라고 부르겠어요. 실오라기 하나 안 걸치고 상처도 하나 없이 누워 있었다니. 폭격이 닥쳤는데. 아니면 하느님이 직접 벌을 내리신 거야. 하느님은 살아 계세요!"

"애 앞에서는 제발 그러지 말아요, 스폴딩 부인."

채스 아버지가 나이프와 포크를 쩔그렁 내려놓으며 말했다. 하지만 그런 행동도 스폴딩 부인을 멈추게 하지 못했다.

"하지만 그 집 아이. 온순해 터진 그 아이. 왜 하느님은 그 아이마저 데려가셨을까?"

부인은 전능한 신이 램프 갓에 앵무새처럼 올라앉아 있기라도 한 듯 손가락을 들어 금이 간 천장을 가리켰다.

"스폴딩 부인!" 맥길 씨가 소리쳤다.

"폭탄은 그 아이가 아무것도 모르고 자는 방 위에 떨어졌어요. 하지만 아이의 흔적은 하나도 발견되지 않았다니까요. 지금 그 아이는 천사들하고 같이 하늘에 있을 거예요."

채스는 천사들이 이름 모를 아이의 팔과 다리를 가져다가 조각 퍼즐을 맞추듯 이어 붙이는 황당한 상상을 했다. 맥길 씨가 채스를 보고 고갯짓을 했다.

"나가라!" 채스는 얼른 나갔다. 부엌 문 앞까지. 그리고 거기서 귀를 쫑긋 세우고 들었다. 스폴딩 부인이 말했다.

"그렇게 보지 말아요, 맥길 씨. 나는 진실을 말할 뿐이에요. 니콜 대령이 죽은 뒤 그 집은 죄악과 불의의 구덩이였잖아요. 아, 그분이 편히 쉬기를."

채스는 속이 울렁거렸다. 니키의 집이 폭격을 당했다. 니키와 니키 엄마와 해군 장교가 모두 죽었다. 어이쿠, 요새는! 기관총은!

"그리고 빳빳하게 죽은 그 불쌍한 해군들." 스폴딩 부인이 큰 소리로 한탄했다. 채스는 바람처럼 달렸다.

니키네 집은 거의 정상 같았다. 폭탄이 뒤쪽에 떨어져서, 앞쪽은 지붕도 있고 심지어 창문도 일부는 멀쩡했다. 경찰, 지도원, 대량 구조 팀과 구급차는 모두 떠났다. 누군가 대문을 닫고 문 두 쪽을 철사로 묶어 놓았다. 정원 담장은 높고 꼭대기에 가시가 있었다. 채스는 조심조심 주변을 돌아보고 철 대문을 기어올랐다. 그리고 집 옆으로 돌아서 뒷마당으로 갔다. 풀이 무성한 잔디에는 벽돌과 타일이 흩어져 있었다. 니키의 방이 있던 곳에는 붉은 벽돌이 쓰레기처럼 쌓여 있었다. 핏자국은 보이지 않았다.

뒷마당에는 넘어진 조각상과 단지들이 뒹굴었다. 금붕어 연못은 바닥이 갈라져서 물이 다 빠졌다. 연못 바닥에는 죽은 금붕어 한 마리가 얼어붙은 수초들 틈에 누워 있었다. 연못에 물을 대던 작은 물줄기가 뒤뜰 전체에 흩뿌려서 뒷마당 전체가 얼음 늪처럼 변해 있었다.

까마귀 둥지는 충격에 비스듬해졌지만 그래도 제자리에 있었다. 그건 다시 지으면 될 것이다. 그리고 요새. 정말로 잘 지은 요새였다. 모래주머니 하나 흐트러지지 않았다.

채스는 낡은 누비이불을 들추고 안으로 들어갔다.

몸에 소름이 쫙 끼쳤다. 어둠 속에서 무언가 꼼지락거렸다. 그리고 기이한 목소리가 들렸다.

"채스?"

"니키! 어떻게 피했니?"

"아버지가 꿈에 나타나서 조심하라고 경고해 주셨어."

"아."

"모두 죽었어. 해군들도."

"아."

"가서 봤어."

"너 이제 어떻게 할 거야?"

오랜 침묵이 흘렀다.

"모르겠어. 우리 가족은 이제 아무도 안 남았어. 고아원에 가게 되지 않을까?"

"안됐다. 네가 우리 곁에 있으면 좋겠지만 전쟁이 끝날 때까지 우리 집에는 할머니랑 할아버지가 같이 살아서……."

"나는 이 집을 떠나기 싫어. 그러니까……. 이제 이 집 전체가 내 거잖아. 그리고 모르는 사람들보다 너희 곁에서 지내고 싶어."

그가 손을 내밀었다. 채스는 이상한 기분이 들었다. 등골을 타고 기묘한 느낌이 오르내렸다. 갑자기 크고 강해진 것 같았고 그러면서도 덜컥 겁이 났다. 그는 두 손으로 니키의 손을 움켜잡았다.

"아이들이랑 회의를 하자. 방법을 마련할 수 있을 거야."

니키가 희미하게 웃었다. "식량이 있는 곳을 알아. 죽은 중사는 암시장 일을 했어. 예전 마구간에 식량이 가득해."

"좋아. 다른 사람들이 오기 전에 가 보자. 하지만 그러면 요새를 확장해야 할 텐데."

다시 존이 필요해졌다.

모두 주의 깊게 니키의 이야기를 들었다. 오드리는 앉아서 무릎의 딱지를 떼었다. 묘지기는 이번에는 한 번도 웃지 않았다.

니키가 이야기를 마치자, 그들은 오랜 침묵 속에 서로를 보았다.

"어른들한테 말해야 돼." 홍당무가 말했다. "다 니키가 죽은 줄 알아. 읍사무소나 그런 데에도 죽었다고 기록될 거야. 사람들도 걱정할 거고."

"누가?" 클로거가 물었다. "누가 걱정씩이나 해?"

침묵이 이어졌다. 홍당무는 단호한 표정이었다.

"어른들은 해결책을 알아!"

"자기들한테 좋은 해결책을 알지." 클로거가 말했다. "어른들은 니키를 고아원에 보내고 싹 잊을 거야. 우리 엄마가 죽었을 때 나한테 그랬던 것처럼. 설탕도 없는 오트밀 죽을 주고 신발을 아무 데나 벗었다고 주먹으로 때려."

"우리 중 누군가의 집에서 살면 어떨까?" 오드리가 말했다.

"너네 엄마가 니키를 받아 줄까?"

오드리는 고개를 숙였다. 자기 엄마가 뭐라고 할지 알고 있었다. 그들은 모두 자기 어머니가 뭐라고 할지 알았다.

"그러면 니키는 어디서 살아?"

"여기서 살면 돼." 클로거가 말했다. "일 년치 식량이 있어. 글래스고에서 이보다 못 사는 사람을 많이 봤어."

"병에 걸리면?"

"병원에 가지. 꼭 어른들하고 같이 가야 되는 건 아냐."

"하지만 외롭지 않을까?"

그때 아주 가슴 아픈 일이 일어났다. 니키가 울음을 터뜨린 것이다. 그것은 넘어져서 우는 것하고는 종류가 달랐다. 니키의 입 밖으로 아버지가 어쩌고 어머니가 어쩌고 그 남자가 어쩌고 꼴도 보기 싫은 인간들이 어쩌고 죽음이 어쩌고 하는 말들이 흘러 나왔다. 모두가 그 자리에 붙박혀 버렸다. 그러다 남자 아이들이 모두 오드리를 보았다.

오드리는 머뭇머뭇 다가가서 조심스레 니키의 머리를 쓰다듬었다. 니키의 반응은 나쁘지 않았다. 오드리는 그의 이름을 나직하게 계속 불렀다.

"다 같이 해!" 그래서 아이들은 무릎을 꿇고 니키의 머리와 등과 팔과 무릎을 쓰다듬으며 말했다.

"니키……. 니키……. 니키."

마침내 니키는 울음을 멈추고 훌쩍거리며 말했다.

"이제 괜찮아. 미안해."

오드리가 손수건을 주자 그는 얼굴을 닦았다.

"니키가 여기서 혼자 사는 건 안 좋아." 클로거가 말했다. "내가 여기 와서 같이 살겠어."

"하지만 너네 이모가 가만있을까?"

"글래스고로 돌아간다고 할 거야."

"걱정하실 텐데."

"걱정 안 해. 사실 진짜 이모도 아냐. 그냥 우리 엄마 친척이지. 처음부터 나를 별로 달가워하지 않았어. 게다가 세 명이서 한 침대를 썼어. 아빠에게서 돈이 끊기는 건 안타까워 하겠지만 그게 전부야."

"하지만 그러면…… 이모는 널 안 사랑하셔?" 채스가 얼굴이 빨개져서 물었다.

"사랑? 너희는 아직 어린애야. 이모하고 이모부는 맥주하고 담배밖에 사랑하는 게 없어. 달아나려고 생각했던 적도 여러 번이야."

모두가 놀라서 그를 보았고 그 시선에 클로거도 불편해졌다.

"그러면 집에 갔다 올게. 어두워지기 전에 오려면 서둘러야 하니까."

"가기 전에……." 채스가 말했다.

"응?"

"모두 기관총에 대고 맹세해."

그들은 기관총 포장을 벗기고 그 위에 할아버지의 유니언 잭을 덮은 뒤 모두 기관총에 손을 대고 니키를 돌볼 것을 맹세했다. 그 맹세를 통해 카파레토 요새는 놀이터 이상이 되었다. 그것은 하나의 나라가 되었다. 이제 적은 독일만이 아니었다. 존을 뺀 모든 어른도 일종의 적처럼 되었다.

클로거는 밤이 되고도 한참 지나서야 돌아왔다. 낡은 자전거에 짐이 잔뜩 실려 있었다. 그는 뒷길로 울타리 나무가 헐거운 곳을 통해 들어왔다.

"걱정 마! 이모네 식구가 밥 먹는 동안 메모를 남겼어. 그리고 오터번까지 자전거를 타고 가서 엽서를 보냈어. 지금쯤은 스코틀랜드로 가 있는 줄 알 거야."

니키가 미소다운 미소를 지었다.

"네가 돌아와서 기뻐. 저녁 준비해 줄게."

경사는 클로거 친구들의 집을 모두 찾아다니며 탐문했다. 하지만 자신들이 프랑스 레지스탕스 전사이며 경사는 독일 게슈타포라고 생각하는 아이들은, 얼굴색 하나 변하지 않고 거짓말을 할 수 있었다.

경사는 만나는 아이마다 이상한 느낌을 받았다. 죄책감이 아니라 적의와 영악함이었다.

마지막 집인 맥길의 집에 도착하자 그는 문 앞에서 채스의 아버지에게 하소연했다.

"전쟁이 애들을 망치고 있어요. 애들이 거칠어졌어요. 어떻게 다뤄야 할지 알 수가 없다니까요. 멀쩡한 집안의 멀쩡한 아이들이 애비가 감옥에 간 빈민가 애들처럼 행동해요. 경찰이라면 무조건 싫어하고 말이죠."

"그건 아이들보다 경찰의 문제가 더 큰 것 아닐까요."

맥길 씨는 현관 계단에 침을 뱉고 경사의 눈앞에 대고 문을 쾅 닫으려고 돌아섰다.

"이보세요." 절박해진 경사가 문틈에 발을 밀어 넣고 말했다.

"아이들은 지금 무슨 일인가 꾸미고……."

"내 집에서 발 빼시구려." 맥길 씨가 위협적으로 말했다.

경사는 떠났다. 하지만 경찰에게는 그렇게 말했어도 맥길 씨는 채스가 걱정이었다. 그는 채스를 커다란 괘종시계가 있는 추운 거실로 불렀다. 채스는 몸을 떨었다. 무슨 말이 나올지 알았다.

아버지는 경사나 회초리를 든 교장 선생님처럼 게슈타포 악당이라고 생각할 수가 없었다. 아버지는 아이들 마음을 알았다. 대부분이라고 말할 수 있는 것 이상이었다. 어릴 때부터 아버지는 안전을 의미하는 존재였다. 크고 단단하고 수염이 꺼끌거리고 담배 냄새가 나는 안전. 아버지의 엄지손톱은 언제나 세 조각으로 갈라져 있었다. 견습공 시절 망치를 잘못 내리친 흔적이었다.

하지만 지금 우리를 안전하게 보호할 어른이 있는가? 그들은 독일 폭격기를 막지 못했다. 폴란드나 노르웨이, 프랑스를 구하지 못했다. 그리고 스캐퍼 플로(영국 북부의 바다로, 1939년 영국 전함 로열 오크 호가 독일 잠수함의 공격을 받아 833명이 사망했다-옮긴이)에서 독일군 잠수함에 어뢰를 맞은 배도.

집의 방공호는 요새만큼 안전하지 않았다. 방공호 위의 흙은 겨우 1피트 높이였다. 아빠는 그렇게밖에 할 수 없었을까?

그는 아버지를 보았다. 지치고 무기력한 중년 남자의 모습이었다. 이제 더 이상 하느님 비슷한 사람이 아니었다. 채스는 거짓말을 할 용기를 끌어모았다.

어쩐 일인지 아빠는 일을 쉽게 해 주었다. 아마 피곤해서 그랬을 것이다. 그는 채스를 바라보지 않았다. 그저 낮은 식기장에서 큼직한 성경책을 들고 와서 채스에게 거기 대고 기관총이며 클로거에 대해 아무것도 모른다고 맹세하게 했다. 자신도 하느님을 믿지 않으면서 말이다.

채스는 성경책을 바라보며 맹세했다. 그것은 아빠를 보면서는 할 수 없는 일이었다.

모든 일은 마법처럼 이루어졌다. 존의 도움으로 그들은 참호를 하나 더 팠다. 니키 가족용의 작은 참호였다. 그들은 참호를 아주 깊이 파서 전체를 지하로 만들고 큰 참호와 연결된 땅굴을 통해서만 드나들게 했다. 그리고 거기다 무너진 집에서 나온 식량과 유용한 물건을 쟁여 놓았다. 에나멜 주전자, 그릇들 그리고 거울들.

폭격의 잔해는 남김없이 재활용되었다. 요새 지붕은 집의 파편으로 1피트 더 두꺼워졌다. 총좌 지붕에는 낡은 문짝과 흙이 덮였다. 밖에서 보이는 것은 기관총의 총구멍 세 개뿐이었는데 그곳이 바로 출입구이기도 했다.

그들은 마당도 손질했다. 작은 냇물에 둑을 쌓아 마당 전체를 발목 깊이의 늪으로 만들어서 아무도 지나다니지 못하게 했다.

반대편에서는 울타리 일부를 뜯어 고쳐서, 요새 안에서 밧줄을 당기면 그 부분이 바깥쪽으로 쓰러지게 만들었다. 그러면 앤드루 모건 중위가 '훌륭한 사정 범위'라고 말하는 것이 나타났다.

오드리는 참호 위에 풀과 쥐똥나무 덤불을 심어 위장했다.

모든 것이 때맞추어서 준비되었다.

하지만 요새의 모든 방어책을 손으로 만든 것은 아니었다. 어떤 것은 입으로 만들어졌다.

니키네 집에 대해서 이상한 소문이 떠돌았다. 그곳은 사람이 살

때보다 더 악명이 높아졌다. 어떤 이들은 그 집에 폭탄이 하나 더 떨어졌는데 보이지 않는 곳에 떨어져서 터지지 않고 있다고 했다. 다른 이들은 그 집에 유령이 산다고 했다. 벽에는 유령이 쓴 것 같은 천박한 낙서가 되어 있고 바닥도 없는 방에 불이 켜지고 웃음소리가 들린다고.

아마 그렇게 많은 사람이 죽었는데도 겉으로는 집이 꽤 멀쩡해 보였기 때문일 것이다. 사람들은 마을을 찾아온 손님에게 그 집 나무들 위로 솟은 'ㅅ' 모양의 지붕을 가리켜 보였다. 하지만 거기 들어가는 사람은 아이들을 빼고는 아무도 없었다.

8

나뭇가지에 서리가 내렸고, 클로거의 입김이 망원경 접
안 렌즈에 닿아 얼었다. 그는 장갑으로 짜증스럽게 렌즈를
닦았다. 하지만 그런 저녁에는 짜증이 오래갈 수 없었다. 하늘은
지평선에서 수평선까지 흐릿한 푸른 빛이었다. 1월 해는 점점 길어
졌다. 클로거는 경계 근무자가 앞주머니에 휴대하는 사슬 달린 낡
은 시계를 보았다. 다섯 시였다. 십오 분만 더 까마귀 둥지에서 보
내면 되었다. 그는 다시 망원경으로 수평선을 훑었다. 온몸이 떨려
서 수평선이 캥거루처럼 펄쩍펄쩍 뛰었다.

그러다가 숨을 삼켰다. 물결 너머 나직한 곳에 점 하나가 보였
다. 잠시 후 점은 시야에서 사라져 보이지 않았다. 그의 입술에서
사나운 글래스고 사투리가 튀어나왔다. 마침내 그 점이 다시 나타
났을 때는 거리가 가까워져 있었다. 그는 거기에 엔진 두 개가 달

려 있는 것을 보았다.

"채스 대위?" 클로거가 부르자 채스가 머리를 총안 밖으로 내밀었다.

"비행기가 나타났음. 쌍발 엔진으로 저공비행하고 있음."

"서둘러!" 채스가 소리쳤다. "기관총을 꺼내!"

그들은 기관총을 덮은 은색 천을 벗기고 기어들어 오는 클로거 옆으로 총구를 밀었다.

"조심해. 식량에 구멍 나는 건 싫으니까!"

채스는 기관총을 잡고 조준경을 들여다보았다.

"울타리 내려!" 묘지기가 밧줄을 풀자 울타리 한 부분이 쓰러지면서 만 전체가 내려다보였다. 하지만 아무것도 보이지 않았다.

"야! 또 허위 경보야! 클로거, 또 너네 이모부 위스키에 손댄 거야?"

"분명히 뭔가 있었어. 아직 거리가 너무 멀어서 망원경으로만 보이는 거야. 기다려 봐."

그리고 정말로 그것이 곧 나타났다. 영국 비행기였다. 블렌헤임기인가? 뚫어져라 바라보려니 채스의 눈에 눈물이 고였다. 영국 비행기 치고는 고도가 매우 낮았다. 하지만 기체가 손상되었을 수도 있으니까.

아니었다. 프로펠러가 모두 똑같이 이상한 풍차 모양이었다. 그

리고 비행기는 엔진을 끄고 활강해 들어왔다. 검은색이었다. '적'이었다. 놈은 지난번에 봤던 비행기처럼 바로 그들 머리 위로 지나갈 것이다.

채스는 적기를 조준했다. 놈이 점점 더 커졌다. 잠깐, 잠깐. 손가락을 방아쇠에.

"야, 뭐해!" 묘지기가 말하면서 그의 옆구리를 찔렀다.

불이 번쩍하면서 굉음이 일었다. 무언가 채스의 가슴팍에 세게 와서 부딪혔다. 그것은 보드서 브라운의 주먹보다 훨씬 강했다. 그는 기관총을 잡은 채 뒤로 넘어졌다. 그리고 바닥에 누워서 계속 비오듯 쏟아지는 나무 파편과 흙에 가슴을 두드려 맞았다. 그는 놀란 눈으로 지붕에 뚫린 구멍을 바라보았다. 그 구멍으로 독일 비행기가 꿈결처럼 지나가는 모습이 보였다. 몸체에 새겨진 십자가까지 또렷이 보였다. 아무런 타격도 받지 않은 모습이었다.

기관총의 어마어마한 총성이 멈추었다. 묘지기가 지붕의 거대한 구멍을 보았다.

"이런 젠장."

연발된 기관총 탄환은 독일 전투기를 크게 빗나갔다. 하지만 조종사는 깜짝 놀라서 거의 수직 상승을 했고 그러다 중심을 잃을 뻔했다. 다시 중심을 잡는 동안 강둑에서 조준기를 들여다보던 대공 속사포 사수가 그를 발견했다. 하늘 위로 길고 붉은 선들이 전투기를 따라 날아왔다.

대공포는 계속 발사되었다. 그중 한 발이 전투기 날개 끝을 날리자 조종사는 화가 난 것 같았다. 그는 달아나지 않고 반대로 대공 속사포에 보복을 시작했다. 고도가 낮아지자 해발 고도 0피트의 강둑에서 등대를 빙글 돌아, 유모차를 밀고 가던 채플 스트리트의 뚱뚱한 여자를 기절시켰다.

그런 미친 행동은 금세 끝날 수밖에 없었다. 애클링턴에서 스핏파이어 기 세 대가 떠서 바다 쪽을 막았다. 하지만 조종사는 상관없다는 듯이, 스핏파이어 기들을 향해 포를 쏘면서 달려들었다. 항만 입구에서 폭발하는 순간에도 폭격기는 포를 계속 쏘고 있었다. 강 양편에서 사람들의 환호 소리가 울려 퍼졌다.

폭발의 충격과 환호의 열기 속에서, 사람들은 마지막 순간에 메서슈미트 기에서 작고 검은 물체가 떨어져 나가는 것을 알아차리지 못했다. 그것은 착륙 직전에 낙하산을 폈고, 지면에 상당히 강하게 떨어졌다.

승리의 루프트바페 하사 루디 게어라트는 일어서려고 했지만 발목에 격심한 통증을 느꼈다. 그래서 무릎걸음으로 다니면서 자신의 정체를 드러내 주는 낙하산을 주섬주섬 모아서 엉성하게 묶었다. 그곳은 무슨 밭 같았다. 무성하게 자란 미니 양배추들 빼고 몸을 숨길 만한 것이라고는 조그만 목조 헛간뿐이었다.

가까운 헛간까지 기어가서 문을 열었더니, 사나운 꼬꼬댁 소리와 날갯짓소리가 그를 맞았다. 닭이었다! 닭이 있으면 사람이 와서 모이를 주게 마련이다. 그곳은 불가능했다. 그는 문을 닫고 계속 기어갔다. 다음 헛간에서는 살진 토끼 한 마리가 길쭉한 민들레 잎을 씹으면서 심각한 표정으로 루디를 바라보았다.

"토끼야, 네가 부럽구나." 루디가 말했다. "토끼 수명이 후방 사수보다 길단다."

다음번 헛간은 삽과 자루들뿐이었다. 루디는 먼지투성이 낙하산을 끌고 낑낑대며 그리로 기어올라 갔다. 그리고 자기 발목을 보았다. 부러지지도 않고 피도 나지 않았다. 단지 삐어서 걸을 수 없을 뿐이었다.

항복하는 게 나을지 몰라, 그는 생각했다. 조사받기 전에 따뜻한 식사가 나올 거야. 그러면 나는 술 한 잔과 소시지 한 조각을 위해 제3제국(독일 나치 정권의 공식 명칭-옮긴이)의 모든 비밀을 폭로할 거야.

그는 헛간 문을 열고 밖에다 대고 크게 소리를 질렀다. 아무도 오지 않았다. 그는 소리를 지르다 지쳐 잠이 들었다.

머리 바로 위에서 비행기 폭발을 본 뒤로 채스의 눈이 이상해졌다. 바라보는 모든 것에 그 불꽃과 똑같은 모양과 크기로 파랗게 빛나는 구멍이 생겼다. 눈이 멀려고 그러는 건가? 그러면 이 세상은 비극적인 손실을 입을 것이다. BBC 아나운서의 말이 들리는 것 같았다.

그는 영국 최고의 뇌 수술 전문 의사가 될 수 있었습니다. 앞을 못 봐도 그는 뛰어난 피아니스트입니다. 하지만 그가 두 번 다시 파란 하늘을 보지 못한다는 사실은 정말로 슬픈 일이 아닐 수 없습니다.

그는 둥글게 원 모양으로 걸으면서 사물들을 바라보았다. 눈에 뚫린 구멍이 사라져 갔다. 갑자기 배가 고파졌고 티타임에 무엇이 나올까 궁금해졌다.

묘지기는 요새 위에서 데르비시 교도(이슬람교의 일파로 빙글빙글 춤을 추는 의식으로 유명하다―옮긴이)처럼 날뛰면서 오드리의 위장 덤불을 뽑아 머리 위로 흔들었다.

"우리가 해치웠어. 우리가 해치웠어!"

"너희하고 스핏파이어 기가 같이 했어." 오드리가 퉁명스럽게 말했다. "너희는 그걸로 우리 지붕에 구멍을 뚫었어."

"싸우지 마." 채스가 눈물을 글썽거리며 말했다. "용감한 남자가 죽었어. 적에 맞서다가 죽었어. 남자로서 더 이상 무얼 바라겠어?”
그는 학교에서 ‘희망과 영광의 나라’(애국적인 내용을 담은 영국 노래-옮긴이)를 들을 때처럼 비장하고 뭉클한 느낌이 들었다.

하지만 다음 순간 메서슈미트 기가 항구의 바다 위에서 폭발해버려 전쟁수집품을 남기지 않았다는 사실에 화가 났다.

“지붕의 구멍은 어떻게 할 거야?” 오드리가 다시 물었다. “다음번에는 그 고약한 기관총으로 사람을 죽일지도 몰라.”

“기관총의 원래 목적이 그거야. 그리고 내 목적도 그거였어! 어쨌거나 여자애들이 그런 일을 뭘 안다고 그래? 거기다가 재,” 그는 묘지기를 가리켰다. “저 바보가 웃느라고 내 팔을 툭 쳤단 말야.”

“아냐.” 묘지기가 말했다. “네가 기관총을 제대로 못 든 거야. 힘이 없으니까. 그게 네 문제야.”

“그걸 들 수 있는 사람은 아무도 없어.” 채스가 말했다. “노새처럼 발광한다니까. 너는 쏘려고 시도도 안 해 봤잖아.”

“흐음, 영화에서 에롤 플린(오스트레일리아 출신의 배우로 미국 할리우드에서 활약하며 많은 전쟁 영화에 출연했다-옮긴이)은 잘만 하던걸. 그 사람은 골반 위치에서 총을 쏴서 독일군을 공격하고 빅토리아 훈장을 받았어.”

“틀렸어. 빅토리아 훈장은 영국 사람만 받는 거야.” 오드리가 소리쳤다.

"여자애는 안 된다니까!" 모두가 한목소리로 외쳤다. "여자가 이런 일을 뭘 알아?" 그리고 다시 자기들끼리 옥신각신했다.

"거기 나온 무기가 뭔지 말해도 못 믿을걸? 그건 진짜 기관총이 아니었어."

"진짜였어. 번쩍거렸어."

"아냐."

"맞아."

"아냐."

"지붕에 구멍은 어떻게 할 거야? 그리고 너희가 저 고약한 물건을 치우지 않으면 나는 캠프에 가서 간식을 차려 주지 않을 거야."

"야, 헛소리 그만해."

"오드리 말대로 하는 게 좋겠다. 안 그러면 간식을 먹지 못할 테니까. 그리고 기관총을 고정시킬 방법을 찾아야겠어. 하마터면 내 머리가 날아갈 뻔했다니까."

"우리 아빠가 지지대를 만들 수 있을 거야."

"그렇긴 하겠지만 뭐라고 말할 건데? '총탄이 장전된 진짜 기관총 지지대를 하나 만들어 주세요.'라고 말할 수는 없잖아."

채스는 심각한 표정이 되었다.

"방법은 있어. 하지만 그러려면 며칠 동안 이 망원경을 빌려야 해."

"빌려 가. 어쨌건 당분간은 내다볼 것도 없으니까."

루디는 추위에 빳빳하게 언 채로 깨어났다. 아무리 공들여 쌓아도 자루들은 밤사이에 계속 몸에서 떨어졌다. 발목은 푸딩처럼 부풀어 있었다. 일주일 동안은 걷지 못할 것이다.

그는 헛간 문을 열고 밖을 내다보았다. 하늘은 잿빛이었다. 손목 시계가 멈추어서 시간도 알 수 없었다. 배가 몹시 고팠다. 얼어 붙은 미니 배추조차 먹음직스러워 보였다. 그는 한 시간 동안 밭을 기어 다니며 배추를 뽑았다. 배추를 먹으려면 먼저 그 위에 덮인 서리를 입으로 빨아 없애야 했다. 배추는 총알처럼 단단했다.

그는 항복하고 싶었지만 아무도 오지 않았다. 그는 잠이 들었다.

다시 깨었을 때도 하늘은 여전히 잿빛이었다. 다리에 감각이 없었다. 마침내 피가 다시 돌자 손발이 엄청나게 저려 왔다.

그는 사람들에게 기어가서 항복하기로 마음먹었다. 분할 농지 끝이 100마일은 되는 것 같았다. 울타리 앞에 가서 틈새를 내다보니 석탄재로 뒤덮인 길과 쓰지 않는 가스등과 공장의 높은 벽돌담뿐이었다. 날이 어두워지면서 눈도 뿌리기 시작해서 그는 다시 원래 자리로 기어 돌아갔다. 너무도 혼란스러워서 처음에는 자기 헛간이 어딘지도 찾지 못했다. 그는 다시 잠이 들었다.

일주일 동안 그가 목숨을 부지한 것은 토끼들 덕분이었다. 헛간마다 토끼가 몇 마리씩 있었다. 토끼장에는 토스트 부스러기, 구운 감자 껍데기, 왕겨 죽 그리고 마실 물이 있었다. 처음에는 그가 먹이를 찾아 토끼장 문을 열면 토끼들이 화들짝 놀랐다. 따뜻하고 겁 많은 털복숭이 몸들이 사방으로 뛰어 토끼장 철망에 바짝 가 붙었다. 그는 한 마리 잡아먹을까 하는 생각도 했지만 아직 그 정도로 절박하지는 않았다.

닷새가 지나자 토끼들은 그에게 익숙해져서 편안한 눈으로 그를 보았다. 그는 토끼와 함께 오랜 시간을 보내며 녀석들에게 비어기트, 프란츠, 하인츠 같은 독일 이름을 붙여 주었다. 그가 이야기를 건네면 토끼들은 흥미롭다는 듯 두 귀를 차례차례 내렸다.

사람들이 언제 토끼 먹이를 주러 오나? 왜 토끼 주인들을 볼 수 없을까? 그는 알 수 없었다. 사람들에게 잡히기 위해 토끼 곁에서 자는 방법도 생각해 보았지만 자다가 잡히기는 싫었다. 게다가 모든 인간에 대한 불신이 점점 커졌다. 전쟁 포로가 적에게 갖는 두려움이 아니라 야생 동물이 갖는 그런 불신이었다.

분할 농지에서 지내는 동안 그는 사람을 꼭 한 명 보았다. 미니 배추를 뽑는 노인이었다. 루디가 용기를 내서 소리를 지르고 손을 흔들기까지는 오랜 시간이 걸렸다. 하지만 노인은 놀란 눈으로 바라보더니 곧장 달아났다. 루디는 그가 군인을 데려 오기를 기다렸지만 오지 않았다. 아마도 노인은 배추를 훔치던 중이었고 루디가 독일군인 걸 깨닫지 못한 것 같았다.

채스는 어떻게 하면 아빠 마음을 움직일 수 있는지 잘 알았다. 그래서 망원경을 집으로 들고 와서 아버지 앞에 떨구었다.

"어디서 난 게냐?"

"묘지기 존스가 물물 교환하재요. 자기 할아버지 망원경인데 제 기차 세트하고 바꾸재요. 그래도 될까요?"

맥길 씨는 숙련된 기계공의 손으로 망원경을 들고 뒤집어 보면서 단단한 만듦새를 느껴 보았다.

"묘지기 존스는 바보로구나. 네 기차 세트는 값어치가 이것하고 상대도 안 돼. 묘지기 아빠도 아들이 이걸 다른 물건이랑 바꾸려고 한다는 걸 아니?"

"네, 같이 계셨어요. 너무 낡은 물건이라 기차 세트만 한 가치가 없을 거라고 그러셨는걸요. 묘지기 아빠는 오히려 제가 바보라고 그랬어요." 맥길 씨의 얼굴에 비웃음이 떠올랐다. 그는 묘지기 아버지를 좋아하지 않았다. 두 집안은 해묵은 원한이 있었다.

"그 인간이 아는 건 오직 묘지 비석뿐이지. 어린애라도 이게 얼마나 좋은 물건인지 알 수 있는데." 그는 이미 망원경을 분해하기 시작했다.

"조금 손을 보긴 해야겠구나. 가서 연장하고 광택제를 가져 다오."

전쟁 전처럼 평화로운 저녁이었다. 할아버지는 건강이 좀 회복되어서 친구들을 만나러 술집에 갔다. 할머니는 부엌에서 토끼 가죽을 벗겼다. 붉은 빛의 억센 두 팔이 토끼털로 하얗게 덮여 있었다. 맥길 부인은 벽난로 불길 옆에 통감자를 넣고 있었다. 맥길 씨는 신문지 위에 망원경 부속품들을 질서 정연하게 내려놓았다. 저걸 어떻게 다시 조립하시려고 그러지? 하지만 아버지는 밝은 얼굴로 망원경을 재조립했다. 그러면서 부품들을 하나하나 채스에게 가리켜 보였다.

"그러면 바꿔도 되는 거예요?"

"되고말고. 너는 이제 청소년인데 기차 세트는 애들 장난감이잖니. 하지만 이제 묘지기 애비한테 망원경을 보여 주면 안 될 것 같다. 이걸 보면 마음이 바뀔 테니까. 한심한 인간. 그 인간은 바보 천치야."

기회가 왔다. 채스는 숨을 깊이 들이마셨다.

"그런데 문제가 하나 있어요, 아빠. 너무 무거워요. 제대로 들고 있을 수가 없어요." 맥길 씨가 아들을 올려다보며 천천히 미소를 지었다.

"그 집에서 이 물건을 못 쓰는 이유가 있을 줄 알았다. 삼발이를 만들어 주랴?"

"네!"

원하는 것을 얻어 낸 바로 그 순간에 채스는 자기가 사기꾼이

된 것 같은 느낌이 들었다. 그 느낌은 아끼던 기차 세트와 헤어지는 것보다도 더 쓰라렸다.

맥길 씨는 솜씨가 좋았다. 그는 기술과 관련된 문제를 좋아했고 또 시간도 있었다. 어쩐 일인지 가스 공장은 별다른 고장이 없었다. 일주일 만에 삼발이가 완성되었다.

맥길 씨가 만든 물건은 튼튼했다. 0.25인치 강철과 1인치 가스관을 견고하게 용접해 붙이고 녹이 슬지 않도록 검은 칠로 마감했다. 망원경의 둥근 몸체는 삼발이 안에 튼튼하게 고정되었다. 기관총의 둥근 몸체 역시 튼튼하게 고정될 것이다. 그리고 삼발이 다리를 콘크리트에 넣고 굳히면.

"웃기는 사건이 있습니다, 경사님."

뚱보 하디가 말했다. 경사는 끙 소리를 냈다. 그는 폭격기나 임박한 침공보다 뚱보 하디의 '웃기는 사건'이 더 두려웠다. 모래주머니 절도, 기관총 실종, 귀신 들린 집. 순경은 얼간이였다.

"이번에는 뭔가?"

"어떤 여자가 와서 웃기는 이야기를 하고 있어요."

"들어오라고 해. 웃은 지가 몇 주는 됐으니까."

"그런 뜻으로 웃긴다는 게 아닙니다, 경사님."

하디는 난처한 표정이 되었다.

"여자를 들여보내고 자네는 나가게."

여자는 의자 앞쪽에 새처럼 살짝 걸터앉아서 두 손을 깍지 끼고 눈을 감았다.

"기도합시다." 경사가 자신도 모르게 말했다. 피로감 때문이었다.

"우리는 정말로 기도해야 돼요. 지금 시절은 더러운 짐승이 구덩이에서 풀려나는 말세니까요. 요한계시록 13장 11절 말씀이에요."

어이쿠, 하느님. 경사는 생각했다. 잘못 만났군.

"더욱 심한 것은 더러운 짐승의 졸개가 우리 어머니에게 기관총을 쏜다는 겁니다."

"뭐라고요?" 경사는 놀라서 의자에서 떨어질 뻔했다.

"사흘 전에 어머니께 차를 가져다주고 성서를 읽어 드리는데 무언가 우리 지붕을 뚫고 들어와서 침대 위에 걸린 '하느님은 사랑이시다'를 깼습니다."

"그게 뭐였나요?" 경사가 조심스레 물었다. 여자는 가방을 뒤지더니 그의 손에 납작해진 총알을 떨구었다. 경사는 그것이 영국제가 아니라는 걸 알았다.

"그리고 어떻게 됐습니까?"

"저는 창문으로 달려가서 그 무시무시한 기계가 하느님의 진노를 피해 곧장 천국으로 들어가는 걸 보았습니다."

방향 선택이 특이하군요, 경사는 생각했지만 말로는 내뱉지 않고 잘 참았다.

"독일군이었나요?"

"구부러진 십자가가 있었어요." 경사는 생각에 잠겨 총알을 손

바닥에서 톡톡 튀겨 보았다. 여자가 말하는 비행기는 공중에서 폭발한 독일군 전투기가 맞았다. 사람들이 '티타임 침입자'라고 말하는…….

"사시는 곳은 어디입니까?"

"강 건너 심슨 스트리트요. 전쟁피해 대책부신가요?"

"네?"

"전쟁피해 대책부시냐고요. 스핑크 부인이 이 일을 전쟁피해 대책부에 신고하면, 사람들이 지붕을 고쳐 주고 '하느님은 사랑이시다'를 새로 준다고 했어요."

"저는 전쟁피해 대책부가 아닙니다. 하지만 주소를 남겨 주시면 담당자를 보내겠습니다." 여자는 코를 킁 하고 떠났다.

경사는 가만히 앉아 있었다. 앞뒤가 맞지 않았다. 티타임 침입자는 비밀스레 움직이는 정찰기였다. 왜 그것이 군사 목표물과 거리가 멀고도 먼 주택가에 사격을 했단 말인가?

후방 사수가 긴장해서? 하지만 심슨 스트리트는 침입자의 비행 경로와 직각으로 놓여 있다. 후방 사수가 아무리 긴장했다고 해도 포를 비행기 후류를 향해 구십 도로 돌리고 방아쇠를 당기지는 않을 것이다.

전투기 조종사들이 모두 미쳤나? 발포 직후에 전투기는 수직으로 상승했다. 그것만으로도 이미 미친 짓이었다. 아니면 지극히 정상이었지만 그들을 화나게 한 일이 있었나?

그러니까 지상에서 공격이 있었다면? 목표물을 빗나가서 강 건너 주택가에 내려앉은 기관총 총탄 같은? 하지만 그건 독일군 총탄이었다.

경사는 주먹으로 책상을 내리치고 욕을 했다. 사라진 기관총. 이렇게 바보짓을 하다니.

경사는 '하느님은 사랑이시다'와 거기 박힌 총탄 구멍을 조사했다. 심슨 스트리트 집의 벽에는 그것 말고도 많은 문구가 걸려 있었다. 불 꺼진 벽난로 위에는 파란 고양이와 팬지꽃 무늬에 둘러싸인 '하느님께서 이 집을 축복하소서'라는 문구가 있었고 문 위에는 크고 심술궂은 눈을 둘러싼 '하느님이 나를 감찰하신다'라는 글귀도 있었다.

경사를 관찰하는 건 하느님의 눈만이 아니었다. 침대에 누운 노파의 밝고 심술궂은 눈도 경사를 좇았다.

"담배 있수? 숨이 꼴깍거리네. 그 애가 한 대도 안 줘. 하느님 뜻에 안 맞는다나. 만날 하느님 타령은. 제정신이 아냐. 다 죽어 가는 할망구 소원도 안 들어준다니까."

경사는 노파에게 구부러진 우드바인 담배에 불을 붙여 건넸다. 담배를 빨아들이자 노파의 얼굴에 행복한 미소가 번졌다. 젖병을 문 아기 같았다.

"이번 주 들어 첫 담배야. 데이비스 부인이 우리 집에 오면 하나씩 흘려 주는데, 지금 좌골 신경통으로 누워서 말이야."

"재떨이는 어디 있나요?" 경사가 불안하게 물었다. 노파가 침대 밑에 있는 장미 무늬 요강을 가리켰다.

"지난번 의사가 왔을 때 발작을 일으킬 뻔했지."

"죄송합니다." 경사가 말하고 할 일로 돌아갔다. 그는 추를 단 끈을 천장의 총구멍들 끝에 매달았다. 그런 뒤 깨진 '하느님은 사랑이시다'에 뒤통수를 대고 끈 너머로 창밖을 내다보았다. 그가 보는 것은 총탄이 날아온 경로였다. 총탄은 강 건너 나무가 우거지고 그 위로 굴뚝 꼭대기가 비죽 튀어나온 곳에서 날아왔다.

"여기 좀!" 노파가 격렬하게 기침을 하며 숨넘어가는 소리를 했다. 노파는 눈을 정신없이 굴렸고 경사는 혹시 발작이 일어나는 건 아닌가 생각했다. 하지만 노파는 그저 경사에게 담배꽁초를 주려고 한 것이었다.

그가 담배를 받아든 순간 딸이 벌컥 문을 열고 들어왔다. 노파는 레이더 같은 청력의 소유자가 분명했다.

"담배!" 딸이 잘 걸렸다는 듯이 말했다. 그녀의 눈길이 경사의 손에 들려 있는 우드바인 담배에 멈췄다.

"온 방에서 더러운 구덩이 냄새가 나요."

"여기서는 담배를 피우면 안 된다고 일렀단다, 에이다." 노파가 말했다. "하지만 듣지 않더구나. 내가 누워서 꼼짝 못하고 있으니 말야."

"말씀은 그렇게 하시는군요. 하느님의 진실을 능멸하면 심판의 날에 어떻게 될지 굳이 말씀드리지 않을게요. 그건 그렇고, 경사님, 여기서 나가 주시기 바랍니다. 들어오실 때부터 별로 달갑지 않았습니다. 경사님은 전쟁피해 대책부도 아니잖아요."

"저는 여기서 할 일이 있습니다."

"그게 뭐죠? 그리고 이 한심한 물건은 뭔가요?"

여자는 천장에 달린 줄을 잡아당겼다. 줄이 끊어지면서 천장 절반이 딸려 내려왔다.

"석회 떨어지는 것 좀 봐요. 이 카펫은 우리 집에서 제일 좋은 카펫인데. 당장 나가요. 안 그러면 경찰을 부르겠어요."

"제가 경찰입니다."

"수색 영장 있나요?" 여자가 소리를 질렀다. 경사는 더러운 악마를 떠나야겠다고 생각했다.

여객선을 타고 강을 건너는 동안 그는 끈 너머로 본 북쪽 강둑의 나무들을 찾아보려고 했다. 하지만 나무는 너무 많았다. 그걸 찾아내려면 많은 시간이 필요했다.

루디는 마침내 걸을 수 있게 되었다. 하지만 어디로 가지? 경찰과 포로수용소? 그 생각은 유혹적이었다. 거기에는 포근한 이불, 목욕, 따뜻한 수프와 빵, 독일어를 하는 동료들이 있었다. 하지만 문제는 포로수용소까지 가는 길이 안전하느냐 하는 점이었다.

그는 가머스가 얼마나 심하게 폭격을 당하고 있는지 알았다. 그가 얇은 지붕 아래 엎드려 지낸 밤마다 폭탄은 비 오듯 쏟아졌고 탐조등이 거대한 바큇살처럼 돌았으며 불길이 타오르고 소방차의 사이렌이 거리를 울렸다.

폭격당한 사람들은 독일 공군을 증오했다. 루디는 베를린에서 영국 공군 포로를 보았다. 베를린이 공습당한 첫날이었다. 그는 두 명의 베어마흐트[독일군] 사이에서 비틀거리며 걸었는데 그 독일군들은 총검을 사용해서 민간인의 접근을 막아야 했다. 민간인은 영국군과 독일군을 가리지 않고 돌과 개똥을 던졌다. 한 여자는 악을 쓰며 뛰어들어 공군의 얼굴을 할퀴었다. 장교는 어쩔 수 없이 병사들에게 위협 사격을 명령했다. 만약 그 병사들이 없었다면 어땠을까? 공군이 가로등 기둥에 목이 매달리고 갈퀴에 찔려 죽었다는 이야기도 여러 번 들었다.

그는 허리띠의 권총집을 열어 보았다. 그의 소지품 가운데 깨끗한 것은 루거 권총뿐이었다. 그게 있으면 밧줄과 갈퀴를 들고 오는 사람들을 상대할 수 있을 것이다.

그리고 포로의 고통이 떠올랐다. 루디는 평생토록 갇혀 지내는 걸 싫어했다. 고등학교 시절에 벽장에 갇히는 벌을 받자 달아난 일도 있다. 소년 시절에는 내내 거리를 떠돌며 살았고 그러다가는 범법자가 된다는 어머니의 비난을 받고서야 그만두었다. 하지만 법을 어긴 적은 없었다. 다만 자유를 원했을 뿐이다.

하지만 어디로 가야 자유를 누릴 것인가? 영국인이 가지 않는 버려진 장소에 머물러야 했다. 쓰레기하치장이나 폭격당한 폐가 같은 곳. 그런 뒤 영국은 북해라고 부르고 독일은 독일해라고 부르는 바다까지 걸어갈 것이다. 거기서 어쩌면 배를 훔치거나 스웨덴 화물선에 밀항할 수 있을 것이다. 헛된 희망이었지만 잡히거나 죽기 전에 다시 한 번 바다를 볼 수 있을 것이다.

그는 권총집을 닫았다. 그런 뒤 밧줄로 허리에 큼직한 자루를 하나 메고, 'AI 고형 사료'라고 적힌 다른 자루는 비행 헬멧 위에 얹었다. 비행 헬멧을 벗으면 스파이로 총살당할지도 몰랐다. 그 사이에 자라난 턱수염과 진흙 투성이 바지 덕분에 떠돌이로 보일 수도 있을 것 같았다.

그는 토끼들에게 작별 인사를 하고 언 미니 배추를 주머니에 우겨 넣었다. 그리고 어린 시절 떠돌이들에게 들은 단조로운 음조의 노래를 부르며 길을 떠났다. 살을 에는 듯 추운 날이었다. 길에는 사람이 별로 없었다. 하지만 뒷길을 지나갈 때 어떤 여자가 음식 쓰레기 접시를 들고 쓰레기통 앞으로 나왔다. 여자는 뚱뚱한 몸에 꽃무늬 앞치마를 두르고 체크 무늬 실내화를 신고 있었다. 여자는 비척거리며 다가오는 사람을 바라보았다. 루디는 '이히 하트 아이넨 카메라덴[나에겐 전우가 있었다]'을 처량한 고음으로 흥얼거렸다. 그러더니 음식 찌꺼기를 탐나는 눈길로 바라보았다. 양배추와 파이 부스러기였다.

음식 찌꺼기를 칼로 쓰레기통에 긁어 넣던 손이 멈추었다. 루디는 자리에 서서 여자를 올려다보았다. 눈을 어찌나 크게 떴는지 눈동자 주변에 흰자위가 동그랗게 보일 정도였다.

"어디서 왔어요?" 여자가 물었다. 루디는 그 말을 알아들었다. 고등학교 영어 시간에 배웠다. 하지만 대답할 수 없었다. 외국인 억양이 드러날 게 뻔했기 때문이다. 그래서 알아들을 수 없는 말을 웅얼거리며 접시와 자신의 입을 가리켰다. 여자의 얼굴은 의심에서 동정으로 변했다. 여자는 조심스럽게 접시를 건넸다. 루디는 음식 찌꺼기를 움켜쥐고 입에 우겨 넣었다. 두려움 속에서도 꿀맛이었다.

"잠깐만요!"

여자가 손을 들어 말하고는 마당 안으로 사라졌다. 루디는 달아나야 할까 생각했지만 그럴 수가 없었다. 발목이 아팠고 뒷길은 너무 길었다. 한평생은 되는 것 같은 시간이 지난 뒤에 여자는 빵 한 덩어리와 큼직하고 시든 사과 하나를 가지고 돌아왔다. 그러더니 뒤에 남편임이 분명한 남자가 나타났다. 벗어진 머리에 턱이 튀어 나오고 깃 없는 셔츠에 멜빵바지를 입은 남자였다. 남자는 멜빵 끈에 엄지손가락을 화난 듯이 찔러 넣고 있었다.

"길에 어슬렁거리면서 뭐 하는 거요? 여자들을 괴롭히려고?"

"우어, 우어, 아으어." 루디가 무언가 열심히 말하는 시늉을 했다.

"그러지 마, 잭." 여자가 말했다. "보면 알잖아, 벙어리인 거?"

"버러지 같은 것들." 남편이 말했다. "저런 놈들한테는 총을 쏴지르고 싶어. 전쟁에 아무런 도움이 안 돼."

"당신은 얼마나 도움이 돼서 그래? 늘 아프다고 누워 있으면서?" 여자가 눈에 불꽃을 튀기며 물었다. "제발 그냥 들어가 줘. 저 불쌍한 사람이 당신한테 해를 끼치는 것도 아니잖아."

여자는 빵과 사과를 루디에게 내밀었다.

"먹어요. 그리고 모든 일이 잘 되길 빌게요."

"어우, 어우, 어." 루디가 말하고 비틀비틀 걸어갔다. 여자와 남자가 싸우면서 집으로 들어가는 소리가 들렸다.

루디는 그렇게 한참 떠돌다가 넓은 정원이 딸린 폭격당한 집을 보았다. 대문이 철사로 묶여 있었지만 조금 애를 쓰니 넘어갈 수 있었다. 버려진 집이었다. 하지만 부엌이었던 곳의 터진 수도관에서 물이 졸졸 새어 나왔다. 거기다 지붕도 있고 창문 유리가 멀쩡한 방도 있었다. 낡은 분홍색 매트리스가 여기저기 널렸고 이불로 쓸 만한 찢어진 커튼도 있었다. 성냥만 있으면 불을 지필 나무토막도 많았다. 몇 주일도 살 수 있을 것 같았다.

그는 자리에 주저앉아서 사과를 먹고 빵 반쪽도 먹었다. 나머지 반은 나중에 먹으려고 남겨 두었다. 지금까지는 이상할 만큼 행운이 따랐다. 떠돌이 흉내가 통했다. 독일이라면 통하지 않았을 것이다. 독일은 지금 떠돌이가 없기 때문이다. 히틀러는 떠돌이를 모두 병원에 가두었고 그 뒤로 길에는 떠돌이가 사라졌다.

그러다가 그는 깜짝 놀랐다. 자갈길에 발소리가 났다. 더러운 커튼 옆으로 내다보니 푸른 제복을 입은 남자가 집을 보고 있었다. 게슈타포인가? 영국에도 게슈타포가 있나? 그는 총도 곤봉도 없지만 뾰족한 모자를 쓰고 있었다. 폴리차이[경찰]! 남자는 다리를 저는 데다 아주 피곤한 기색이었다. 그 상황에서도 루디는 남자가 불쌍해 보였다. 그를 쏘는 것은 안 될 일 같았다.

지금이 항복할 순간인가? 경찰서까지 가는 길은 아주 쉬울 것이다. 적의에 찬 민간인들에게 '폴리차이'에게 끌려가는 떠돌이보다 더 자연스럽게 보이는 모습이 어디 있겠는가? 그리고 감옥에 가면 밧줄과 갈퀴의 공포는 없을 것이다.

하지만 루디는 도박사 기질이 있었다. 그는 경마 도박, 카드 도박, 심지어 바퀴벌레 경주 도박도 한 적이 있다. 그리고 지금 이 순간은 그의 운명이 걸린 순간이었다.

경사가 집으로 들어오는 소리가 들렸고 이어 무거운 구둣발이 이 방 저 방을 울리며 가까이 다가왔다. 루디가 할 수 있는 일은 문 뒤로 가는 것뿐이었다. 한 손에는 루거 권총을, 다른 손에는 빵 반 조각을 들고.

문이 열렸다. 경사의 헬멧 쓴 머리가 나타났다. 그런데 그는 사람이 아니라 바닥에 떨어진 어떤 물건을 찾는 것 같았다. 루디는 방아쇠에 손가락을 얹은 채 숨을 참았다.

문이 닫혔다. 루디는 발소리가 사라질 때까지 기다렸다가 깊은 숨을 몇 차례 헐떡이며 내쉬었다. 경사는 집을 나가 뒤로 돌아갔다. 루디는 이 방 저 방으로 살금살금 걸어 다니며 그를 보았다. 뒷마당은 크고 황폐했다. 낡은 조각상과 항아리들이 폭격에 쓰러져 있었다. 경사는 그 사이를 걸어서 나무 밑에 폭격의 잔해가 쌓인 뒷울타리 쪽으로 갔다.

경사가 자리에 멈춰 서더니 아주 조심조심 걸었다. 그러나 갑자기 반짝이는 그의 구두가 발목까지 푹 빠졌다.

"이런 젠장!" 경사는 미끄러지다가 쓰러질 뻔했지만 해시계를 잡고 몸을 지탱했다. 구두는 노란 진흙으로 범벅이 되었다. 그는 어깨를 으쓱 들었다 내리고 무성한 풀에 구두를 문지르며 집 쪽으로 돌아왔다. 그런 뒤 집 곁을 지나갔고 발소리도 사라졌다.

루디는 불쑥 오줌이 마려웠다. 서둘러야 했다. 바지를 적시고 싶지는 않았다. 하지만 집 밖으로 나가야 했다. 거기서 꽤 오래 지낼지도 모르는데 오줌 냄새가 나게 할 수는 없었다.

그는 정원의 나무 밑으로 가기로 했다. 그리고 싱긋 웃었다. 진흙은 그에게 아무런 문제가 되지 않았다. 그의 비행 군화는 더 이상 더러워질 수 없을 만큼 더러웠으니까. 그는 힘겹게 나무 밑까지 갔다. 그리고 뒤를 돌아보며 아무도 없는 것을 확인했다. 집이 이상하게 낯익어 보였다. 전에 본 적이 있던가? 그럴 리가 없었다. 전쟁 전에 그는 영국에 단 한 차례 휴가를 온 적밖에 없었고 그것도 남쪽으로 수백 마일 떨어진 브라이턴이었다. 넌 지금 정신 착란을 일으키고 있어, 카메라트[전우], 그는 생각했다.

나무 밑에서 나온 뒤 그는 기분이 좋아져서 주변을 둘러보았다. 잔해 더미에 작은 문이 나 있었다. 크기가 토끼 구멍만 했는데, 가만 보니 세 개가 나란히 있었다. 방공호인가? 석탄 저장실인가? 참을 수 없을 만큼 호기심이 강하게 일었다. 이러면 안 된다고 생각하면서도 그는 안쪽이 너무나 궁금해서 구멍 속으로 내려갔다.

몸을 세워 보니 기관총 총신이 내려다보였다. 촛불 빛 속에 헬멧 쓴 머리 네 개가 기관총 위로 몸을 웅크리고 있었다.

그의 행운은 잔혹하게 끝났다. 그는 두 손을 번쩍 들어올렸다. 허리와 머리에서 자루들이 떨어졌다.

10

클로거가 만든 콘크리트 바닥은 훌륭했다. 삼각대 다리를 집어넣을 수 있는 구멍들까지 꼭 알맞았다. 아이들은 기관총을 가져다가 삼각대에 얹었다. 그러자 아주 쉽고도 정확하게 돌아가는 것이 하늘과 땅 어디든지 조준할 수 있었다. 다시는 펄쩍펄쩍 날뛰어서, 주변 사람의 생명과 신체에 위협이 되지 않을 것이다. 이제 그것은 겨냥하는 곳으로 발사될 것이다.

"탄창을 가는 게 좋을 것 같아." 묘지기가 말했다. 아이들은 한참 동안 씨름을 한 끝에 빈 탄창을 빼냈다.

"탄창이 비었을 때 기관총을 시험해 보자." 채스가 말했다. 찰캉, 만족스러운 방아쇠 소리가 났다. 하지만 묘지기가 자기도 해 보겠다고 했을 때는 아무 소리도 나지 않았다. 방아쇠는 느슨하게 풀려서 먹통이 되었다.

“레버를 전부 올려 봐.” 묘지기가 말했다. 그들은 십 분 동안 온 갖 것을 밀고 당기고 했지만 방아쇠는 여전히 먹통이었다. 심지어 (오드리의 항의를 무시하고) 탄약 가득한 새 탄창을 넣고 당겨 보아도 마찬가지였다.

“네가 고장 냈어.” 채스가 짜증스레 말했다.

“내가 손대기 전에 고장 나 있었어.” 묘지기가 말했다.

“네가 고장 낸 거야.”

“아냐.”

“맞아.”

“그러면 분해를 해 보는 게 어때.” 클로거가 말했다. “우리 아빠 가 그렇게 시계를 고치는 걸 봤어.”

달리 어떻게 하겠는가? 발사가 안 되는 기관총이 무슨 소용이란 말인가?

“좋아. 하지만 조심해야 돼.”

그들은 희망을 품고 지켜보았다. 클로거는 지나칠 만큼 확고하 고 능숙하게 손가락을 움직여서 여러 개의 너트를 풀었다. 그러더 니 핑 소리와 함께 반짝이는 조각들이 새 콘크리트 바닥에 소나기 처럼 떨어졌다.

“이게 뭐야!”

“걱정 마. 내가 다 고칠 수 있어.”

"네가 무슨 재주로?"

클로거는 두 손을 바닥에 짚고 엎드려 미친 듯이 조각을 모으기 시작했다.

"불빛 가리지 마." 그가 퉁명스럽게 소리쳤다.

그때 누가 총안을 내려왔다. 그들은 얼어붙었다. 덩치가 큰 것으로 보아 어른이었다. 그리고 존이 아니라 낯선 사람이었다. 낯선 어른이었다.

채스의 심장은 사람의 손이 닿은 거미처럼 바짝 오그라들었다.

이건 현실이 아냐. 악몽이야. 죽은 독일 공군 사수가 총과 헬멧과 기타 등등을 가지러 돌아온 거야! 할아버지의 꿈에 오스트리아 병사가 와서 모자 배지를 달라고 하는 것하고 똑같아! 채스는 기관총을 움켜잡았다. 죽은 공군 사수라도 그의 보물을 가져갈 수는 없었다.

하지만 독일군은 손을 번쩍 들었다.

"독일군이야, 얼른 총을 빼앗아." 그동안 무수히 본 전쟁 영화의 대사가 그의 입술에서 튀어나왔다.

클로거도 영화 속 인물처럼 반응했다. 독일군 등 뒤로 돌아가서 무기를 찾아 허리춤을 더듬은 것이다. 그는 권총집에서 루거 권총을 꺼내서 방공호 벽까지 뒷걸음질을 쳤다.

“둠코프[멍청이]!”

루디가 혼잣말로 내뱉었다. 전쟁놀이하는 아이들이잖아. 하지만 기관총은 진짜였다. 자신이 직접 쓰던 종류였다. 촛불 빛에 익숙해지면서 그는 주변을 둘러보았다. 모래주머니가 차곡차곡 쌓여 있었다. 이 아이들은 단순한 아이들인가, 아니면 군인인가? 총통의 말대로, 됭케르크 전투 후에 영국 군대는 병력이 달리게 되었을까? 영국 전체가 자신의 땅에 들어온 독일군을 학살할 준비를 갖춘 거대한 병영인가? 처칠이 말한, 적이 상륙하는 즉시 해변에서 맞서 싸울 무시무시한 영국인이 바로 이들인가? 그는 혼란스러웠다.

그들은 오랫동안 서로를 노려보았다. 마침내 루디가 말했다.

“손 내려? 팔 아파.”

“헨데 호흐[손 들어]!”

클로거가 루거 권총 꼭대기의 둥근 손잡이를 잡아당기며 소리쳤다. 그것 또한 영화에서 본 것이었다.

침착하자, 루디는 생각했다. 차분하게 행동하지 않으면 머리가 날아갈 거야. 그는 느리고도 조심스럽게 말했다.

“앉고 싶어? 피곤해.”

“앉혀, 클로거. 그 편이 더 안전해.”

클로거가 고개를 끄덕이고 총신으로 콘크리트 바닥을 가리켰다. 루디는 아주 천천히 앉아서 두 팔을 뒷목에 댔다. 그리고 눈만 이리저리 움직였다. 이 아이들은 누구지? 영국판 '히틀러 청소년단' 인가? 또 다른 아이 한 명이 검은색의 길쭉한 공기 총을 그에게 겨누고 있었다.

그는 기관총을 힐끔 보았다. 튼튼한 받침대에 세워져 있었지만 분해되어 있었다. 쏠 수 없는 상태였다. 자신의 착각이었다. 하지만 아이들은 이제 자신의 '페어담트[망할]' 권총을 빼앗아서 공이치기 를 당긴 채 자신을 포로로 잡고 있었다. 아이들은 자기들끼리 조심 스럽게 권총을 돌려 잡았다. 아, 루디, 루디, 그는 천장으로 눈길을 돌리며 생각했다. 어머니가 지금 이 모습을 보신다면⋯⋯! 아이들 은 이제 곧 군인을 데려올 테고 군인은 자신을 안전한 포로 수용 소로 데리고 갈 것이다.

"이제 어떻게 하지?" 묘지기가 소리쳤다. "이 사람은 나치야!"

"진짜 나치 같지 않은걸." 클로거가 의심스럽게 말했다. 실제로 그들 앞에 누더기 차림으로 앉아 있는 사람은 밤마다 꿈에 나오는 반짝이는 검은 군화와 뻣뻣한 행진 걸음의 돌격 대원하고는 별로 비슷해 보이지 않았다.

"나치 문양이 없잖아!"

"머리도 금발이 아냐!"

"근데 배고파 보여." 오드리가 말했다. "차를 한 잔 줘도 될까?"

"그러든지." 채스가 달갑지 않은 목소리로 말했다. 독일군은 천천히 비행 헬멧을 벗고 후루룩 소리를 요란하게 내며 차를 마셨다. 길게 자란 검은 머리는 기름기에 절어 있었고 관자놀이 부근에는 맥길 씨 같은 흰머리도 있었다. 지치고 피곤해 보였다.

"이 사람을 어떻게 하지?"

"지도원 초소에 데리고 가."

"어떻게? 등에다 루거 총을 대고? 그러면 여러 가지 질문을 할 텐데. 게다가 이 사람은 거기서 우리 이야기를 다 할 거야."

"하지만 영어를 모르잖아."

"약간은 알아. 거기다 조사에 들어가면 독일어로 물어볼 거야. 영화에서 에롤 플린이 그랬잖아. 그러면 우리 요새와 기관총에 대해 다 불 거고, 우리는 끝장이야."

"하지만 포로는 이름과 계급과 군번만 말해도 돼. 그게 제네바 협약이야."

"뭐?"

"제네바 협약."

"제네바 협약을 어떻게 알아?"

"아빠가 말해 줬어."

"아, 뭐야."

"하지만 그건 이 사람이 독일과 관련된 사실을 말 안 해도 된다는 거지, 우리 일을 일러바치지 않아도 된다는 건 아냐."

루디는 몽롱한 상태로 아이들의 걱정 어린 얼굴을 보았다. 이곳은 등유 냄새가 나고 따뜻했다. 일주일 동안 그는 온기라곤 누려 보지 못했다. 피곤했다. 눈앞이 가물가물해졌다.

"어, 이 사람이 졸고 있네!"

"안으로 들이자. 이봐, 라우스, 라우스[나가, 나가]."

루디가 어리둥절한 채로 벌떡 일어나 앉았다.

"불쌍하군, 기운이 하나도 없어." 클로거가 총신으로 참호 안쪽을 가리켰다. 루디는 몽유병자처럼 걸어갔다. 눈앞에 침상과 누비 이불이라는 축복이 보였고 그는 곧장 잠에 떨어졌다. 아이들은 그가 코고는 모습을 내려다보았다.

"기가 막혀!"

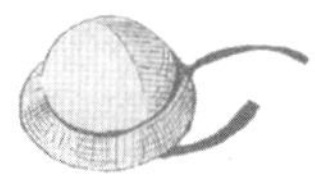

11

"한사리 때가 머지 않았어." 맥길 씨가 「데일리 익스프레스」 지에서 고개를 들고 말했다.

"그때 놈들이 올 거야. 두고 봐."

"하지만 아직 봄이 아니잖아." 맥길 부인이 말했다(한사리의 영어는 spring tides, 즉 '봄의 조수'다-옮긴이).

"아직 2월인데."

"그걸 말하는 게 아니야. 한사리는 밀물이 가장 높이 들 때야. 그러면 놈들의 평저 바지선이 해안 방어 시설을 넘어서 올 수 있지."

"평저 바지선이 뭐예요, 아빠?"

맥길 씨는 신문을 내려놓았다.

"바닥이 평평해서 육지 가까이 올 수 있는 배를 말해. 히틀러는 네덜란드와 벨기에에서 그런 배를 있는 대로 징발하고 있어. 준비가 끝나면 군인을 잔뜩 태우고 예인선으로 끌고 올 거야.”

“하지만 이렇게 북쪽까지는 안 올 거야.” 맥길 부인이 말했다.

“템즈 강이나 리버풀이나 그런 데로 상륙하지 않을까?”

어머니는 지리 실력이 별로 뛰어나지 않았다. 에든버러가 런던에서 가까운 곳이 아니라고 채스가 아무리 말해도 소용없었다.

“하아.” 맥길 씨가 말했다. “히틀러 일당은 우리가 그렇게 생각하기를 바라겠지. 놈들은 우리나라 군인을 전부 남쪽에 모아 놓고 이쪽을 쳐서 허리를 끊어 버릴 거야.”

“그런 말은 듣기 싫어.” 그의 아내가 말했다. “꿈자리 사나워져.”

“힐터라면 무슨 짓이든 할 거야.” 할머니가 말했다.

“간교한 놈. 사람들이 해안을 제대로 감시하는 것 같지 않아. 힐터는 그 유보트라는 걸 타고서 해안으로 몰래 기어들어 올 거야. 그러면 우리는 놈이 현관 안으로 들어올 때까지도 까맣게 모르고 있겠지. 놈이 우리 집에 오면 나는 말할 거다. 할아버지 롱코트하고 도자기 강아지 인형 두 개를 망가뜨린 일을 말이야.”

“어머니.” 맥길 씨가 참을성 있게 말했다.

“히틀러는 혼자 오지 않아요. 군대 전체를 데리고 올 거예요.”

“그럴지도 모르지. 할애비가 이십 년만 젊었어도 좋으련만. 그러면 그 꼴을 가만 보지 않았을 거다.”

“아빠, 독일군이 정말 올까요?” 채스가 요새에 잠든 자신의 비밀 독일군을 생각하며 물었다.

“글쎄.” 맥길 씨가 무덤덤하게 말했다.

“히틀러라고 한평생 버틸 수는 없지. 우리는 계속 강해지고 있어. 뉴스를 보면 캐나다에서도 파병을 한다고 하고 스핏파이어 기도 점점 생산을 늘리고 있지. 어제 가스 탱크 위에서 모두 스물다섯 대를 보았단다. 장관이더구나.”

“스핏파이어 기는 종이 연처럼 해가 다 가도록 하늘에서 펄렁거리는 걸 좋아하더구나. 밤에는 어떠냐?” 할머니가 물었다.

“그때는 독일군을 못 막는 거 아니냐?”

“어머니. 스핏파이어 기는 밤에는 놈들을 못 봐요.”

“왜 못 보냐? 덕일넘들은 잘만 보고 집에다 폭격을 하는데 말이다. 할애비 코트도 찢고.”

“놈들도 못 봐요. 원래는 강에 뜬 배들에 폭격을 하는 거예요.”

“그렇다면 앞뒤 분간 못하기가 술 취한 선원만도 못한 놈들이로구나.”

“제 말이 그 말이에요, 어머니.”

정말 전면 침공이 있을까, 채스는 궁금했다. 그렇다면 기관총을 사용할 기회가 생길 것이다. 하지만 기관총은 고장났다. 혹시 포로로 잡힌 독일군이 고칠 수 있을까? 클로거하고 니키는 서로 잘 지넣까, 여러 가지가 궁금했다.

루디는 캄캄한 구덩이에서 깨어나듯 눈을 떴다. 자는 동안 군화
가 벗겨졌다. 몸이 녹을 정도로 따뜻했고 뭔가를 튀기는 냄새가
났다.

"여기 식사." 그는 헝클어진 붉은 머리에 주근깨 얼굴로 결연한
표정을 짓고 있는 소년을 보았다. 소년은 한 손에 튀긴 빵과 베이
컨 접시를 들고 다른 손에는 여전히 공이치기가 당겨진 권총을 들
고 있었다.

루디는 불안한 눈길로 총을 보면서 접시를 받아들고 정신없이
음식을 집어 먹었다. 그랬더니 화장실에 가고 싶어서 손짓으로 신
호를 보냈다. 여자아이도 한 명 있어서 조금 민망했다.

아이들은 그를 캠프에서 떨어진 덤불로 데리고 가서 엄숙한 표
정으로 지켜보았다. 침상으로 돌아오자 그는 기뻤다. 땀이 흐르고
다리는 풀리고 격렬한 기침이 나왔다. 이제 안전한 곳에 이르자 그
의 몸이 그동안의 고통에 값을 치르라고 요구하는 것 같았다. 그는
곧 다시 잠에 떨어졌다.

"몸이 안 좋은가 봐."

"기관지염에 걸린 것 같아."

"죽을까?" 오드리가 물었다. "의사를 불러야 할까?"

"안 돼." 아이들이 합창했다.

"집에 기침 약이 있을 거야. 가서 가져올게."

지금 루디에게 낮과 밤은 아무 의미가 없었다. 깨어서는 오한에 시달리며 구겨진 바지에 쓸린 몸을 긁어 댔다. 잠이 들어서는 꼬리 밑 맹점에서 끝도 없이 공격해 오는 스핏파이어 기들과 싸웠다.

유일한 위안은 끝없이 나오는 차, 코코아, 약, 수프 그리고 음식을 직접 떠먹여 주는 여자아이의 걱정스런 얼굴이었다. 아이들 모두가 함께 둘러앉아서 여자아이와 똑같은 표정으로 자신을 볼 때도 여러 번이었다. 그걸 보면 자신은 죽을 것이 분명한 것 같았다.

그는 아이들을 이해할 수 없었다. 히틀러가 등장하기 전에 그가 학교에서 함께 뛰어놀던 보통 아이들이 아니었다. 너무나 엄숙하고 또 어른스러웠다. 게다가 어른도 때로는 웃지 않는가. 이 아이들은 웃지 않았다.

아이들의 엄숙함은 히틀러 청소년단의 어린 악당들하고도 달랐다. 나치 완장을 차고 사방을 거들먹거리며 다니는 그들은 친구가 제복 입고 술에 취하거나 심지어 제복 단추 하나만 풀어져도 고발했다. 요즘 독일에서 정부를 비판할 때 가장 주의할 곳은 아이들 놀이터였다.

아니, 이 아이들은 웃지도 않고 싸우지도 않는다는 점에서 특이했다. 아, 토론은 많이 했다. 하지만 그러다가도 싸움으로 번지거나 화를 벌컥 내며 나가는 일은 없었다. 그들은 마치…… 폭격기에 함께 탄 전우처럼 서로에게 의지하는 것 같았다. 살아도 같이 살고 죽어도 같이 죽는…….

모두가 늘 함께 있지는 않았다. 그곳을 떠나지 않는 아이는 둘뿐이었다. 우선 머리가 붉고 주근깨 얼굴에 턱이 바위 같은 아이가 있었다. 그 바위는 무엇으로도 흔들 수 없을 것 같았다. 그는 이미 어른이었다. 다른 아이는 겁이 많고, 검은 눈동자에 많은 감정이 담겨 있었다. 소리만 나면 깜짝깜짝 놀랐다. 그 아이가 약한 고리였다. 그곳을 달아나려면 루디가 속이고 겁주고 이용할 대상.

하지만 검은 눈의 아이도 위험했다. 두 소년이 번갈아서 공이치기가 당겨진 총을 무릎에 얹고 맞은편 침상 구석에서 그를 감시했기 때문이다. 밤이고 낮이고 잠에서 그가 깰 때마다 둘 중 한 명이 거기 앉아 있었다.

그들은 권총을 잡는 방법이 서로 달랐다. 붉은 머리는 총구를 문 바깥쪽으로 한 채 방아쇠에 손가락을 대지 않고 차분히 잡았다. 목수가 망치를 잡은 것만큼이나 차분했다. 하지만 검은 눈의 아이는 걱정스런 얼굴로 끊임없이 권총을 만지작거렸다. 루거 권총은 방아쇠가 섬세해서 안전장치를 잠가 놓아도 땅에 떨어지거나 하면 발사될 수 있다. 이 금속 상자 같은 공간에서 그 총알은 미친 벌처럼 사방을 날아다니다가 누군가의 살에 박힐 것이다.

그 총은 모두를 위해서 공이치기를 풀어 놓아야 했다. 검은 눈이 경계 당번일 때는 불가능했다. 그 아이는 너무 잘 놀랐다. 붉은 머리가 당번이 될 때까지 기다려야 했다.

스탠 리들은 학교 교사라는 게 어떤 건지 거의 잊어버린 느낌이었다. 날마다 학교 앞을 지나면서 그는 지붕을 올려다보았다. 그때마다 폭격기 꼬리는 그를 비웃었다. 인부들은 비를 막기 위해 구멍 위로 방수천을 덮었다. 하지만 바람이 불자 방수천은 대형 깃발처럼 출렁거리다가 결국 날아갔다. 빗물은 층층을 타고 끊임없이 떨어졌다.

폭격 이후 첫 주에 스탠과 교사들은 책과 지구본과 벽 지도들을 건져 냈다. 그들은 놀이 천막과 목공실에 졸업 시험 대비 수업을 꾸렸지만 거기서 그만이었다. 학생들을 가르칠 만한 교회 문화관이나 극장이 남아 있지 않았고 쓸 만한 교회 본당도 없었다. 모두가 쉼터나 이재민 급식소로 사용되었다.

스탠의 인생은 점점 현실감을 잃었다. 그는 6학년 학생들에게 초서를 가르치다가 문득문득 독일군을 떠올렸다. 스탠은 실제로 1918년에 석 달 동안 그들과 맞서 싸운 적이 있었다. '독일 병정'은 스탠에게 우스운 존재가 아니었다. '독일 병정'은 멀리서 깜박거리는 희미한 사람들, 실수 없이 살상하고 자신들은 좀처럼 죽지 않는 사람들이었다. '독일 병정'은 가시 철망에 얼굴 없이 걸린 찢어진 시체였고, 진흙이자 악취, 폭발하는 혼돈이었다.

그리고 지금 '독일 병정'이 돌아오고 있었다. 스탠의 마음의 눈에 이미 가머스의 들판은 포탄 구덩이투성이고 테라스는 모두 눈 없는 창문이고 겨울 나무는 잎뿐 아니라 크고 작은 가지도 모두 잃은 모습으로 보였다.

생각할수록 괴로웠지만 스탠은 생각을 멈출 수 없었다. 그는 1918년 이후 '독일 병정'이 변했는지를 일러 줄 만한 뉴스와 신문 기사를 모조리 보고 읽었다. 독일군이 바다를 건넌다면 가머스 자치 방위대—여든네 명의 남자와 소년—이 먼저 그들을 맞아야 할 것이기 때문이다.

스탠은 그들을 가르치고 훈련시키고 자신이 알고 있는 모든 것을 전수했다. 그들은 잘 따랐다. 하지만 어느 쪽이 더 나쁜가. 그 일을 장난으로 여기는 소년들과 솜 강 전투와 마른 강 전투를 기억하는, 하지만 지금은 20야드만 뛰어도 숨이 턱에 차는 노인들 중에.

그들에게는 라이플 총이 있었다. 이미 구식이 되어서 캐나다 군이 1912년에 바셀린을 발라 치워 둔 총이었다. 보어 전쟁 때 사용한 총.

무적의 판저스(독일군 기갑 부대-옮긴이)에 맞설 무기도 하나 있었다! 한 대장장이가 배수관 토막에 조준기를 용접해 붙인 폭죽 발사기였다. 불발하거나 화약이 끝에서 피시시 떨어져서 모두를 달아나게 만들지 않는다면. 과녁도 있었다. 크랭크로 끌어온 낡은 자동차였다. 겉에 주름 철판을 덮고, 빗자루로 나무 포탑을 만들었다. 그 위에 나치 문양을 그린 후, 공개 시범을 보였다. 폭죽은 이따금 '독일 탱크'에 맞아서, 테르밋 폭약 불꽃을 소나기처럼 쏟으며 나무 포탑에 불을 붙였다. 그러면 사람들은 박수치고 환호하고 서로의 등을 두드리며 "독일놈들, 올 테면 오라고 그래!" 하고 말했다. 저 바보 같은 사람들은 독일 탱크는 장갑 두께가 3인치라는 걸 모르는 걸까? 자치 방위대는 사기였다. 여자들에게 안전하다는 환상을 심어 주는.

하지만 스탠은 그 자치 방위대 본부로 매일 걸어갔다. 벽이 석회를 떨구고 녹슨 책상이 검은 물을 흘리는 부서진 학교보다는 그곳이 나았다.

그곳에는 샌디가 있었다.

그날 아침, 스탠은 샌디가 다시 바쁘다는 걸 눈치챘다. 흙 두둑에 낙엽이 깨끗이 치워지고, 그 위에 회칠한 돌멩이로 '(가머스) 자치 방위대 제1중대'라고 새겨져 있었다.

"안녕하십니까. 날이 좋네요. 독일놈들이 올 것 같지 않습니까?"

“어.” 스탠이 말했다. 비가 오고 있었다.

“우편물 두 통이 와 있습니다. 변장한 독일군 낙하산병에 대한 북부 사령부의 교육 포스터입니다.”

“걸어 두게.” 스탠이 말했다. 하지만 그것은 이미 걸려 있었다.

“그리고 프레스턴의 농부 몰턴이 엽총 두 자루를 기증하겠다고 합니다.”

“좋군!”

“정말 좋은 소식입니다. 약간의 기름하고 같이 왔습니다.”

샌디는 라이플 총 거치대에 새로 놓인 총 두 자루를 가리켜 보였다.

“탄약이 없지만, 그건 제가 군 기관에 있는 친구에게서 얻을 수 있을 것 같습니다. 가머스에 야생 토끼 문제가 심각하다고 말했습니다.”

“주임 원사!” 스탠이 안타깝고도 어쩔 수 없는 목소리로 말했다. 그는 샌디가 그런 반응을 기대하고 있다는 걸 알았다.

“모두 전쟁을 위한 겁니다. 독일군은 마음만 먹으면 반나절에도 올 수 있습니다. 탄약이 없으면 공격으로 전환할 수가 없죠. 성채에서 새로 나온 소방 규정집도 한 권 있습니다. 굴러다니는 게 한 권 보이기에 얻었죠. 그리고 경찰관 한 명이 대장님을 뵙겠다고 합니다.”

스탠은 얇고 추레한 자치 방위대 제복 차림으로 위층에 올랐다.

요즘 그는 언제나 그 옷차림이었다. 그러면 기분이 나아졌다. 좀 더 준비가 된 것 같았다. 다리를 저는 경사가 중대 사무실에 앉아 있었다.

"또 그 기관총 이야기는 아니겠지?" 스탠이 짜증스럽게 말했다.

"안타깝지만 그 이야기입니다. 증거 두 건이 새로 나왔거든요. 그 자체로는 사소하지만."

"말해 보게!"

"우선 존 브라운리의 어머니 메리 브라운리가 제출한 진정 서류입니다. 존은 사십 세의 정신 장애인이죠."

"그 친구가 왜?"

"아들이 어디선가 자꾸 더러워진다는 겁니다. 진흙 범벅이 되어 돌아온대요. 그 어머니는 선량한 사람이고, 아들을 깨끗하게 간수해 주려고 애씁니다. 그런데 최근에는 그럴 수가 없었던 모양이에요. 아들이 날마다 녹초가 되고 구두도 흠뻑 젖어서 돌아왔답니다."

"아들은 뭐라고 그래?"

"아들은 두 마디도 말을 못합니다. 어머니가 따라가 보려고 했더니, 같은 곳만 계속 돌더라는군요. 그러다가 어머니가 등을 돌리자 획 사라졌고 다시 더러워져서 돌아왔답니다."

"실마리는 없고?"

"하나 있습니다. 그 친구가 다른 사람과 함께 있는 게 목격되었습니다. 누구일 것 같습니까?"

"찰스 맥길?"

"맞습니다. 두 친구는 같은 거리에 살죠. 그리고 맥길은 브라운 리 부인을 보자 얼른 다른 길로 갔다고 합니다."

"다른 진정은 뭔가?"

"그건 더 사소해요. 파턴이라는 남자의 진정인데, 똑같은 내용입니다. 딸이 늦어서야 집에 오고, 몸이 늘 더럽다는 거죠."

"오드리라는 딸? 머리가 붉은?"

"네, 제가 그 아이에게 몇 가지 질문을 했지만, 아이는 저한테도 부모한테도 입을 열지 않더군요. 부모가 때리려고 했지만 소용없었던 것 같습니다. 그렇다고 다른 방법이 있는 것도 아니고요."

"우리 학교 3학년 A반 오드리 파턴이지?"

"그렇습니다. 맥길도 3학년 A반이고, 맥길의 친구 존스도, 지난번 폭격 때 죽었다고들 말하는 니콜도, 고향 글래스고로 달아났다고 하는 클로거 던컨도 같은 반이죠. 거기다 독일 공군의 헬멧을 훔친 보드서 브라운은 3학년 B반이에요. 우연의 일치로 돌리기에는 수상한 점이 많습니다."

"죽었다고들 말하는? 니콜 가의 아들은 죽은 게 맞잖아?"

"만약 그렇다면, 그 아이는 제가 아는 한 폭격으로 죽고도 흔적을 전혀 남기지 않은 첫 번째 사례가 될 겁니다. 그리고 클로거 던

컨은 글래스고의 연고지 어디에도 나타나지 않았습니다. 확인해
봤죠.”

“그렇다면?”

“아이들이 기관총을 가지고 은신처를 만든 겁니다. 모래주머니
절도 사건 기억하시죠? 니콜과 던컨이 거기 살고, 다른 아이들이
식량을 대 주는 겁니다. 아이들 집에 가 봤어요. 맥길 가는 등유가
이상하게 많이 준다고 하더군요. 파턴 가에서는 초가 없어지고, 존
스 가에서는 방풍 램프가 없어졌습니다. 그리고 가게들에도 좀도
둑이 들고요. 물론 증거는 없죠. 정말 영악한 아이들입니다.”

스탠은 아이들과 경사에게 똑같은 좌절감을 느꼈다.

“직속 경감에게 말했나?”

경사는 어깨를 들썩했다.

“말했습니다. 하지만 문제는 맥길 씨가 우리더러 자기 아들을 그
만 괴롭히라고 끊임없이 따진다는 거예요. 그 목소리가 귀에 쟁쟁
울릴 지경이에요. 결국 더 이상 이 사건을 캐지 말라는 지시를 받
았습니다.”

“정말로 찰스 맥길을 괴롭혔나?”

“미행을 시도했죠. 하지만 소용없었어요. 녀석은 우리가 의심하
는 걸 알고 있습니다. 원숭이 두 마리를 합친 것처럼 약삭빠른 녀
석이죠. 우리를 뒤에 달고 온갖 곳을 넘나들며 10마일을 가더니,

강물 위의 깡통에 돌멩이나 던진 일도 있습니다. 차라리 갈매기를 미행하는 게 나을 겁니다. 녀석은 담장 위도 척척 걷고 개도 못 들어가는 생울타리 구멍으로 쏙쏙 빠져 나갑니다. 우리 서에서 가장 젊은 순경도 맥길을 쫓다가 놓쳤습니다. 그리고 인력도 모자라고."

경사의 목소리에 불평이 차올랐고, 스탠은 애써 웃음을 참아야 했다.

"다른 아이들을 미행하는 건 어떤가?"

"다 똑같아요. 여자애도요."

"그러면 그냥 두지 그래?"

"총탄이 2피트만 어긋났어도 심슨 스트리트의 여자가 죽을 뻔 했습니다. 무슨 방법이 없을까요?"

"하지만 그 아이들은 자네보다는 내 생각을 잘 읽어 낼 거야. 생각 좀 해 보겠네." 경사는 안도감을 느끼며 일어섰다. 문제를 다른 사람의 어깨에 올려놓는 것, 그가 원하는 건 그게 전부였다. 이렇게 고마울 수가, 스탠은 생각했다.

그는 제분소 꼭대기의 관측소로 올라가기로 마음먹었다. 무언가 생각할 일이 있으면 그는 언제나 거기 갔다. 자치 방위대는 폴란드 제 쌍안경과 전화를 대공 감시 부대와 공유했다. 관측병이 추위에 시퍼래진 얼굴로 근무를 서고 있었다. 모직 목도리가 부슬비 머금은 바람에 휘날렸다.

"별일 없나?"

"별일 없습니다. 융커스 52기는 아직 없습니다." 병사는 재미없는 농담이라도 한 듯 웃음을 터뜨렸다가 불쑥 멈추었다.

"융커스 52기?"

"네, 못 들으셨습니까? 독일군은 침공에 앞서 항상 융커스 52기로 낙하산병을 투하합니다. 노르웨이에서도 그랬고, 네덜란드에서도 그랬습니다. 그런 뒤 낙하산병은 농부나 여자로, 심지어는 네덜란드 병사로도 변장합니다. 그리고 도로와 다리와 전화 교환국을 점령합니다. 허위 명령을 내리고 방어 체계에 혼란을 일으킵니다. 그중에는 대장님이나 저보다도 영어를 더 잘하는 놈들이 있습니다. 하지만 그들을 투하하는 비행기는 분명히 알아볼 수 있습니다. 융커스 52기는 엔진이 세 개고 날개에 가느다란 물결무늬가 있습니다."

스탠은 배 속이 뒤틀렸다. 교활한 독일군의 새로운 술책.

"그 말은 누구한테 들었나?" 스탠의 목소리에 날선 두려움이 실렸다.

"그건 모두가 다 아는 사실입니다. 모두가 그렇게 말합니다."

"헛소문이야. 악성 헛소문을 퍼뜨리는 건 불법이라는 걸 알지? 그건 이적 행위야!" 그것은 과장된 말이었지만 어쩔 수 없었다.

"좋으실 대로요." 관측병이 부루퉁하게 말하고 등을 돌렸다. 스탠은 우울한 얼굴로 주변을 보았다.

"쌍안경 좀 봐도 될까?"

"좋으실 대로요. 비행기 포착에는 별 소용 없어요. 계속 흔들리거든요. 저는 제 걸 따로 가져옵니다."

그는 목에 걸린 작은 쌍안경을 툭 쳤다.

스탠은 큼직한 폴란드 렌즈에 눈을 댔다. 25배율. 출렁이는 구축함 갑판에서 사용하기는 몹시 힘들었을 것이다. 하지만 어쨌건 사물들을 쭉 당겨 주기는 했다. 항구가 보였고, 방재선과 경비정이 보였고, 툭 튀어나온 절벽에 서 있는 성채와 절벽면에 깊이 박힌 가강을 방어하는 6인치 포들이 보였고, 가시 철망과 탱크 트랩 사이로 밀려오는 파도밖에 아무것도 없는 해변이 보였다.

스탠은 편안히 한숨 쉬고 자리를 잡았다. 잠시라도 그곳에 올라와서 세상을 내려다보기로 한 것은 잘한 일이었다. 사람들이 누가 자기를 본다는 걸 모른 채 장을 보고 길을 쓸고 수다 떠는 모습은 재미있었다. 그리고 맥길 소년이 사는 스퀘어의 녹색 현관 집도 보였다.

그는 갑자기 몸이 굳었다. 어쩌면 이런 방법으로 그 망할 기관총을 추적할 수 있을지도 모른다!

붉은 머리 소년이 권총을 잡았다. 소년이 권총을 잡고 「비노」(1938년에 창간된 영국 어린이 주간 만화 잡지. 제2차 세계대전 동안에는 격주로 발행되었다-옮긴이)를 읽는 모습은 기이했다.

"아흐퉁[조심]!" 루디가 말했다. "피스톨레[권총]."

소년이 파란 눈을 번쩍 들었고, 동시에 루거 권총의 검은 총구도 함께 들었다. 루디는 손을 들고, 불안하게 총을 치우라고 손짓했다. 소년은 얼굴을 찌푸리고 그를 바라보았다.

루디는 조금 더 나아갔다. 권총집에서 상상의 권총을 꺼내는 시늉을 했다. 그리고 공이치기를 당기고 방아쇠를 당기는 시늉을 했다. 이어서 총이 발사되는 소리를 내고, 총알이 미친 듯이 방공호 안을 날아다니다 먼저 자신의 몸에, 이어서 소년의 몸에 박히는 모습을 보여 주었다.

"토트. 모두가 죽어."

소년은 심각한 표정이었다. 그 또한 그 일이 걱정이었다.

"봐!" 루디가 말하고, 권총의 공이치기 당기는 동작을 서너 번 천천히 시범 보였다. 소년은 다시 고개를 끄덕였지만 아무런 행동도 하지 않았다. 달아나려는 수작인가 의심스러웠기 때문이다. 그래서 루디는 침상에 자기 손목을 묶는 시늉을 했다.

소년의 얼굴이 밝아졌다. 소년이 친구에게 뭐라고 소리쳤다. 친구가 자전거 자물쇠와 사슬을 가지고 왔다. 루디의 손목은 간이 침상의 튼튼한 수직 기둥에 묶였다. 소년은 자물쇠와 사슬을 꼼꼼히 살폈다. 꽤나 똘똘했다. 그러더니 팔을 멀찌감치 펴고는 눈을 꼭 감은 채 권총의 공이치기를 풀어놓으려고 했다. 루디는 땀이 났다. 그렇게 하다가는 총이 발사될 수 있었다.

"나인, 나인[아냐, 아냐]. 이렇게!"

그는 여러 차례 반복해서 동작을 해 보였다. 긴장된 노력 끝에 소년은 마침내 해냈다. 그는 미소를 짓고 공이치기를 여남은 번이나 당겼다 풀었다 해 보았다. 루디는 새로운 동작으로 안전장치 다루는 법을 일러 주었다. 그 일을 마치자 둘은 서로를 보며 웃었다. 함께 노력해서 성공한 것이다. 둘은 갑자기 서로가 좋아졌다. 소년이 권총을 가리켰다.

"피스톨레?" 소년이 이상한 발음으로 물었다.

"피스톨레." 루디가 정확하게 말했다.

"피스톨레?" 소년이 어물어물 말했다.

"야 구트[그래, 좋아]." 루디가 말했고, 소년이 기쁘게 웃었다. 그리고 바닥에 놓인 흰색 에나멜 머그잔을 가리켰다.

"크루크." 루디가 말했다. 소년은 방공호 안에 하루 종일 켜 두는 방풍 램프를 가리켰다.

"슈투름람페." 루디가 말했다. 그러자 옆에 있는 검은 눈의 소년도 웃었다. 그들은 오전이 다 가도록 그렇게 놀았고, 금세 점심시간이 되었다. 그 뒤로 그들은 날마다 그 놀이를 했다.

루디가 만화책에서 고개를 들었다.

"바스 이스트[무슨 뜻이야?] '무모한 댄'?"

영어 실력이 조금씩 되살아났다. 영어를 정확히 하면, 봄이 왔을 때 탈출하는 데 도움이 될 것이다. 그는 이제 날마다 튼튼해져 갔다.

"댄." 클로거가 만화의 카우보이를 가리키고, 이어서 자신을 가리키며 "클로거." 하고 말한 뒤, 루디를 가리키고 "루디." 하고 말했다. 독일군이 고개를 끄덕였다.

"하지만 무모한, 바스 이스트 다스[이것은 무슨 뜻이야]?" '무모한' 은 '뭄모오한'처럼 발음되었다.

클로거는 눈을 정신없이 굴리고 미친 사람처럼 머리카락을 쥐어 뜯었다.

"미친?" 루디가 말했다.

"나인. 아냐." 클로거가 사방을 바쁘게 왔다 갔다 했다.

"아흐, 그래." 루디가 말했다. "하지만 왜 무모한 댄은 언제나 이겨?"

모두가 웃었다. 모두가 함께 있었다. 이제 그들은 포로와 간수 같지 않고, 선생님과 학생들하고 좀 더 비슷했다. 심지어 가족 같기도 했다. 특히나 검은 눈의 조그만 아이는 더욱더 그랬다. 그는 날마다 루디에게 좀 더 가까이 다가왔다. 지금은 아예 그에게 몸을 기대고 있었다. 그 아이는 무언가 문제가 있었다. 무언가가 심각하게 결핍되었다. 신음하면서 잠을 잤고, 울면서 깨어났다. 다른 아이는 모두 그 아이의 보호자 같은 태도를 보였다. 아이의 부모는 어디 있는가? 폭격에 죽었는가?

"노래 하나 해 줘, 루디." 아이들이 한목소리로 말했다.

"이히 하트 아이넨 카메라덴!"

루디는 아이들 말대로 했다. 갈라지는 목소리였지만, 폐쇄된 금속 방공호에서 노래하는 것은 욕실에서 노래하는 것과 비슷한 효과가 있었다. 목욕을 한 지가 언제더라.

아이들은 늙은 군인의 슬픈 노래를 익혔다. 아이들이 노래를 너무도 사랑스럽게 불러서 루디는 눈물이 날 뻔했다. 내가 어떻게 되고 있는 거지? 날마다 군인다운 심성이 사라지고, 유치원 레러[교사] 같은 마음이 커지고 있으니.

"야, 조용히 해." 클로거가 소리쳤다. "밖에서 다 들려."

아이들은 입을 다물고 조심스런 눈길을 주고받았다. 루디는 자신도 그 비밀의 일부라는 느낌이 들었다. 누가 누구의 편인가? 이 아이들은 영국에 대한 충성심이 없는가? 나는 독일에 대한 충성심을 모두 잃었는가? 아이들에게 총살되지 않았다고 해도, 자신은 지금쯤 시체가 되어 있어야 할 몸이다. 공중에서 폭파되거나 튀겨지거나, 아니면 그 자신이 폭격 잔해에서 끌어냈던 사람들처럼 온몸이 피투성이가 되어.

방공호에서 카드놀이를 하고 영어를 배우고 배불리 먹는 일은 아주 좋았다. 끝도 없는 콘비프 스튜만 참을 수 있다면. 아쉬운 것은 목욕뿐이었다.

아이들이 다시 토론을 시작했다. 그는 귀를 기울였다.

"저 아저씨한테 일을 시킬 수 있어. 그건 제네바 협약에 있어."

"말도 안 돼. 포로에게 자기 나라를 배신하는 일은 시킬 수 없어."

"전쟁하고 상관없는 일이면 괜찮아. 어떤 농부는 아비시니아에서 잡힌 이탈리아 군인 두 명을 들였어. 집을 고치고 소젖을 짜고 그밖에 여러 가지 일을 시키려고."

"말도 안 돼."

"그리고 요새 넓히는 건 전쟁하고 관련된 일이야."

"화장실하고 창고 짓는 건 전쟁 일이 아냐."

"맞아!"

"아냐!"

"화장실 지을 수 있어." 루디가 말했다.

"나도 그게 편해. 비 오는 날 덤불로 가는 거 싫어. 화장실은 전쟁 일 아냐."

그가 영어로 이렇게 길게 말한 것은 처음이었다. 아이들은 놀란 표정이 되었다.

"어떤 화장실?"

"최고의 화장실. 어릴 때 시골 농장에서 봤어. 변기, 양동이 그리고 휴지 걸이."

"우리는 아저씨 발목을 묶어 둘 거야!"

"그것도 규칙에 넣을 거야."

그렇게 해서 화장실이 지어졌다. 국왕과 윈스턴 처칠의 화장실을 빼면 영국 유일의 지하 방공 화장실이라고, 아이들은 서로에게 말했다. 그들은 니키의 집에서 묵직한 참나무 문짝을 가져오고, 양동이와 모래주머니를 가져왔다. 루디는 셔츠를 벗고 4월 초의 태양 아래서 즐거이 땀을 흘렸다.

화장실이 완성되고 지하 참호로 다른 곳들과 연결되자, 오드리조차 괜찮다고 고개를 끄덕였다. 시골에 사는 자기 할머니네도 그런 게 있는데, 환기와 관리를 잘해 주면 문제가 없다고 했다.

"그래서 통풍구." 루디가 모래주머니로 만든 천장의 구멍을 톡톡 두드리며 자랑스럽게 말했다.

"그리고 내가 아침마다 관리해. 하지만 발목에 이렇게 큰 파이프가 묶여서 못 해!"

"미안해요, 루디." 아이들이 말하고, 사슬을 풀어 주었다. 그들은 아직도 권총을 공이치기를 푼 채로 휴대했지만, 요즘은 생각 없이 권총을 내려놓고 있을 때가 많았다. 권총으로 손을 뻗을 수 있을 것 같은 기회가 두 번 있었지만, 어쩐 일인지……. 그러면 화장실 짓는 일에 방해가 될 것 같았다. 그리고 그 화장실은 아주 훌륭했다.

"전쟁 일 아닌 거 또 뭐 있어?"

루디가 물었다. 낮이 길어지는 4월에 영국군도 독일군도 오지 않자, 그들의 즐거움은 요새 건설뿐이었다. 요새는 참호와 터널과 지하 벙커가 복잡하게 연결되어서, 그 정교함이 거의 마지노 선과 경쟁할 만한 수준에 이르렀다. 루디는 짐작만 할 뿐이었지만, 아이들의 도둑질 솜씨는 날로 좋아졌다. 그들은 날마다 벽돌과 문짝과 창문과 심지어 가시철망 똬리들도 루디의 발 앞에 내려놓았다. 루디는 최선을 다해 철망 작업을 했지만 그는 보병이 아니었다. 그래서 철망을 요새 주변의 찔레 덤불에 빙 둘러 놓았다.

"좋아." 채스가 말했다. "이러면 보드서 브라운이 못 올 거야."

채스는 며칠 동안 철망에 걸 경고판 두 개를 만들었다. 하나는 뒤편에 걸어 영국인의 접근을 막는 용도로 '전쟁 시설, 출입 금지'라고 썼다. 앞쪽, 은폐 울타리 바로 뒤에 걸 경고판에는 해골과 X 자 모양 뼈 두 개를 그리고 아흐퉁 미넨[지뢰 주의]이라고 적었다. 루디를 비롯해서 모두가 아주 훌륭하다고 말했다.

"불쌍한 병사들이 겁을 먹을 거야."

검은 눈의 소년이 웃음을 터뜨리고 루디의 팔짱을 꼈다.

"좋아요, 아빠!"

"루디, 정말로 전투기 조종사였어요?"

"야[그래]."

"스핏파이어 기 두 대를 격추시켰고요?"

루디는 한숨을 쉬었다. 정말로 그 이야기가 또 듣고 싶은 건가?

"어떻게 비행기에서 살아 나왔어요? 그 비행기는 폭발할 때도 계속 포를 쏘고 있었다고요."

"이건 비밀인데, 그날은 친구하고 같이 장난 비행한 거야. 나는 관측병이었어."

"후방 사수죠." 채스가 잘라 말했다.

"메서슈미트 110기에는 관측병이 타지 않아요. 후방 사수가 타요."

"그래서?" 루디는 그다음에 무슨 말이 이어질지 알았다.

"그래서 아저씨가 마음만 먹으면 우리 기관총을 고쳐 줄 수 있다는 거죠."

"하." 루디가 말했다. 그는 한때 이 아이들을 겁냈지만, 지금은 아니었다. "내가 안 고쳐 주면 어떻게 할 거야?"

"총을 쏴서 죽일 수 있어요." 채스가 말했다.

"제네바 협약 잊지 마. 전쟁 포로는 쏠 수 없어."

"맞아!" 아이들이 채스를 보며 성난 목소리로 합창했다.

"음, 군대에 넘길 수도 있죠!"

루디가 웃었다.

"거기 가면 질문을 많이 받겠지. 미국 영화에서처럼 고무 호스하고 환한 전등으로 나를 심문할 거야. 내가 다 불어 버릴지도 몰라."

모두가 웃었다.

그때 클로거가 말했다.

"그래도 기관총을 수리해 줬으면 좋겠어요. 중요한 일이에요."

모두가 엄숙한 얼굴로 루디를 보았다. 루디는 불편하게 몸을 꼼지락거렸다. 이런 방식으로 아이들에게 기관총을 돌려주는 건 옳은 일이 아니었다. 이들은 아직 아이였기 때문이다. 하지만 어째서인지 그런 말을 하는 건 모욕 같았다. 어떻게 보면 그들은 이제 아이가 아니었다.

"쏘지는 않을 거예요, 절대로. 예외는……."

채스가 그러다 말을 멈추고 얼굴을 붉혔다. 루디가 독일군이라는 사실을 잊을 뻔했다.

"어쨌든 쏘지는 않고 그냥 갖고 있을 거예요. 우리 마스코트니까."

어떻게 말을 해야 아이들 체면을 살려 줄 수 있을까? 그는 오래도록 생각했다.

"조건이 있어. 나는 배가 필요해. 배를 구해 주면 기관총을 수리해 줄게."

그건 어른 대 어른으로서 적당한 말이라고 생각했다. 아이들이 배를 구할 수는 없을 테니까.

12

‘이것 참 할 짓 못 되는구면.’ 스탠 리들이 생각했다. 발이 너무 시려서 감각이 없었다. 커다란 쌍안경은 대책 없이 흔들렸다. 지난 보름 동안 그는 불규칙하게 스퀘어의 녹색 현관 집을 살펴보았다. 맥길 소년이 집을 나오는 모습이 자주 보였다. 맥길은 대문을 나설 때 언제나 주의깊게 주변을 둘러보았다. 지난 보름 동안 한 번도 경찰의 미행이 붙지 않았지만, 아이는 이제 야생 동물처럼 본능적으로 경계했다.

쌍안경은 별 도움이 되지 않았다. 집, 생울타리, 공장 굴뚝 같은 것이 자꾸 시야에 끼어들었다. 그런 것들 뒤로 소년이 사라지면 처음에는 어디로 가는지 짐작할 수 있었지만, 그러기를 서너 차례 반복하다 보면 소년은 더 이상 나타나지 않았다. 스탠은 그에게 감탄하지 않을 수 없었다. 지난 보름 동안 그는 아이가 같은 길을 두 번 가는 것을 보지 못했다.

그날 아침은 좀 달랐다. 누군가 아이의 뒤를 밟고 있었다. 스탠은 욕을 했다. 경찰은 왜 가만히 있지 못하는 거지?

그러다 그 사람이 경찰이 아니라는 것을 깨달았다. 전혀 다른 사람이었다. 그리고 스탠은 두 가지 사실을 더 알았다. 맥길은 고개를 두리번거리지 않고도 자신이 미행당한다는 걸 눈치챘다는 것. 그리고 그 미행자는 나쁜 의도를 품고 있다는 것. 스탠은 갑자기 전에 없는 한기와 두려움을 느꼈다. 달려 내려가서 끼어들어야 하는 건가? 하지만 어떻게 따라잡는다는 말인가? 둘은 이미 1/4 마일 정도 앞서 가고 있었다. 소용없어, 스탠은 계속 쌍안경을 들여다보았다.

바보 아냐? 채스는 생각했다. 내가 미행당하는 걸 모르는 줄 아나? 그는 등 뒤의 발소리에 귀를 쫑긋 세우고 아주 조용히 걸었다. 발소리가 가벼운 걸 보면 뚱보 하디나 다리를 저는 경사는 아니었다. 하지만 구두 뒤축에 징이 박혀 있었다. 아마도 젊고 의욕 넘치는 경찰관인 것 같았다.

채스는 피식 웃었다. 그래 얼마나 잘하나 보자! 제복 바지를 긁지 않고 산사나무 생울타리를 지나갈 수 있는지. 엉덩이를 찢지 않고 유리 박힌 담장을 넘을 수 있는지!

채스는 산사나무 생울타리를 향해 천천히 걸어갔다. 생울타리에 틈은 딱 두 군데였고, 둘 다 죽은 쐐기풀로 덮여 있었다. 채스는 첫 번째 틈 앞을 지나쳐 간 뒤 두 번째 틈으로 재빨리 들어갔다. 그리고 조용히 첫 번째 틈으로 달려갔다. 밖을 내다보았다. 크고 검은 구두가 두 번째 틈으로 들어서고 있었다. 채스는 다시 밖으로 나와서 오던 길로 도로 뛰어갔다. 경찰이 두 번째 틈을 발견할 때면 그는 이미 멀리 달아나 있을 것이다.

하지만 삼십 초가량 지난 뒤에 보니 뒤에서 다시 구둣발 소리가 들렸다. 채스는 걸음을 늦추고 유모차를 끌고 나온 어머니 친구에게 천진하게 아침 인사를 했다. 그렇다면 이 경찰은 영리하다는 이야기인걸!

채스는 유리 박힌 담장을 넘었지만, 이 경찰은 벽도 잘 넘었다. 그래서 채스는 레드 개울에 가로놓인 배수관으로 가기로 했다. 레드 개울은 깊이가 1피트밖에 안 되지만 (잘 지워지지 않는) 특이한 붉은 진흙이 가득했고, 배수관은 끈끈한 타르 칠이 되어 있는 데다 폭이 6인치밖에 되지 않았다. 채스는 언제나 그 배수관을 뛰어서 건넜는데(빨리 달리면 중심 잡기가 더 쉬웠다.), 경찰은 언제나 기가 죽어서 일단 걸터앉기부터 했다. 그들이 배수관 중간에서 오도 가도 못하게 되는 건 최고의 기쁨이었다.

하지만 이 경찰은 두 발로 걸어서 배수관을 건넜다.

'런던 경찰청에서 왔나 봐.'

채스는 당황했다. 요새에서는 모두 자신을 기다리고 있을 것이다. 벌써 삼십 분이나 늦었다.

"좋아, 그러면 머드 플래츠를 시험해 보겠어."

머드 플래츠는 만약의 사태를 위해 지금까지 안 쓰고 남겨 두었던 곳인데 바로 시내 외곽 강가에 있는 광대한 늪지였다. 이맘때 그곳은 키가 4피트에 이르는 죽은 흰색 갈대들에 덮이고, 사방에 무지갯빛 기름이 둥둥 뜬 검은 시내가 흘렀다. 그 시내 위로 놓인 길은 썩은 판자뿐이었다. 그 길은 낚시꾼이나 꼬맹이들만이 다녔고, 잘 알지 않고는 다닐 수 없었다. 그곳은 인근 어머니들의 공포 대상이었다. 예전에 거기 빠져 죽은 아이들이 있었기 때문이다.

머드 플래츠는 니키네 집에서 200야드밖에 떨어지지 않았다. 십 분 뒤면 나는 거기서 차를 마시고 있을 거야, 채스는 생각했다. 그리고 첫 번째 다리를 건넌 뒤 몸을 홱 숙여 왼쪽으로 돌았다. 그렇게 몸을 낮춘 자세로 방향을 여섯 번 더 바꾼 뒤 고기잡이배의 잔해 밑에 있는 마른 땅에 웅크려 앉았다. 그러나 그때 그는 그곳이 막다른 곳이라는 걸 깨달았다. 들어온 길을 통해서가 아니면 배의 잔해 밖으로 나갈 수가 없었다. 그래도 시간이 이쯤 지났으면 경찰관은 분명히 자신을 놓쳤을 것이다.

그는 킥킥거리다가 웃음을 삼켰다. 질퍽거리는 발소리가 조심스레 주변을 탐색하며 다가왔다. 들키는 것도 시간 문제였다. 정말 경찰이 맞는가? 채스는 자신이 아주 외로운 장소를 골랐음을 깨달았다. 거기 오는 사람은 낚시꾼뿐인데 그것도 여름철 일요일에만 왔다.

루디는 일어나서 손목시계를 보았다. 오늘 아침은 모두가 늦잠을 잤다. 어젯밤에 소년들은 지나치게 흥분해서 밤이 새도록 소곤거렸다. 루디는 시내의 시계탑이 캄캄한 등화관제 어둠 속에 한 시를 알리는 소리를 듣고 잠에 떨어졌다.

클로거는 이층 침상 위 칸에서 코를 골았다. 파리도 피해 갈 정도로 요란한 소리가 났다. 루디는 간수의 자리인 침상 아래 칸을 보고 숨이 딱 멎었다. 지금이 기회였다. 그가 예견한 약점이 드러난 순간이었다. 그리고 그가 예견했듯이 그 기회는 검은 눈의 소년에게서 비롯되었다.

니키는 침상 아래칸에 몸을 뻗고 있었다. 오른팔을 쭉 펴고 손가락으로 루거 권총을 느슨하게 감싸 쥐었다. 권총은 루디의 코 앞 2피트 거리의 거친 타탄 깔개에 놓여 있었다. 루디는 자신을 침상에 묶은 자전거 사슬에서 손목을 빼냈다. 벌써 몇 달 전에 익혀 놓은 방법이었다. 그런 뒤 몸을 숙여서 두 손가락으로 루거 권총을 잡고 천천히 앞으로 끌어당겼다. 니키의 손가락이 스르르 미끄러지더니, 니키가 신음하며 권총을 꽉 잡았다.

　루디는 꼼짝하지 않았다. 놀랍게도 이 겁쟁이 아이는 공이치기를 다시 당기고, 안전장치를 풀어놓고 있었기 때문이다.

　질척한 발소리가 가까워졌다. 도대체 누구지? 범죄자인가? 살인자? 묘지기가 말한, 죽지 않고 묘지에 산다는 사람? 아니면 어머니가 절대로 길에서 말을 섞지 말라고 당부하는 낯선 사람? 왜 그런 사람하고 말을 하면 안 돼요? 그리고 왜 그 사람들이 주는 사탕도 받으면 안 되나요? 어머니는 대답하지 않는다. 아버지에게 물으면 아버지는 「데일리 익스프레스」 지를 성난 듯 획획 뒤적이며 시끄럽다고 소리쳤다.

　갈대 위로 머리통이 나타났다. 햇빛이 뒤쪽에서 비쳐서 비죽 튀어나온 두 귀밖에 보이지 않았다. 그가 멈추어 서서 채스를 마주보았다.

　그 순간 지금까지의 모든 상상은 날아갔다. 그리고 훨씬 더 큰 공포가 들어섰다. 보드서 브라운이 눈앞에 서 있었다.

　루디는 다시 한 번 시도했다. 아이는 이번에는 신음 소리도 내지 않았다. 독일군은 공이치기를 제자리로 돌리고 안전장치를 잠근 뒤 그것의 본래 자리인 자신의 권총집에 넣었다. 두 소년은 계속 잠을 잤다.

이제 어떻게 한다? 그냥 걸어 나가? 하지만 밖에는 먹을 것도 없고, 이제 떠돌이 흉내도 낼 수 없게 되었다(그의 자루들은 오래전부터 다른 용도로 쓰였다). 게다가 아이들은 깨어나자마자 폴리차이와 군에 신고할 것이다. 그러면 사람들은 일대를 이 잡듯이 뒤질 것이다. 자신은 1마일도 못 가서 잡힐 것이다.

아이들의 입을 다물게 한다? 그들을 해친다는 건 생각할 수도 없었고, 묶는 것도 소용없을 것이다. 한 시간 후면 다른 아이들이 와서 풀어 줄 테니까. 모두가 올 때까지 기다렸다가 묶는다? 자신에게 삼십 분 안에 여섯 명을 단단하게 묶을 능력이 있는지 의심스러웠다.

총을 들고 요새를 지배한다? 여섯 명을 포로로 삼는다? 물이 금세 떨어질 거고, 게다가 그중 네 명은 해 지기 전에 집으로 돌아가야 한다. 아이들의 실종 소식은 달아난 독일 공군보다 더 큰 문제가 될 것이다.

아무리 머리를 쥐어짜도 방법이 없었다. 게다가 슬프게도 별로 달아나고 싶은 마음이 없다는 사실을 깨달았다. 조국을 향한 애국심은 사라지고 없었다. 그는 그것을 되살려 보려고 했다. 총통을 생각하고 어머니와 아버지를, 그들이 아들의 비겁함을 얼마나 부끄러워할지를 생각했다. 고향의 이웃들이 뭐라고 할까? 총통이 알면 나는 탈영자로 총살을 당할 것이다.

하지만 그의 부모님이나 이웃이나 총통이 지금 자신의 처지를 알 리가 없었다. 그는 지금쯤 고향에서 전사한 영웅이 되어 있을 것이다. 검은 천을 드리운 군복 차림 사진이 벽난로 위에 자랑스럽게 놓여 있을 것이다.

밖에는 부슬비가 내렸고 밥 생각이 났다. 죽은 사자보다 산 자칼이 나은 법이다. 하지만 지금은 죽은 사자이면서 동시에 산 자칼이었다! 그는 웃음을 참을 수 없었다.

이제 검은 눈 소년의 자존심을 지켜 주는 일이 남았다. 그는 루거 권총을 아까처럼 조심스럽게 아이의 손가락 사이에 밀어 넣었다. 그런 뒤 손목을 다시 사슬에 넣고 큰 소리로 하품했다. 가늘어진 눈 사이로 니키가 깨어났다가 깜짝 놀라 총을 잡는 모습이 보였다.

"배고파!" 루디가 말했다.

"나도 배 속에서 거지들이 난리를 친다."

클로거가 기지개를 켜며 말했다.

"내가 식사 당번이네."

루디는 웃음 지었다. 인생은 멋졌다.

채스는 미친 듯이 사방을 두리번거렸지만 보드서 브라운이 버티고 선 곳 말고는 빠져나갈 길이 없었다. 보드서를 때릴 도구도 없었다. 낡은 배의 늑재를 비틀어 보았지만, 젖어 썩은 나무 위로 손이 그냥 미끄러졌다. 다음 순간 그는 팔이 등 뒤로 꺾인 채 젖은 풀밭에 엎어졌고 보드서가 목을 무릎으로 눌렀다. 코와 입으로 검은 물이 들어와서 그는 고개를 비틀었다.

"이거 놔, 이 나쁜 자식." 그가 거칠게 말했지만, 하나마나한 소리었다.

"불쌍한 채스 맥길." 보드서가 심술궂고도 감상적인 어조로 나직히 말했다.

"네 꾀주머니는 다 어디 갔지?"

그는 채스의 팔을 위로 더 비틀어 올렸다.

"살려 달라고 소리쳐 봐. 어서."

채스는 소리쳤다. 해될 것 없는 일이니까.

"더 크게!" 보드서가 채스의 팔을 더 거칠게 비틀었다.

"더 크게!" 다시 한 번 비틀었다. "더 크게!"

아무도 오지 않았다.

"좋아, 이제 용건을 말하겠어." 보드서가 무릎을 채스의 목에서 허리로 옮기고 씩씩하게 말했다.

"기관총은 어디 있지?"

"꺼져."

채스가 숨을 헐떡였다. 그리고 몸을 거세게 꿈틀거려 보드서를 반쯤 떨쳐 낸 뒤 앞으로 기를 쓰고 기어갔다. 하지만 사태는 더 악화되었다. 채스의 얼굴은 이제 검은 냇물 위에 떠 있었다. 그는 앞으로 어떤 일이 일어날지 알 수 있었다.

"고마워, 맥길." 보드서가 말했다. "덕분에 편해졌는걸."

채스는 숨을 깊이 들이마시고 고개가 물속에 박히는 순간 입을 꾹 다물었다. 오랜 시간이 지났다. 가슴이 조이고 조여오다 터질 듯한 순간이 되자 보드서가 손을 풀었다. 그는 숨을 내쉬었다. 다시 들숨을 마시기도 전에 보드서의 손이 다시 그를 물속에 처박으러 내려오는 게 느껴졌다. 그는 재빠른 동작으로 머리를 움직였고, 보드서의 손이 미끄러진 틈을 타 숨을 쉰 뒤 물속으로 들어갔다. 이상하게 마음이 차분했다.

13

그렇게 삼십 분이 지나자 보드서는 걱정이 들었다. 예상대로 흘러가지 않았다. 시간이 이 정도 지나면 아이들은 대개 엉엉 울면서 좀 봐 달라고, 무슨 일이든 하겠다고 말한다. 그러면 보드서는 짜릿함과 뿌듯함과 연민을 동시에 느끼고 아이들을 보내곤 했다.

하지만 맥길은 그렇지 않았다. 숨을 쉴 수 있을 때마다 악착같이 욕을 했다. 한번 보드서의 손이 미끄러졌을 때 맥길은 개처럼 사납게 그의 손목을 물었다. 보드서는 소중한 살에 박힌 말편자 모양의 이빨 자국을 놀라서 바라보았다. 아팠다. 그리고 진흙 묻은 팔 위로 피가 스며 나왔다. 보드서는 초조해졌다. 더러운 물에 상처가 썩을지도 몰랐다.

어느새 맥길은 조용히, 꼼짝도 하지 않고, 희한하게 숨을 쉬며

엎어져 있었다. 기절했나? 아니면 발작을 일으켰나? 맥길의 행동은 너무나 이상했다. 하지만 보드서는 다시 한 번 팔을 비틀었다.

"더해 줄까, 맥길?"

반응이 없었다. 보드서는 겁이 나서 부르르 떨며 일어섰다. 내가 무슨 짓을 한 거지?

그러자 다음 순간 맥길이 벌떡 일어나 진흙투성이 쥐새끼처럼 달아나 버렸다. 보드서는 고래고래 악을 쓰며 그를 쫓았다. 또다시 당한 것이다.

맥길은 첫 번째 널빤지 다리를 건너며 떨어질 듯 비틀거렸다.

"잡았다!"

보드서가 고함치며 널빤지에 올라섰다. 그러자 채스가 돌아서서 널빤지 끝을 잡고 물속으로 던져 버렸다. 보드서는 어쩌지 못하고 물속에 허리까지 빠졌다. 물이 너무 차가워서 숨이 턱에 차올랐다. 보드서가 물 밖으로 기어 나왔을 때 맥길은 다음번 널빤지를 건너서는 그것 역시 물속에 던져 넣었다. 보드서는 힘을 모아서 한 걸음에 냇물을 건너뛰었다. 맥길은 사력을 다해 달렸다.

이제 곧 녀석을 잡을 거야! 게다가 녀석은 지금 아예 멈춰 서서 울타리에 등을 대고 있잖아. 그런데 여기가 어디지? 폭탄에 맞아 죽은 니키네 집이잖아. 저 쥐새끼가 뭐라고 떠드는 거지? 클로거? 왜 클로거의 이름을 외치는 거야?

"그러니까 다시 시작하자, 맥길. 기관총은 어디 있어?"

"아니, 싫어. 네 등 뒤를 봐!"

"내가 그런 멍청한 꾀에 속을 것 같아?"

"말 듣는 편이 좋을걸."

뒤에서 다른 목소리가 들렸다. 보드서가 돌아보았다.

"클로거 던컨! 넌 글래스고로 갔잖아?"

"그렇게 생각하는 사람들이 있지." 클로거가 무거운 표정으로 말
했다.

"얘를 어떻게 할까, 채스?"

"놈은 기관총에 대해서 말하라고 나를 고문했어."

"정말이야?"

"잠깐 기다려 봐." 보드서가 뒤로 물러서며 말했다.

"이건 던컨 너하고는 상관없는 일이야. 우리 둘이 일대일로 붙은
정정당당한 싸움이었다고."

"네가 정정당당하게 싸운 적이 있어?"

클로거가 말하고 채스에게 돌아섰다.

"네가 결정해. 녀석이 계속 우리 근처에 얼쩡거리게 할 수는 없
어. 맛 좀 보여 줄까?" 채스는 두 번 생각도 하지 않았다. 분노가
온몸에 가득했기 때문이다.

"보여 줘."

정정당당한 싸움이었다. 중간에 한 번은 클로거가 코피를 터뜨려서 채스가 이러다 지는 게 아닌가 겁먹은 순간도 있었다. 하지만 클로거한테 코피 따위는 귀찮은 날파리에 지나지 않았다. 그는 창백한 얼굴로 말없이 우직하게 공격을 퍼부었다. 보드서의 얼굴에는 손대지 않고 겉으로 드러나지 않을 부분만을 때렸다. 그리고 보드서는 상처를 입지 않기에는 너무나 예민했다.

결국 보드서는 견디지 못하고 바닥에 뻗었다. 채스는 그의 입에서 푸르스름한 액체가 흘러나오는 것을 보고 놀랐다.

"됐냐?" 클로거가 물었다. 보드서는 말없이 고개를 끄덕였다.

"당분간은 그만하면 됐어. 네가 집에 가서 엄마한테 내가 아직 가머스에 있다는 것과 내가 어디 사는지 그리고 채스가 이 모든 걸 안다는 사실을 떠벌이지 않는다면 말야. 이제 기관총이 어디 있는지 알았으니, 네 소중한 어머니는 당장 경찰서로 달려가겠지."

보드서의 눈에 불꽃이 파락 떠올랐다. 클로거는 그의 생각을 그대로 읽었다.

"너네는 소년원에 갈 거야." 보드서가 간신히 웅얼거렸다.

"너네 다."

"네가 꼰지르면."

"못 하게 막아 봐!"

"그러지, 그럼!"

클로거는 발을 들어서 보드서의 갈비뼈를 세 차례 걷어찼다. 무거운 정육점 칼로 양의 다리를 내리치는 것처럼 무시무시한 소리가 났다. 그는 그러고 나서도 세 번을 더 찼고, 다시 세 번을 찼다. 보드서의 얼굴은 고통에 일그러졌다. 그들을 올려다보는 눈이 달라져 있었다. 지금껏 이해하지 못한 것들이 다 이해된다는 표정이었다.

"그래, 소년원에 넣어 봐." 클로거가 말했다.

"하지만 나는 거기 평생 있지 않을 거야. 언젠가 석방될 거고, 그러면 너를 꼭 찾아갈 거야, 브라운. 그리고 그때 오늘 못다 한 일을 마무리해 주겠어. 알아들어, 브라운? 교수형을 당하는 일이 있어도 널 죽일 거야."

보드서는 그 말을 믿었다. 눈을 휘둥그레 뜨고 두려움에 잠겨 서 있는 채스도 그 말을 믿었다. 지금 눈앞에 있는 클로거는 지금까지 그가 알지 못하던 클로거였고, 바로 자신이 불러 낸 클로거였다.

그들은 보드서를 길바닥에 버려두고 말없이 캠프로 돌아갔다. 어떻게 된 일인지 침묵이 그들을 앞질러 갔다. 묘지기와 오드리와 홍당무가 가만히 앉아서 그들을 쳐다보았다. 루디는 「비노」를 읽는 척하면서 만화책 모서리 너머로 아이들을 보았다.

"세수할 거야!" 클로거가 누구에겐지 모르게 큰 소리로 말했다.

오드리가 말 없이 온수를 부어 주었다. 클로거는 입과 턱에 검게 말라붙은 피를 주의깊게 닦았다. 그런 뒤 채스에게 고개를 돌렸다.

"내가 그러는 게 싫었지? 그러니까 앞으로는 나하고 말 안 할 거지. 글래스고 깡패는 싫은 거지."

채스는 고개도 들지 않고 말도 하지 않았다. 웰링턴 구두코로 먼지 쌓인 바닥에 그림만 그렸다.

"경찰에 신고하고 싶어?"

침묵.

"맛 좀 보여 달라고 한 건 너였어."

"맛 좀 보여 주는 게 정확히 뭔지 몰랐어."

"설마 따귀 한 대 올려붙이고, 집에 보내려고 한 건 아니겠지? 한 시간 안에 여기 경찰을 부르고 싶었어?"

채스는 말없이 고개를 저었다.

"그러면 어떻게 그 녀석 주둥이를 닫는다는 거야?"

채스는 다시 말 없이 고개를 저었다.

"어이쿠, 넌 아직 어린애야."

"난 어린애 아냐. 보드서가 삼십 분 동안 머리를 물속에 처박았는데도 아무 말 안 했어."

클로거가 채스에게 걸어가서 머리카락을 뒤로 잡아당기고는 그를 자세히 들여다보았다. 채스의 얼굴은 백짓장처럼 하얬지만, 눈

주변은 온통 시커멓게 변해 있었다. 클로거는 손을 놓고 다정한 손길로 채스의 머리를 헝클었다.

"이런, 죽다 살았구나. 그래, 너도 꽤나 독한 놈이야, 채스 맥길. 너 자신에게도 독하고."

채스는 왼쪽 눈구석에 뜨거운 눈물이 고이는 걸 막지 못했다. 그가 참을 수 없던 건 클로거의 목소리에 실린 존경의 어조였다.

"야, 차나 한잔 마시자." 채스가 말했다.

"나는 아무렇지도 않아."

그것을 증명하듯이 그 후로 십오 분 동안 채스는 심하게 토했다.

스탠 리들이 채스의 집 현관을 두드렸다. 맥길 부인이 문을 열었다.

"안녕하세요, 리들 선생님! 찰스 때문에 오셨나요? 위층으로 가 보셔야 될 것 같은데요. 어젯밤에 진흙 범벅에 물에 빠진 생쥐가 돼서 왔답니다. 오늘 아침에는 팔도 머리 위로 못 올리네요. 눈은 꼭 검은 물감 붓으로 얻어맞은 것 같아요. 다시 쌈박질을 하고 다니나 봐요. 남자애들이 원래 그렇잖아요."

삼십 분 후 스탠은 보드서 브라운의 집 현관을 두드렸다.

"리들 선생님." 브라운 부인이 말했다.

"경찰을 부르려던 참인데 마침 선생님이 오셨네요. 어젯밤 우리 보드서가 기절할 몰골로 집에 왔어요. 온몸이 젖은 데다 머리에서 발끝까지 진흙 떡칠이 되어 있었죠. 지금까지 계속 울고만 있어요. 의사도 다녀갔어요. 그 애 갈비뼈를 좀 보세요. 멍으로 푸르딩딩 해요. 무슨 일인지 한 마디도 안 하지만 엄마라면 모를 수가 없죠. 또 그 괴물 같은 놈들이에요. 찰스 맥길 말예요. 세상이 어떻게 되려고 애들이 이런 깡패짓을 하는지 모르겠어요. 들어와서 우리 애를 꼭 좀 보세요, 불쌍한 것.”

부인은 같은 말을 계속 반복하면서 이야기를 멈추지 않았다. 마침내 스탠이 참지 못하고 얼굴을 강력하게 찡그리자, 그제야 부인은 입을 다물었다.

“저는 경찰한테 아무 말 않을 겁니다. 저는 지금 맥길의 집에서 오는 길인데 맥길도 똑같은 상태입니다. 거기다가 브라운이 맥길보다 덩치도 훨씬 크고, 싸움을 시작한 것도 브라운입니다.”

스탠은 자기 목소리가 그토록 냉정한 데 놀랐다. 아마도 브라운 부인의 끝없는 불평불만, 이 세상이 자기 모자를 박해한다는 굳건한 믿음 그리고 그 얼굴에 어린 천박한 표정 때문이었을 것이다.

하지만 티타임에 맞추어 집으로 돌아가는 스탠의 머리에 떠오른 것은 부인의 표정이 아니라 두 소년의 얼굴이었다. 죽을 듯 창백하면서도 승리감을 내뿜던 맥길의 얼굴과 기가 꺾여 벌벌 떨던 브라운의 얼굴. 누가 이겼는지는 쉽게 짐작할 수 있었다. 하지만 그게 다가 아니었는데, 스탠은 그것이 무엇인지 짐작할 수 없었다.

어떻게 생긴 상처인지를 묻자 두 아이는 약속이나 한 듯 입을 다물었다. 그래, 어쨌건 서로를 죽이지는 않았구나. 스탠은 그렇게 생각하고 독일군 낙하산병들에 대한 걱정 속에 집으로 돌아갔다.

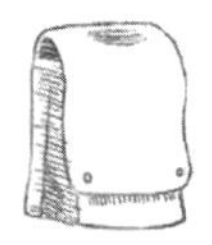 니키는 노새처럼 완강했다.

"아냐, 전쟁 전에 한 번도 아버지랑 배를 탄 적이 없어!"

"있어." 묘지기가 말했다.

"학교에서 네가 자랑했어. 그리고 나도 네가 아빠랑 같이 배를 타는 걸 한 번 봤어. 빨간 돛이 달린 보트였어."

"그건 어부한테 빌렸던 거야."

"아냐. 네가 전에 나한테 강에 너네 아빠 보트창고가 있다고 말했어."

"폭격당했어." 니키는 고집을 꺾지 않았다.

"그럼 그게 어디였어?" 모두가 침묵하는 니키를 가만 바라보았다. 니키는 오랫동안 불안스레 꼼지락거렸다.

"그래, 배는 아직 있어. 프라이어스 헤이븐에. 하지만 집에 폭탄이 떨어질 때 열쇠가 없어졌어."

"어디 보관했는데?" 클로거가 물었다. "우리가 찾을게."

클로거는 반나절 동안 허물어진 부엌을 뒤졌다. 그러다가 허리를 펴고 피곤한 듯 신음 소리를 냈다.

"없어진 것 같아. 보트창고 자물쇠를 깨야 될 것 같다."

"알았어." 니키가 우물우물 말했다. "여기 열쇠 있어."

그리고 셔츠 안에서 끈에 달린 열쇠를 꺼냈다.

"야, 너 뭐야?" 클로거가 고함쳤다.

"너 우리랑 한 편이야, 아니야?"

"그건 내 배야." 니키가 말했다. "우리 아빠 배고."

그리고 코를 훌쩍거렸다. 클로거가 그를 바라보았다.

"좋아, 그러면 나는 내일 아침에 글래스고로 떠나겠어. 어차피 여기서 평생을 살 수는 없어. 요새는 네가 다 가져. 요새도 네 거니까. 그리고 루디도 네 마음대로 해. 나는 짐을 싸겠어."

니키는 다른 아이들에게 도와달라는 눈길을 보냈다. 모두 바닥만 보았다. 니키는 외로움과 두려움에 휩싸였다.

"미안해, 니키." 채스가 말했다.

"하지만 루디한테 배를 줘야 돼. 그래야 기관총을 고칠 수 있으니까. 그리고 독일군이 곧 올 테니까 우리한테는 그게 필요해."

"독일군이 온다고 누가 그래?"

“우리 아빠가. 지금 안 오면 앞으로는 올 기회가 없고, 그러면 자기네가 전쟁에 진 걸 인정해야 될 거래.”

아이들이 그렇다며 웅성거렸다.

“독일군이 오는 건 누구나 다 알아.”

“군인들이 활공기를 격추시키려고 우리 축구장에 구덩이를 팠어.”

“BBC에서 그러는데 독일군이 침공하면 교회에서 종을 울린대.”

“그래, 좋아.” 니키가 하는 수 없이 말했다.

“내가 어떻게 해야 되는 거야?”

“우리를 보트로 데려다 줘.” 채스가 부끄러움을 느끼며 말했다.

“하지만 나는 못 나가. 사람들이 알아볼 거야!”

“눈만 나오는 헬멧을 쓰면 돼. 그냥 빈민촌 아이라고 생각할 거야. 너는 지금 엄청나게 더러우니까.”

보트창고 자물쇠는 녹슬었지만, 클로거가 열심히 기름칠을 하자 마침내 열렸다. 어둠 속에서 타르와 밧줄과 썩은 물 냄새가 아이들을 맞았다. 그들은 문을 닫고 들어갔다. 천장에 있는 작은 창문에서 한 줄기 빛이 들어왔다.

보트창고 절반은 강물이 들어와 찰싹거렸고 나머지 절반은 흰색 보트, 노란 돛대, 빨간 돛이 들어 차 있었다.

구석 벤치에 젖어서 누레지고 찢어진 캡스턴 담뱃갑이 있었다. 니키는 그때 일을 기억했다. 집으로 가는 자동차 안에서 아버지가 캡스턴 담배를 벤치에 두고 왔다며 이렇게 말했다.

"됐어, 다음번 항해 때 가져오면 돼."

다음번 항해는 없었다.

"어머니는 여기 한 번도 안 왔어."

니키가 담배를 바라보며 말했다.

"보트 타는 것은 남자들이 하는 거라고."

다른 두 소년은 어색하게 발을 끌었다.

"보트가 물 밖에 나와 있네."

클로거가 보트 추의 무게를 가늠해 보았다.

"그래야 겨울에 안 썩으니까."

"우리가 내릴 수 있을 거야. 너희가 좀 도와줘."

아이들은 천천히 보트를 밀었다. 채스는 솜씨가 없었고, 선착장의 돌에 보트의 하얀 페인트가 긁혔다. 니키는 자기 심장도 긁히는 것 같았다. 하지만 어쨌건 배는 물에 내려앉았다.

"아, 물이 들고 있어!" 클로거가 실망해서 말했다.

"소용없어. 다 삭았어."

"아냐." 니키가 소리쳤다.

"널빤지가 마르면서 오그라들어서 틈이 벌어진 거야. 하루쯤 물

에 담가 놓으면 틈새가 메워져서 멀쩡해질 거야."

다음 순간 그는 혀라도 깨물고 싶어졌다. 배를 넘기지 않아도 되는 절호의 기회였는데 놓쳐 버린 것이다.

"돛대하고 밧줄, 그런 걸 다 고칠 수 있을까?"

채스가 호기심 속에 물었다.

"지금 해야 돼. 루디가 떠나면 기회가 없으니까."

그래서 니키는 무거운 마음으로 아이들에게 방법을 일러 주었다. 아버지가 등 뒤에서 그러면 안 된다는 표정으로 자신을 보고 있는 것 같았다.

그들은 다음 날도 가고, 그다음 날도 갔다. 보트의 틈새가 아물리고 더 이상 물이 들지 않게 되면서 니키의 마지막 희망도 사라졌다. 그들은 필요한 물품을 전부 보트에 실었다. 오드리가 1갤런짜리 물통과 음식 통조림 몇 가지를 더했다. 채스는 나침반을 가지고 왔다. 모든 것이 더없이 완벽하게 준비되었다.

자정도 안 됐는데, 공습은 이미 이번 전쟁 들어 최악이었다. 주황색과 분홍색이 섞인 무시무시한 불빛이 참호 안으로 새어 들어와 문 앞 커튼 뒤에서 번쩍거렸고, 강과 거리가 1마일이나 되는데도 기름 타는 냄새가 났다.

"놈들이 부두를 장악했대요."

스폴딩 부인이 슬프고도 만족스럽게 말했다.

대공포가 쉴새없이 우르릉거렸다. 기습당한 사냥개 떼의 울부짖음 같았다. 대공포는 전보다 많아졌지만 별다른 차이는 없었다. 채스는 방공호 벽의 코르크 조각이 떨어지는 것을 보았다. 그리고 떨어진 숫자를 세어 보았다. 생각을 하지 않을 수 있다면 어떤 일이든 좋았다. 어머니는 차분하게 뜨개질을 했는데, 그것은 나쁜 신호였다. 스폴딩 부인은 문 앞 커튼에 귀를 위험할 정도로 바짝 대고 사람들이 방공호에서 방공호로 외치는 나쁜 소식을 남김없이 전해 주었다.

"애싱턴이 폭격당했대요. 라이징 선 탄광에 폭탄이 떨어져서 쉰 명이 갇혔대요."

"사우스 실즈 가스 탱크가 폭격당했대요. 지금 불타고 있대요."

그러더니 진정한 두려움이 담긴 비명을 질렀다.

"저게 뭐지?"

모두가 귀를 쫑긋 기울였다. 폭탄과 총탄 소리밖에는 들리지 않았다. 짜증나는 아줌마야, 채스가 생각했다. 지금 우리 인생에 문제가 부족해서 저 아줌마는 저렇게 문제를 만들어 내는 거야?

"무슨 소리인가요, 스폴딩 부인?" 맥길 부인이 차갑게 물었다. 부인은 그런 히스테리를 부리는 행동을 좋아하지 않았다.

"교회 종소리 같았어요."

"누가 결혼하나 보죠." 채스가 키득거렸다. 그러나 다음 순간 심장이 얼어붙었다. 총포 소리가 잠시 잦아든 순간 모두가 종소리를 들었다. 일요일 아침과 크리스마스를 연상시키는 사랑스런 종소리. 하지만 그건 옛날 일이고, 지금의 종소리는……

침공을 의미했다. 채스의 머릿속에 그들이 오는 모습이 보였다. 석탄통 같은 헬멧을 쓴 딱딱한 얼굴들, 꾸물꾸물 기어오는 불가항력의 판저스, 하늘 위에 직선을 그으며 날아가는 슈투카 기. 그동안 극장의 뉴스에서 본 그들은 목이 긴 군화로 빈을, 프라하를, 바르샤바를, 파리를 짓밟고 지나갔다. 그리고 이제 가머스를 짓밟을 것이다. 그런 뒤에는 게슈타포가 올 것이다. 누군가 문을 두드리고, 이어 사람들이 어둠 속으로 끌려가 총살당한다.

채스의 마음속에 배신의 목소리가 깨어났다. 얌전히 굴면, 저항하지 않으면, 그들과 친구가 되면……. 그러자 어떤 손이 자기 배를 움켜쥐는 듯 위장이 조여 왔다. 어른들은 아무 말 없었고 방공호에는 기이한 공포의 냄새가 차올랐다.

"실수일 거야." 맥길 부인이 입술을 오므리고 말했다.

아무도 대답하지 않았다.

"블라이스 쪽에서 왔어요." 스폴딩 부인이 말했다.

"거기는 군인이 많으니까 버틸 수 있어요."

역시 아무도 대답하지 않았다.

채스의 위장을 움켜쥔 손이 점점 번져 나가더니, 지금은 다리 사이를 움켜잡았다. 게슈타포와는 친구가 될 수 없다. 그건 디프테리아나 성홍열 균과 친구가 되는 거나 마찬가지다. 그들은 인간이 아니다. 그리고 그는 어른들하고 같이 앉아 벌벌 떨면서 가축처럼 도살되는 걸 기다리고 싶지는 않았다.

싸우다 죽고 싶었다. 갑자기 싸우다 죽는 일이 너무도 훌륭하고 멋진 일로 여겨졌다. 내가 죽으면 게슈타포는 날 잡지 못해. 우리는 기관총이 있어, 기관총이, 기관총이……. 그는 침을 꿀꺽 삼키고 숨을 다스렸다. 침착해야 해.

“엄마, 나 화장실 가고 싶어요.”

“지금은 안 돼.” 엄마가 입을 쥐덫처럼 빨리 열었다 닫았다.

“하지만 엄마, 쌀 것 같아요. 지금은 총소리가 안 나잖아요. 폭격기가 없어요. 독일군도 아직 안 왔고요. 지금이 마지막 기회예요. 엄마, 터질 것 같아요.”

“좋아, 얼른 갔다 와.”

엄마가 소리쳤다. 채스는 무릎이 떨려서 방공호 밖으로 기어 나왔다. 그리고 마당길을 걸어 침착하게 화장실까지 갔다. 심지어 화장실 문을 열었다가 쾅 닫기까지 했다. 그는 화장실 문을 언제나 그렇게 요란하게 닫았다. 그런 뒤 아빠의 온실을 지나 뒷마당으로 달려갔다. 반달이 떠 있어서 토끼장 속 토끼들이 민들레 잎사귀를 평화롭게 먹는 모습이 보였다. 그건 그날 아침 그가 뜯어다 준 거였는데 그게 벌써 백만 년 전의 일 같았다.

그는 멈춰 섰다. 토끼. 토끼에게도 달아날 기회를 줘야 한다. 독일군은 토끼 목을 비틀어 잡아먹고 말 것이다. 그는 돌아서서 온실 문을 열고 토끼장 문을 하나하나 열었다. 토끼들은 달빛 흐르는 잔디 위로 뛰어내려서는 사방에 코를 킁킁거리며 새로운 자유의 냄새를 맡았다.

그런 뒤 채스는 덤불을 뚫고 요새를 향해 달렸다.

"어떻게 해야 하지?"

존스 부인이 힘없이 두 손을 비틀며 소리쳤다.

"나치 돌격대, 그놈들은 젊은 처녀들을 겁탈해요."

존스 양이 이미 그들이 문 앞에 당도한 것처럼 작고 귀여운 가슴을 끌어안고 숨을 헐떡였다.

하지만 묘지기 아버지는 바위처럼 굳건하게 서 있었다.

"오래전부터 이 날을 준비해 왔다." 그가 무겁게 말했다.

"쉬운 일은 아니었지만 어쨌건 준비는 다 됐어. 그리고 아무도 모르는 일이야. 여보, 귀중품을 챙겨. 너희도 덮을 것을 챙겨라."

"어디로 가는 거야, 세실. 당신 미쳤어?"

"묘지로 갈 거야."

존스 부인이 비명을 질렀지만, 묘지기 아버지는 부인의 손을 꽉 잡고 아내를 참호 밖으로 끌어 낸 뒤 묘지 수위실을 지나 비석 사이로 갔다. 총포 소리는 멎고 종소리는 계속 이어지고 달은 높이 오르고 무덤의 천사들은 하얗게 반짝거렸다. 묘지기 아들과 누나는 얼이 빠진 채 이불을 들고 따라갔다.

앞쪽에 검은 덩치가 우뚝 떠올랐다. 흰색 이오니아식 기둥에 항아리가 하나씩 얹힌, 차고만큼이나 큰 대리석덩어리였다. 커다란 청동 문 두 짝이 달려 있었다.

"어빙 가의 무덤이야."

묘지기 아버지가 너무도 장의사답게 말했다.

"이 문은 최고급 청동으로 만들었고 두께가 3인치야. 대리석도 최고급이고 두께가 2피트나 된단다. 곡사포도 못 뚫어."

그러고는 주머니에서 정교하게 생긴 청동 열쇠를 꺼내서 문에 찔러 넣었다.

"하지만," 존스 부인이 소리쳤다. "어빙 가의 시체들이 있잖아."

"석 달 전에 이벗선 가 무덤으로 옮겼어. 위기 때는 그 사람들도 좀 좁게 지내야 돼. 찜찜하지 않게 잘 꾸며 놨으니까 걱정 마. 당신 마음에 들 거야. 바닥에 카펫도 깔고, 석판 위에 관 대신 매트리스를 얹었어. 통조림 식품도 많고 벽에는 그림도 걸었어."

"오, 하느님."

존스 부인이 말하고 남편의 손전등 불빛을 따라갔다.

"독일군보다는 낫겠지."

무덤 안은 오래 묵은 습기 냄새가 나서 묘지기는 코끝이 간지러웠다. 싫었다. 전혀 좋지 않았다. 어둠 속에 틀어박혀 세상에 무슨 일이 있는지 전혀 모르고 지내다니. 게다가 이 냄새……. 결국 그는 아무런 결정도 하지 않았다. 다리가 멋대로 움직였다. 그는 갑자기 올림픽 선수처럼 비석과 화분을 훌쩍훌쩍 건너뛰어 묘지 담장 쪽으로 달려갔다. 요새를 향해서.

"돌아와, 바보야!"

묘지기 아버지가 손전등을 크게 휘두르며 소리쳤다. 하지만 그는 잘 달리지 못했고 아들은 사라졌다. 그에게는 아직 돌볼 가족이 남아 있다. 두 사람은 한 사람보다 중요했다. 그는 중얼거리며 아내에게 돌아갔다.

"바보 같으니라고. 이렇게 모든 걸 안락하게 준비해 놓았는데."

"아빠, 우리 어디로 가는 거예요?" 오드리가 물었다.

"입 닥치고 차고 문이나 열어." 파턴 씨는 검은 색의 커다란 자동차에 시동도 걸기 전에 숨을 헐떡거렸다.

"근데 어디로 가는 거냐고요, 아빠?"

그러자 파턴 씨는 이전까지 식구들이 듣지 못한 욕을 내뱉었다.

"아이들 앞에서 그런 말 하지 마, 여보."

파턴 부인이 자동차 뒷좌석에 편안하게 자리 잡고서 말했다. 자기가 가진 최고의 모피 코트를 입은 부인은 뒷좌석을 거의 채우다시피했다. 양팔에는 모자 상자가 가득했다. 어린 버티가 어머니의 팔꿈치 아래에서 고개를 내밀었다. 창백한 얼굴에 입이 벌어져 있었지만 머리에는 학교 모자를 쓰고 있었다.

"입 닥쳐, 멍청한 여자야." 파턴 씨가 고함치며 시동 손잡이를 잡고 미친 듯이 몸을 흔들었다. 자동차가 덜컹거리며 시동이 걸렸다.

"좋아."

파턴 씨가 오드리를 조수석에 밀어 넣고 문을 쾅 닫았다. 그런 뒤 운전석에 앉아 어둠 속을 더듬어 전조등 버튼을 찾았다. 와이퍼가 움직였다.

"아빠, 우리 어디로 가는 거예요?"

"웨스터몰랜드에 있는 에밀리 고모한테."

"왜요?"

"시끄러운 독일놈들이 오니까."

"침공 말하는 거예요?"

"그럼 설마 가이포크스데이를 말하겠니?"

자동차는 덜컹덜컹 차고를 벗어나 급히 좌회전을 했고 그 바람에 오른쪽 흙받기가 대문 기둥에 긁혔다.

"하지만 윈스턴 처칠은 독일군이 침공하면 움직이지 말고 자리를 지키라고 했잖아요. 안 그러면 프랑스처럼 피난민 때문에 군대의 이동이 막힌다고요."

"망할 윈스턴 처칠. 그 사람이야 안전하지. 지금 국왕 가족하고 같이 캐나다로 날아가고 있는데. 그 사람은 우리를 신경 안 써. 그러니까 우리도 그 사람 신경 쓸 것 없어."

"하지만 다른 집은 아무도 안 떠나잖아요!"

"그 집들은 차가 없잖아. 휘발유도 없고. 암시장에서 8갤런 사는데 8파운드가 들었어. 일주일치 봉급이야."

"하지만 아빠, 그러니까 지금 우리는 달아나는 거죠?"

"입 좀 닥쳐라."

자동차는 모퉁이를 두 바퀴로 위험하게 돌았다. 오드리는 암담한 표정으로 밖을 내다보았다. 나는 옳은 일을 하는 게 좋아. 그런데 이건 옳은 일이 아냐. 애국적인 일도 아냐. 전쟁이 끝난 뒤에 어떻게 학교 친구들의 얼굴을 보겠어? 온 동네에서 파턴 가만 달아났대! 내 친구들, 그리고 요새!

"아빠, 잠깐 차 좀 세워요, 저기 좀 봐요!"

끼이익 브레이크 소리와 함께 자동차가 급정거를 했고 파턴 부인과 모자 상자들이 앞으로 확 몰렸다.

"도대체 뭔데."

파턴 씨가 소리쳤다. 그 순간 오드리가 탄 쪽 문이 열렸고 오드리는 사라졌다.

오드리는 앞도 제대로 살피지 않고 정신없이 달렸지만, 적을 피해 달아나는 것은 아니었다. 달리다가 넘어진 뒤 오드리는 몸을 낮추고 숨을 죽였다. 멀리서 아빠가 소리치며 욕을 했다. 그 목소리는 이제 정말로 자기를 미워하는 것 같았다. 오드리는 소리 내지 않았다. 두 눈에 흐르는 눈물은 넘어졌기 때문이 아니었다.

아버지는 계속 오드리를 불렀다. 하지만 시간이 얼마 지나자 마침내 자동차 문이 쾅쾅 닫히면서 차가 떠나는 소리가 들렸다.

오드리는 일어섰고 그곳이 어딘지 깨달았다. 다리를 절고 흐느끼면서 오드리는 요새를 향해 갔다.

브라운리네 집 방공호에서 리들리 부인은 브라운리 부인을 감시했고 브라운리 부인은 아들 존을 감시하며 앉아 있었다.

"존이 오늘 상태가 안 좋네."

브라운리 부인이 말했다. 존의 초록색 눈동자가 잠시도 쉬지 않고 방공호 안을 둘러보았다. 그리고 커다란 두 손을 계속 서로 씨름하듯 비틀었다. 그러다가 자리에서 벌떡 일어나기 일쑤였고, 그러면 여자들이 힘을 합해 간신히 도로 앉혔다.

그들은 존을 달래기 위해서 평소에 쓰던 여러 가지 방법을 시도했다. 차도 내고 샌드위치도 주었다. 하지만 그가 가장 좋아하는 막대사탕조차 효과가 없었다. 먹다 만 사탕 두 개가 바닥에 뒹굴었다. 그를 잡는 것은 놀란 코끼리를 묶어 두는 것 같았다.

리들리 부인은 독일군이 무서웠다. 브라운리 부인은 아들이 독일군에게 잡힐까 봐 무서웠다. 독일에서 정신 장애인들이 어떻게 되었는지 잘 알았기 때문이다. 독 주사 한 방이면 끝이다.

존은 그냥 무서웠다. 공중에 떠도는 두려움, 어머니의 두려움이 느껴졌다. 하지만 그 두려움이 어디서 비롯되는 것인지는 몰랐다. 그는 수학 문제를 이해하지 못하는 것처럼 탱크와 돌격 부대와 폭격기도 이해하지 못했다. 그에게 세상은 점점 무서워졌다. 그는 짐승처럼 달려가서 검은 구멍에 몸을 묻고 싶었다. 하지만 달려갈 검은 구멍이 없었다.

가까운 곳에서 폭탄이 떨어졌다. 방공호는 무사했지만 방공호 문 앞에 쌓아 둔 모래주머니들이 종이 가방처럼 터졌다. 터진 흙이 문틈으로, 등화관제 커튼 밑으로 비집고 들어와서 바닥에 작은 흙더미를 만들었다.

존은 손으로 그것을 퍼내기 시작했다. 그러다가 한 가지 생각이 떠올랐다. 그가 손으로 흙을 퍼내던 방공호가 또 있었다. 하지만 그 방공호에는 웃음과 즐거움과 친절한 아이들이 있었다. 그가 달려가야 할 안전한 장소는 그곳이었다.

그는 거대한 몸집을 일으켜 문 밖으로 발을 디뎠다. 밖에서는 벌써 총성이 다시 분노의 노래를 시작했고 포탄 파편이 비 오듯 쏟아졌다.

"안 돼, 존, 안 돼!"

"어디 가는 거니? 돌아와!"

작은 두 여자가 그에게 매달렸다. 하지만 그는 괴성을 지르며 여자들을 떨쳐 냈다.

"이제 어디 가?"

그는 기운찬 고함을 내지르고 사라졌다. 브라운리 부인이 얼른 일어났다.

"나가지 마요, 부인." 리들리 부인이 숨을 헐떡였다.

"가야 돼요. 존이 다쳐요."

스퀘어 끝에서 존은 멈춰 섰다. 행복한 방공호가 어딘지 알 수 없었다. 그때 앞집 현관에서 무언가 반짝였다. 우윳병이었다. 존은 그 병들을 따라가야 한다는 걸 알았다. 그게 그 행복한 곳으로 가는 길이었다. 우윳병들을 따라, 소년을 따라 오른쪽으로, 그런 다음 왼쪽으로. 존은 쿵쾅쿵쾅 달려갔다.

그리고 그 뒤에는 겁에 질렸지만 강인한 브라운리 부인이 멀찌감치서 쫓아갔다.

"채스! 채스!"

맥길 부인이 어두운 집 안을 정신없이 돌아다녔다. 위층 앞방에서 대답 소리가 들렸다. 부인은 문을 열었다. 열린 유리창 앞에 두 사람이 앉아 있었다. 선회하는 탐조등 불빛에 누군가의 실루엣이 드러났다.

"채스니?" 그러자 유리창 앞 형상들이 돌아보았다.

"아니, 나하고 할애비다." 할머니였다.

"여기서 뭐 하세요? 왜 방공호로 안 내려가셨어요?" 맥길 부인은 자기도 모르게 소리를 버럭 지를 뻔했지만 간신히 자제했다.

"할애비하고 나는 여기서 덕일놈들을 기다리고 있다. 이건 빵칼이고, 이이가 든 건 조각칼이야. 그리고 여기 병들도 있다."

할머니는 창틀에 나란히 서 있는 음료수 병을 가리켰다.

"그 안에 뭐가 들었죠?"

"황산이야. 그 도둑놈들 얼굴을 지질 거야. 여기서 던지면 맞힐 수 있어."

"하지만 그 사람들은 총이 있어요!"

"그래, 우리 두 사람 다 쏘라고 그래. 우리는 사십 년을 같이 살았고, 이제 와서 강제 수용소로 갈라질 수 없어. 우리는 함께 갈 거야. 죽든지 살든지."

할아버지가 고통스런 기침을 쏟았다.

"옷 좀 두둑하게 잘 입지. 그러다 감기 걸려요."

할머니는 할아버지의 목도리들을 다시 매만져 주고 모자를 바로 씌웠다.

"누워 계셔야 돼요, 아버님." 맥길 부인이 말했다.

"아냐, 난 그 나쁜 놈들을 서서 맞을 거야. 지금까지 그랬듯이."

"채스가 집 밖에 나갔어요. 아무 데도 보이질 않아요. 화장실에 간다고 그러고 나갔어요. 토끼도 마당에 풀어 놓았어요. 토끼들을 잡을 수가 없어요. 봄 배추를 다 먹고 있어요."

"싸우러 간 거야." 할머니가 차분하게 말했다.

"맥길 가 남자는 언제나 어린 나이에 싸우러 나갔지. 할애비는 겨우 열여섯에 보어 전쟁에 자원해 나갔어."

"말도 안 돼요, 어머니!" 맥길 부인은 거의 비명을 질렀다.

"진정해라. 덕일놈들이 안 오면, 채스는 아침이면 돌아올 게다. 놈들이 오면 채스도 다른 사람들처럼 자기 운명을 시험하는 거지."

할머니는 편안하게 앉았다. 최고급 모자와 코트 차림이었다. 버러지 같은 덕일놈들에게 제자리를 알려 주기 위해서였다.

맥길 부인은 아래층으로 달려 내려갔다. 어디를 찾아야 하나? 무얼 해야 하나?

빌링 제분소 꼭대기에서 바라본 풍경은 격렬했다. 구름이 달 앞을 흐르며 끓고 있었고, 검은 연기는 그보다 낮은 곳에서 구름을 다른 방향으로 가로지르며 끓었다. 관측병 셋이 근무 중이었다. 강철 헬멧 한쪽 면은 달빛으로 파랗게, 다른 쪽 면은 포화로 빨갛게 빛났다.

스탠 리들은 가머스의 누구보다도 지금 벌어지는 일을 잘 이해할 수 있었다. 도크의 불이 번지고 있었다. 그 위로 대형 크레인의 검은 윤곽선이 도드라졌다. 북쪽 하늘에 빛나는 분홍색은 아마도 블라이스일 것이다. 그리고 서쪽에 그보다 약간 희미한 빛은 불타는 뉴캐슬일 것이다.

발 밑의 제분소는 어둠에 잠겨 있었다. 폭탄에 전기 선이 끊겼나? 아니면 적이 파괴 공작을 한 걸까? 성채 탐조등이 삼십 분 전에 갑자기 꺼진 건 무슨 이유인가? 샌디가 뒤에서 다가오자 그는 확고한 안도감을 느꼈다.

"소형 병기를 모두 꺼냈습니다. 병력도 모두 보고하고 근무 위치로 보냈습니다."

스탠은 왼쪽 전화기로 손을 뻗었다. 전화는 1마일 거리의, 해변 도로 다리를 지키는 유일한 콘크리트 토치카와 연결되어 있었다.

"알로, 알로, 알로[여보세요, 여보세요, 여보세요]!"

"멀린스 병장, 전화 좀 제대로 받게."

"죄송합니다, 1번 초소입니다."

"모두 도착했나?"

"완다이크만 빼고 모두 모였습니다. 잠시만요. 아, 완다이크도 방금 도착했습니다."

"경계병들은 나갔나?"

"네!"

"움직임은?"

"자동차 한두 대가 다리를 건너려고 했습니다. 피란민입니다. 돌려보냈지만, 다른 도로로 돌아갔습니다. 그쪽 소식은 어떻습니까?"

"별일 없다. 계속 경계하라."

"네." 병장은 끊기 싫은 기색이었다. 목소리가 외롭게 느껴졌다. 스탠은 도크 위쪽에 모래주머니로 쌓은 2번 초소로 전화를 했다.

"이곳은 아주 뜨겁습니다. 소방대와 구조대를 빼고는 아무런 움직임도 없습니다."

성채 북쪽 해변의 3번 초소는 해변은 조용하다고 보고했다. 성채에 있는 군대에 전화를 했더니, 여자 교환수가 성채는 지금 모든 전화선이 통화중이라고 했다. 교환수는 약간 히스테리에 빠진 것 같았는데, 거기다 대고 소리를 지르니 상태가 더 나빠졌다. 그런데 정말로 히스테리에 빠진 걸까, 아니면 그런 척하는 걸까? 말투에서 외국인 냄새가 났다. 스탠이 어디 출신이냐고 묻자, 교환수는 게이츠헤드 출신이라고 말하며 울음을 터뜨렸다. 하지만 어쩐지 진짜로 우는 것 같지가 않았다. 젠장, 이러다가는 내 침대 밑에 독일 낙하산병이 숨어 있다고 상상하겠군.

"블라이스의 해군에 전화해 보시죠." 샌디가 말했다.

"교회 종소리가 그쪽 방향에서 난 것 같으니까요. 포화도 많이 터졌습니다. 상륙하기 좋은 곳이죠. 모래 언덕에 해변도 단단하고."

스탠은 다시 교환수를 불렀다. 교환수는 아직도 울고 있었지만 블라이스의 해군을 연결해 주었다.

"가머스 자치 방위대입니다. 블루 플래시."

스탠은 그 주의 암호를 말했다.

"여보세요, 블루 플래시라는 소리는 대체 뭡니까?"

스탠은 목덜미의 털이 곤두섰다. 블라이스의 해군이 왜 암호를 모른다는 말인가? 전화선 저편의 목소리가 부드럽게 말을 이었다.

"블루 플래시는 지난 주 암호입니다. 이번 주는 '레드 선'이에요. 지금은 일요일 밤이고, 암호는 일요일 열여덟 시에 바뀝니다."

그 영어는 완벽하고 오만하며 조롱기가 섞여 있었다. 지나치게 완벽한 영어? 나치 독일의 영어 선전 방송 같은?

스탠이 소리쳤다.

"암호가 일요일 열여덟 시에 바뀌는 건 압니다. 지난 주는 '블랙 스톤'이고, 이번 주는 '블루 플래시'예요."

"봅시다. 이런, 맞군요. 제가 실수했습니다. 밖이 너무 시끄러워서 머릿속이 뒤죽박죽이 된다니까요."

"그러면 '레드 선'은 어디서 나온 말입니까?"

스탠이 버럭 성을 냈다.

"다음 주 암호가 아닐까요?" 목소리가 약간 불안해졌다.

"다음 주 암호가 수요일 전에 발표되는 일은 없어요!"

"그게, 아무래도 누군가 큰 실수를 한 것 같은데요."

목소리는 갈수록 거짓 냄새를 풍기면서 아주 우스꽝스러웠다. 외국인이 흉내내는 퍼블릭 스쿨(고급 사립학교-옮긴이)의 말투.

"당신 누구쇼?"

스탠이 고함쳤다. 전화는 뚝 끊겼다. 스탠은 몸이 부르르 떨렸다. 자신이 지금 적군 낙하산병들에게 암호를 알려 준 것인가?

맥길 씨는 전화로 천천히 또박또박 말했다.

"에밀리 거리에 가옥 두 채 파손. 가스 본관 균열로 가스가 타고 도로가 봉쇄됨. 가옥 안에 세 명이 갇혀 있을 가능성. 적어도 한 명은 아직 생존. 모턴 스트리트 쪽 뒷길로 접근 가능."

그는 전화기를 내려놓고 피곤한 눈을 닦았다. 다시 고개를 들자 아내가 유령 같은 얼굴로 서 있었다.

"매기!"

"애가 달아났어. 종소리를 듣고 달려 나갔는데, 찾을 수가 없어. 당신도 같이 나가서 찾아야 돼."

"애가?" 그가 흔들리지 않고 말했다. "애가 왜 나가?"

아내의 얼굴이 일그러졌다. 입이 떨리다가 눈이 구겨지고, 이어서 새 무늬가 그려진 파란 두건 아래의 창백한 뺨 위로 눈물이 흘러내렸다. 아내의 이런 모습은 처음이었다.

그의 무릎 위로 피해 보고가 또 한 건 떨어졌다. 젖은 담뱃갑 뒤쪽에 연필로 급히 휘갈긴 메모였다. 그는 다시 지역 본부로 전화를 걸었다. 메모는 해독하기 어려웠다.

"윔블던 테라스 11번지 앞마당에 다친 소년 한 명 쓰러져 있음. 아니, 그건 윔블던 테라스 17번지입니다. 일, 칠이요. 멘딥 로드와 연결되고 강으로 가는 왼쪽 두 번째 길이요. 소년은 이동 불가능. 척추 부상 의심. 구급차 필요."

그는 전화기를 내려놓았다. 아내가 흐느끼면서 작전 탁자에 쓰러졌다. 그는 불안스레 아내의 어깨를 흔들었다.

"진정해. 우리 아이가 아닐 거야. 녀석은 괜찮을 거야."

아내가 고개를 들었고, 그 얼굴에는 여태껏 그가 보지 못한 표정이 떠올라 있었다. 아내의 손이 맹수의 발톱처럼 그의 어깨를 잡았다.

"가서 찾아야 돼. 같이 나가서 찾아. 나를 도와줘, 제발 도와줘. 어떻게 해야 할지 모르겠어!" 맥길 씨는 절박한 표정으로 주변을 둘러보았다. 대원들이 보고 있었다. 한 사람은 손에 새로운 피해 신고 쪽지를 들고 있었다. 맥길 씨는 자동적으로 그걸 받아서 전화기를 들었다.

"도크 로드 창고에 화재 발생. 안에 든 물품은 포목임. 아직 유해 가스는 없음. 인근 등유 가게로 불길이 번질 위험이 있음. 도크 로드는 돌 더미로 봉쇄되었음. 접근 방법은……."

고개를 돌리니 아내의 어깨가 지도를 가로막고 있었다. 그는 접근 루트를 볼 수 없었다.

"이 여자 밖으로 끌어내."

그는 낯선 사람에 대해 명령하듯 소리쳤다. 그 목소리는 돌처럼 딱딱했다. 두 명의 지도원이 맥길 부인을 일으켜 세웠다.

"진정하세요, 부인."

둘 중에 좀 더 나이가 많은 지도원이 어색하게 말하며 부인을 문 앞으로 끌고 가다시피 했다. 부인은 돌아서서 남편을 보았다.

"당신 아이인데도 찾을 생각을 안 하다니. 하느님은 당신을 용서해도 나는 용서 안 해."

그런 뒤 부인은 흐느끼며 어둠 속으로 달려갔다. 맥길 씨는 자신도 아내를 따라 달려 나가고 싶은 충동을 느꼈지만 전화벨 소리가 그 충동을 잠재웠다.

"도크 로드로 소방차가 출동했음."

그는 대원들에게 낮은 목소리로 말했다. 다른 지도원 한 명이 지도에 빨간 핀을 꽂았다. 맥길 씨를 보는 사람은 아무도 없었다. 그는 지독하게 외로워졌다. 하지만 독일군이 선을 끊을 때까지 전화기 곁을 지키겠다는 결심은 흔들리지 않았다.

"시간이 됐어요, 루디."

클로거가 말했다. 하지만 그 말은 기관총을 고칠 시간이라는 뜻이었다. 루디는 친숙한 얼굴들을 둘러보았다. 하지만 그 얼굴들은 이제 친숙하지 않았다. 클로거가 기관총 부품을 감싼 기름천을 앞으로 내밀었다.

루디는 망설였다. 이런 기관총을 어린애들 손에 맡기는 건 잘못된 일이었다. 하지만 오늘 밤 과연 어떤 일이 옳은 일일까? 자신의 민족이 이 나라를 침공하고 있다. 그는 종소리를 들었다. 혼란스러웠다. 블라이스 해변에 상륙하는 무리, 그들은 친구인가 적인가? 이 아이들은 그들을 죽이고자 한다. 이들은 적인가 친구인가? 루디는 더 이상 판단할 수 없었다. 모든 게 뒤죽박죽이었다. 너무도 무력하고 뒤죽박죽이라, 그는 자기 앞에 내밀어진 기름천과 아이들의 기대에 찬 표정을 외면할 수 없었다.

그는 램프 빛 아래 고개를 숙이고 부품들을 맞추었다. 클로거가 그렇게 오랫동안 씨름하던 일이 일 분 만에 끝났다. 그는 총의 공이치기를 당기고, 사람이 없는 틈새를 향해 방아쇠를 당겼다. 문제는 해결되었다.

"공이치기를 그렇게 당기는 거구나." 채스가 말했다.

"우리가 그 부분에서 잘못한 거야. 다시 한 번 당겨야 하는 걸 잊었어."

그 목소리에는 기쁨과 흥분이 담겨 있었다.

"그러면 이제 누가 루디를 배까지 데려다 주지?"

"내가 할게."

니키가 말했다. 모두가 재빨리 악수를 했다. 하지만 아무도 서로의 얼굴을 보지 않았다. 니키와 루디의 발소리가 어둠 속으로 사라져 갔다. 침묵은 끔찍했다.

"조용히 노래하자."

오드리가 말했다. 그들은 '이히 하트 아이넨 카메라덴'을 불렀고, 그들의 얼굴에서는 많은 눈물이 슬금슬금 흘러내렸다.

2번 초소에서 온 전화가 울렸다. 벨소리에 빌링 제분소 옥상에 있던 사람들이 전부 놀랐다.

"왓슨 병장입니다."

"그래서?"

"길에 나온 사람을 모두 수색할까요? 사람들이 짐을 가지고 길에 쏟아져 나오고 있습니다. 대부분 뉴캐슬 쪽으로 향합니다."

"그래, 다 세우고 수색해. 그리고 가능하면 집으로 돌려보내. 사람들이 나오면 도로가 막히고 공포심만 퍼지니까. 우리는 프랑스처럼 되는 걸 원하지 않아."

"알겠습니다."

스탠은 전화를 끊고 꺼끌꺼끌한 수염 자국을 문질렀다. 지금까지 세 시간을 기다렸지만 확실한 침공 소식은 오지 않았다. 전화 교환국은 이제 아예 전화를 받지 않았다. 폭격을 당했나? 적에게 잡혔나? 아니면 그냥 눈사태처럼 밀려드는 전화에 파묻혔나?

"우리가 승합차를 타고 성채까지 가 보는 게 어떨까, 주임 원사? 그쪽에서는 확실한 걸 알고 있을지도 모르잖아."

"저도 그러고 싶습니다. 하지만. 이미 수많은 사람이 종이 연처럼 사방을 팔랑거리며 다니고 있지 않습니까? 우리는 그냥 자리를 지키면서 본연의 일에 충실한 게 좋을 것 같습니다. 우리가 돌아선 순간 초소에 무슨 일이 생길지도 모릅니다. 전투에서 가장 힘든 건 언제나 그거죠. 앉아서 기다리는 거요. 송구스럽습니다만."

샌디는 구두 뒤축을 붙이며 경례했다.

"그러면 계속 지켜 주게, 주임 원사."

스탠이 말했다. 하느님이 자네의 단순한 심장을 축복해 주시기를.

1번 초소에서 걸려 온 전화가 높고 날카롭게 울렸다.

"멀린스입니다. 독일군이 왔습니다. 어쨌건 제 판단은 그렇습니다. 거기 병력을 모두 데리고 오실 수 있습니까?"

그들은 라이플 총을 격렬하게 부딪히며 승합차에 예비 대원 열두 명을 구겨 태웠다. 스탠은 1번 초소를 생각하며 운전했다. 그곳은 단단하게 잘 지은 콘크리트 토치카였다. 그곳에 있는 A 소대는 가장 강한 소대였다. 낡은 캐나다 라이플 총과 구식 루이스 기관총을 든 서른두 명의 남자는 중대의 자랑이었다. 거기 열네 명이 더해지면 꽤 훌륭한 모습일 것이라고 스탠은 생각했다. 하지만 왜 총소리가 전혀 안 들리는 거지?

그들은 끼이익 브레이크를 밟고 조용한 토치카 옆에 승합차를 세웠다. 멀린스가 기다리고 있었다. 남자들은 재빨리 튀어나와서 토치카 뒤로 숨은 뒤 모퉁이 밖을 불안스레 살폈다.

"놈들은 어느 쪽에 있나, 멀린스?"

"도로에 있습니다. 다리 저편에요. 트럭으로 왔고 이삼백 명가량 됩니다. 정확히는 몰라도 하여간 트럭 열 대와 사령관 전용차가 있습니다. 지금은 차에서 내려 어슬렁거리고 있습니다. 화이트로드 씨가 책임자로 보이는 사람과 이야기를 하고 있습니다."

"이야기를 한다고?"

"놈들은 우리를 협박해서 이곳을 통과하려고 하는 것 같습니다. 하지만 이 토치카의 병력이 얼마나 작은지 저들은 알 수가 없지 않습니까?"

"뉴캐슬 방향에서 와서 해변 쪽으로 가고 있다고 했지?"

"그것도 놈들의 수작입니다. 대장님이라도 그렇게 하시지 않겠습니까?"

"그들이 독일군이라는 걸 어떻게 알지?"

"분명히 외국인입니다. 떠드는 소리를 들으면 압니다. 그리고 이동 명령서도 없습니다. 화이트로드 씨는 그들이 오자마자 그걸 보여 달라고 요청했습니다."

그러는 동안 스탠과 샌디와 병장은 다리를 건너 트럭들이 있는 곳으로 갔다.

"영국군 트럭이야." 스탠이 말했다.

"됭케르크에서 우리 트럭이 많이 약탈당했습니다." 샌디가 말했다.

"영국 군복이야." 스탠이 말했다.

"하지만 영국식으로 입지 않았습니다." 샌디가 말했다.

"단정치 못하고 흐느적거립니다."

두 사람이 도로 가운데 서서 격렬하게 따지고 있었다. 한쪽은 화이트로드 씨고, 다른 쪽은, 글쎄, 영국인이 아닌 것은 분명했다. 숱 많고 검은 콧수염이 입 꼬리 쪽으로 휘어져 있었다. 역시 숱 많은 눈썹은 광대뼈까지 늘어졌다. 억양이 강하고 몸짓도 격렬했다.

"선생님이 오셔서 기쁩니다." 화이트로드가 말했다. 그는 공립학교 출신의 안경잡이 평발 친구였다.

"이 장교가 말하기를 자신은 소령이고 이름은 어……."

"코슬로프스키입니다. 스타니슬라우스 코슬로프스키. 폴란드 자유군 소령으로 사령관님의 분부를 기다리고 있습니다."

그는 군화 뒤축을 착 붙이며 경례했다. 영화에 나오는 듯한 경례였고, 악수는 곰하고 하는 느낌이었다.

"만나서 정말로 기쁘고 놀랍습니다."

"왜 이동 명령서도 없이 이동을 하는 겁니까?"

"이동 명령서는 필요없습니다. 독일군이 온 걸로 충분합니다. 우리는 독일군을 죽이러 갑니다. 독일군을 죽이는 데도 명령서가 필요합니까? 폴란드 인은 명령 없이 나치를 죽일 수 있습니다."

"모두가 명령 없이 섣불리 움직이면 혼란만 커집니다."

"영국인은 늘 그렇죠. 모든 걸 깔끔하게 정돈시키려고 해요. 쥐똥나무 생울타리나 아내의 부엌처럼. 나는 아내가 없습니다. 아이들하고 같이 바르샤바 외곽 도로에서 죽었습니다. 나치 군이 총을 쏴서 피걸레로 만들었죠. 절대로 깔끔하지 않아요."

"안됐군요."

스탠이 짜증을 느끼며 말했다. 하지만 그는 이 사람들이 정말로 그토록 효율적인 독일 베어마흐트일까 하는 의문이 들었다.

"우리 장군을 만나 보십시오."

콧수염의 남자가 스탠을 곰처럼 안고서 끌고 갔다.

"제라르트 노비츠키 공 장군입니다."

스탠은 몸을 빼내려는 시도조차 하지 않았다. 그건 너무 위엄 없는 행동 같았다.

창백한 달빛 속에 선 노비츠키 공 장군은 희극 음악에서 나온 인물 같았다. 가운데가 뾰족 솟은 사각 모자, 승마용 망토 차림에 창백하고 귀족적인 얼굴 선. 키는 5피트 정도밖에 되지 않았고, 나이는 일흔은 된 것이 분명했다.

"친애하는 리들 대장. 영국 자치 방어대 소속인 걸 알겠소. 다리를 정말로 굳세게 지키고 있구려. 동맹군에게도 열지 않으니."

스탠은 부끄러웠다. 독일군은 이런 인물을 꾸며 낼 수 없을 것이다.

“이 문제를 어떻게 하는 게 좋겠소, 대장? 함께 대장의 본부로 갑시다. 우리의 튼튼한 수하들이 여기서 서로를 지키게 하고 말이오. 우리 쪽에서 먼저 발포하는 일은 절대 없을 거요.”

그는 외국어로 소리쳐 명령했다. 크지 않은 목소리였지만 은종처럼 낭랑해서, 그날 밤의 온갖 소음을 뚫고 전달되었다.

“내 차를 타고 편하게 갑시다.”

“자리 잘 지키십시오, 화이트로드 씨.”

스탠이 장군의 차로 가면서 나직하게 말했다. 무언가 당했다는 느낌이 들었다.

뚱보 하디는 상황을 잘 통제했다. 그의 주요 임무는 독일군 낙하산병과 파괴 활동가들의 새빌 스트리트 진입을 막는 것이었다. 어쨌건 그곳은 가머스의 중심 도로였다. 그는 파괴 활동가들이 뒷길을 선호할 거라는 생각은 하지 못했다. 어쨌건 그가 모든 것을 책임질 수는 없는 노릇이었다.

그래서 그는 그곳을 지켰다. 지나가는 세 명의 특수 경관에게 도움을 강청했고 운 좋게 그중 한 명에게 자동차가 있었다. 그 차로 새빌 스트리트를 통행 공간만 남기고 막았다. 뚱보는 무너진 집에서 탁자와 의자를 가져다 그 앞에 놓은 뒤 의자에 푸짐한 엉덩이를 내려놓았다. 근처에 집이 불타고 있어서 행인의 신분증을 검

사할 만한 조명이 되었다. 그런 뒤 휴가를 맞아 귀향한 군인 두 명이 라이플 총을 가지고 왔다. 완벽한 구성이라고 뚱보는 생각했다.

정말로 그랬다. 피란민 행렬이 빠른 속도로 만들어졌다. 화재 현장으로 달려가던 소방차 세 대가 소방관의 신분증을 제시하지 못해 그곳을 통과하지 못했다. 그들은 독일 파괴 활동가들은 결코 익히지 못했을 격렬한 욕을 퍼부으며 떠났다.

그 직후에 루디와 니키가 모퉁이를 돌아 나오다가 행렬에 부딪혔다. 사실 그게 줄인 줄도 모르고 그냥 앞으로 지나가려고 했다.

"이봐, 거기 줄을 서야지. 네가 뭐라고 줄을 안 서?"

옷 바구니에 이불과 통조림 식품을 잔뜩 담아 든 덩치 큰 남자가 사납게 말했다. 모두가 그들을 돌아보았다. 그들은 어쩔 수 없이 줄 끝에 가서 섰다.

"뛰어요."

니키가 소리쳤다. 루디는 니키의 손을 잡았다. 얼음처럼 차갑고 격렬하게 떨렸다.

"걸어서 가자."

루디가 말했다. 그는 아이를 위해서 간신히 마음을 다스렸다.

하지만 둘이 돌아서자 총검을 찬 군인이 그들을 돌려 세웠다.

"줄로 돌아가! 감출 게 없으면 뭐가 두려워?"

그는 두 사람의 얼굴에 대고 총검을 휘둘렀다. 군인 역시 다른 사람들과 마찬가지로 겁에 질려 흥분해 있었다.

뚱보 하디는 탁자 앞으로 오는 모든 사람에게 까다롭게 굴었다. 신분증만으로는 부족했다. 짐도 꺼내 보이고 어디로 가는지도 말해야 했다. 사람들은 욕을 했고 그도 욕으로 응답했다. 분위기는 점점 긴장되어 갔다. 그리고 루디와 니키는 점점 앞으로 다가갔다.

"어떻게 하죠?" 니키가 속삭였다.

"아무 일도 할 수 없어. 뛰면 군인들이 쏠 거야. 유일한 방법은 네가 내 손을 놓는 거야. 너 혼자서라면 괜찮아. 그러니까 현명하게 행동해, 알겠지?"

하지만 니키는 루디의 손을 더 꽉 잡았다.

잠시 후 그들은 탁자 앞에 이르렀다.

"신분증?" 루디의 혀는 입에 달라붙었다.

"뭐야, 신분증 내놔요."

뚱보 하디는 실눈으로 그들을 보았다. 그는 땀을 흘리고 있었다. 루디는 니키가 숨을 깊이 들이쉬는 걸 느꼈다.

"신분증 없어요."

니키가 말했다. 불량소년의 말투였다. 머리에는 눈만 보이는 낡은 헬멧을 쓰고 있어서 학교 친구라도 그를 알아볼 수 없었다.

"닥쳐. 네 아버지한테 하는 말이야."

"우리 아버지는 귀머거리에 벙어리에요." 니키는 루디의 손을 더욱 꽉 잡았다. "할머니가 무사하신지 보러 가는 거예요."

"이름이 뭐야?"

"웹스터요."

"어디 살아?"

"사이먼 스트리트요."

"하지만 사이먼 스트리트는 저쪽이잖아."

뚱보 하디가 엄지 손가락으로 바리케이드 반대편의 조용한 거리를 가리켰다. 루디는 니키가 숨이 막히는 것을 느꼈다.

"우리 할머니가 사이먼 스트리트에 산다고요."

뚱보 하디가 루디를 노려보았다.

"사이먼 스트리트에 벙어리 친척이 산다는 말은 처음 듣는걸. 우리 집이 거기랑 길 세 개밖에 안 떨어져 있는데 말이야. 이봐. 이거 좀 수상한걸. 두 사람 무슨 수작인 거지?"

하디의 흥분한 목소리에 군인 두 명이 총검을 내밀었다. 루디는 눈을 감았다.

그때 "살려줘요." 하는 비명이 희미하게 들렸다. 모두가 고개를 돌렸다. 덩치가 아주 큰 사람이 입을 벌리고 두 팔을 휘두르며 달려왔고 조그만 여자가 그 뒤를 쫓아왔다.

"존이에요."

니키가 속삭였다. 덩치 큰 남자가 줄로 뛰어들자 사람들은 볼링

핀처럼 흩어졌다. 그는 단숨에 자동차의 보닛에 가 부딪혔다.

"잡아!"

뚱보 하디가 소리쳤다. 두 명의 특수 경관이 달려들어 존의 두 팔을 잡았다. 그는 황소처럼 울부짖으며 그들을 떨쳐 냈다. 그러더니 뚱보 하디의 탁자를 엎었다. 하디가 그를 잡았고, 사람들이 도와주러 달려왔고, 탁자가 쓰러지면서 그 밑에 여러 사람이 깔렸다.

한 사람이 귀에 피를 흘리며 탁자 밑에서 뛰어나왔다.

"이 사람이 나를 물었어요. 나치 새끼!"

브라운리 부인이 두 손을 비틀었다.

"제발 우리 아이를 놀라게 하지 마세요. 양처럼 온순한 아이예요. 제발 겁을 주지 마세요."

사람들은 마침내 존을 일으켜 세웠고, 뚱보 하디는 그의 손목에 수갑을 채웠다.

"부탁이에요. 이 애는 나치가 아니에요."

브라운리 부인이 흐느꼈다. "우리 아들 존이에요."

뚱보 하디는 씩씩거리며 알아듣지 못할 말을 중얼거리는 덩치를 바라보았다.

"이제 어디로 가?" 존이 말했다. "이제 어디로 가?"

"이런, 스퀘어에 사는 바보잖아. 바보가 흥분했어. 정신병원에 넣어요, 아줌마. 당장. 차에 태워."

“안 돼요. 아이를 제게 넘겨주세요. 평소에는 양처럼 온순해요.”

“모페스에 가서 의사한테 말해 봐요.”

그때 누가 루디의 손을 당겼다.

“가요.” 니키가 나직하게 말했다.

아무도 그들이 떠나는 걸 알아차리지 못했다.

니키는 보트창고의 강 쪽 문을 열었다.

“성채 절벽에서 멀리 떨어질 때까지는 노를 저어서 움직여요.”

니키가 말했다.

“그런 다음에 이 밧줄을 당겨서 큰 돛을 올려요. 작은 돛은 구조가 복잡하지만 별로 중요하지 않아요.”

“알았어.”

루디가 보트에 올라타며 말했다. 물에 익숙하지 않은 그의 발밑에서 보트가 사납게 흔들렸다. 그는 자리에 앉아서 돛을 풀었다.

“고마워 니키. 좋은 생각이었어. 폴리차이한테 내가 귀머거리 벙어리 아빠라고 말한 거. 나는 죽었다고 생각했어.”

“루디?”

“야?”

“아저씨가 우리 아빠면 좋겠어요. 아저씨랑 같이 가면 안 돼요?”

루디는 그 목소리에 눈물이 담겨 있다는 것을 알았다.

“나인. 내가 가는 곳은 네가 갈 곳이 아냐.”

“보트도 줄 수 있어요. 나는 항해 잘해요. 문제는……. 보트가 가면 아저씨도 가고, 아무것도 안 남아요.”

“나인, 리블링. 많이 남아. 너의 카메라트들, 기관총, 너의 나라.”

“하지만 아저씨가 더 좋아요. 우리 아빠보다도요.”

“나도 그래. 하지만 우리는 각자 의무가 있어. 전쟁이 끝나고 보자. 그러면 우리는 모두 카메라트가 되는 거야.”

아이는 울음을 터뜨렸다. 루디는 어둠 속으로 배를 저어 나가며 울음이 잦아들기를 바라는 것밖에는 아무것도 할 수 없었다.

달은 밝았고, 노걸이는 삐거덕거렸고, 방재선 경비정이 아주 가까이 있었다. 루디는 노 다루기가 쉽지 않다는 걸 알았다. 배가 자꾸 경비정 쪽으로 돌아섰다.

이러다가는 금세 들킬 거야, 루디는 생각했다.

하지만 머리 위에서 다시 폭격기들의 포효가 시작되었다. AA 포들이 포효하자, 경비선의 눈이 모두 하늘로 돌아갔다. 루디는 고개를 들어서 날개에 작은 십자 모양이 그려진 검은 비행기들이 몸을 비틀며 탐조등 불빛 속으로 들어가는 것을 보았다.

“불쌍한 것들!”

그러고 나서 불타는 도크를 보고 똑같이 말했다.

“불쌍한 것들!”

전쟁은 한심했지만, 그는 영웅적으로 계속 노를 저었다. 달리 할 수 있는 일이 없었다.

성채 절벽을 돌자 바람이 느껴졌다. 돛을 올리고 북동쪽으로 방향을 틀었다. 침공이 시작됐다면 그곳에 독일군 함대가 있을 것이다. 밤바람이 돛을 부풀렸고 물은 이물과 고물 아래서 쿨렁댔다.

노비츠키 공 장군은 빌링 제분소 의자에 우아하게 앉아서 작은 승마 부츠 신은 발을 엇갈렸고, 스탠은 요크에 있는 북부 사령 본부와 연락을 했다.

"북부 사령부. 윌버포스 장군 부관입니다."

느릿한 옥스퍼드 영어가 들려왔다.

"가머스 자치 방어대입니다. 블루 플래시."

"여기도 블루 플래시. 말씀하시죠."

스탠은 이곳의 일을 설명했다. 전화기 저편의 나른한 목소리가 신음 소리를 냈다.

"설마 이번에도 노비츠키 무리는 아니겠죠! 희극 오페라 같은 옷을 입은 조그만 노인 말예요? 아, 폴란드 군대인 건 맞아요. 지금 그 사람들이 뭘 하고 있나요?"

스탠은 설명했다.

"하지만 지금 독일군 침공은 없어요. 오늘 밤 레이더 화면은 모

두 깨끗해요. 블라이스 경찰 전화 박스에서 일어난 전류 단락 때
문에 종이 울렸고, 그다음에 모든 일이 눈덩이처럼 커졌죠. 완전히
헛소동이라고요. 노비츠키에게는 짐을 싸서 집으로 돌아가라고 하
세요. 그 사람은 휘발유만 낭비하고 있어요."

"직접 말씀하시죠."

스탠이 말했다. 일이 이렇게 마무리 되자 그는 참을 수 없는 피
로를 느꼈다.

"그 사람을 바꿔 줘요."

전화를 넘겨받은 노비츠키 장군은 새처럼 고개를 한쪽으로 기
울이고 이야기를 들었다.

"그렇구려! 하지만 내가 직접 블라이스에 가서 봐야겠소. 후회
하는 것보다는 안전한 게 나은 법이니까요."

"장군의 이달치 휘발유 배급량은 그게 끝입니다."

전화기 저편의 목소리가 날카롭게 외쳤다.

"독일군이 오면 더 줄 거지요?"

노비츠키는 천사 같은 미소를 짓고 전화기를 내려놓았다.

"블라이스에 가서 독일군을 찾아볼 거요. 하지만 가기 전에 시
달 대장, 당신과 용감한 부하들을 위해 건배를 합시다."

"리들입니다."

스탠이 말했다. 노비츠키 공 장군은 술병과 술잔 두 개를 꺼냈

다. 술은 스탠의 입에 불처럼 타올랐다. 노비츠키가 자기 잔을 벽난로에 던져 깨고 떠나는 게 희미하게 의식되었다. 스탠은 목을 긁는 소리를 내며 1번 초소와 연결된 전화기를 들고 멀린스 병장에게 폴란드 호송대를 통과시켜도 좋다고 말했다.

루디가 깜짝 놀라 깨어나 보니, 자신은 아직도 어둠 속의 작은 보트에 있었다. 깜박 잠이 든 게 분명했다. 사방이 너무도 조용했다. 평화롭고 추웠다.

그는 육지 쪽을 보았다. 총소리는 멎었고 폭격도 그쳤다. 가 강위로 보이던 분홍색 불꽃도 사라져 갔다. 반대편, 독일군 침공 함대가 있어야 할 블라이스 근처 바다는 그저 어둠에 잠겨 있었다.

그 순간 루디는 침공은 없다는 것을 깨달았다. 독일군은 아무리 가까워도 300마일 바깥에 있는 것이 분명했다. 영국인의 히스테리였다. 그는 그 어느 때보다 더 외로워졌다. 그는 독일을 향해 삼십 분 동안 나아갔고, 그 사이에 손발은 천천히 마비되었다.

그는 마침내 욕을 하면서 키를 돌려 다시 가머스로 향했다. 차가운 영웅주의는 그에게 없었다. 그는 자신의 집인 요새로 돌아가기로 마음먹었다.

17

폭격이 그치자 가머스의 히스테리도 그쳤다. 침공이 없다는 진실은 애초의 헛소문만큼이나 빠른 속도로 퍼졌다.

순식간에 평범한 월요일이 되었고, 비가 왔다.

뚱보 하디는 자전거를 타고 헐떡임 속에 블라이스 로드를 달리며 중얼중얼 욕을 했다. 침공에 대한 헛소문만으로는 부족하다는 듯이 네 명의 아이가 실종되었다. 혼비백산한 부모 여덟 명이 경찰서를 지옥으로 만들었다. 전화로 아이들의 이름을 들을 때까지만 해도 건성이었다. 그가 기겁을 한 것은 히스 숲을 바다 앞까지 수색하라는 명령을 받고서였다. 풀이 빽빽한 1평방마일의 땅을 자기 혼자 맡아야 했다. 지난밤을 홀딱 새웠는데 말이다. 티타임에도 집에 가지 못할 것이다.

그런데 저게 뭐지? 군인인가? 군인들이 트럭에 잔뜩 타고 있네. 아하! 저 사람들을 잘 꼬이면 한 시간 후에 집에 가서 아침 식사를 할 수 있을지도 몰라. 그는 경찰관의 권위 있는 태도로 손을 들었다.

호송대는 멈추어 섰다. 짙은 콧수염의 얼굴이 맨앞 자동차에서 나왔다.

"경관, 안녕하십니까. 우리가 뭘 도와드릴까요?"

외국 군인? 그는 남자의 견장을 보았다. 아, 폴란드 군대로구나. 좋아, 아무렴 혼자보다야 낫지. 저들도 어쨌건 눈이 있으니까. 그가 할 일을 설명했다.

"아, 그래요. 기꺼이 도와드리겠습니다. 우리가 해변까지 일렬로 서서 저기 폭격당한 집까지 훑겠습니다. 우리 병사들은 좀 걸어야 해요. 밤새 갇혀 있었으니까요. 독일군은 아무 데도 없더군요. 노비츠키 공 장군께 말씀을 드리고 곧 시작하겠습니다."

폴란드 군대는 재빨리 퍼져서 열을 이루었다. 그들은 버릇대로 무기를 휴대하고 수색을 시작했다. 멀리, 히스 숲 너머 겨울 나무들 위로 니키의 집이 떠올랐다.

정신이 들자 채스는 깜짝 놀랐다. 턱이 거친 모래주머니에 얹혀 있었다. 처음에는 잠든 게 부끄러웠지만, 둘러보니 다른 아이들도 모두 잠들어 있었다. 온몸이 뻣뻣했다. 배 속에서 요란한 소리가 났다. 다른 아이들처럼 그도 밤을 절반쯤 지날 때까지 손에 닿는 것은 무엇이나 먹었다. 먹고 또 먹으면 울렁거리는 느낌이 없어졌다.

무슨 이야기를 했지? 다치는 게 어떤 건가 하는 것, 죽는 게 어떤 건가 하는 것. 하느님에 대해서 말도 안 되는 논쟁을 하다가 니키가 묘지기를 때리자, 평소에는 차분하던 묘지기가 격렬하게 반격했다. 오드리는 『헨리 5세』에 나오는 아쟁쿠르 연설(『헨리 5세』는 셰익스피어의 역사극. 아쟁쿠르 연설은 아쟁쿠르 전투를 앞두고 헨리 5세가 한 애국적인 연설이다-옮긴이)을 외워서 낭송했는데, 모두가 그건 헛소리라고 소리치자 눈물을 터뜨렸다. 참담하고 어리석은 밤이었다.

그는 총안 밖을 내다보았다. 모든 것이 고요하고 조용했다. 세상이 텅 빈 것 같았다.

독일군은 어디 있을까? 모두가 우리만 남겨 놓고 달아났나?

희끄무레하기는 했지만 새 하루가 밝는 새벽이었다. 안개는 히스 숲 너머 바다까지 쭉 뻗어 있었다.

그러다 채스는 깜짝 놀랐다. 안개 속에서 군인들이 줄을 지어 걷고 있었다. 회색 군복이었고, 거친 외국어로 서로를 불렀다. 수백, 수천 명은 되는 것 같았다!

"클로거! 홍당무! 일어나, 놈들이 왔어. 독일군이 왔어."

그들은 벌떡 일어났다. 모두의 심장이 엔진처럼 쿵쿵 뛰었다. 클로거는 루거 권총을 잡고 참호로 뛰어들었다. 묘지기는 공기총을 잡고 반대편으로 뛰어갔다. 니키는 기관총 탄창을 잡았다.

"장전!" 채스가 소리쳤다. "공이치기 당겨. 사정거리는?"

"흰색 울타리까지 왔어." 클로거가 소리쳤다.

"350야드야."

"300야드야."

"무슨 소리야." 채스가 말했다.

"내가 걸으면서 열두 번은 재 봤어."

"네 걸음은 1야드가 안 돼." 클로거가 확고하게 말했다.

"돼." 채스는 조준기를 350에 확고하게 맞추었다. 그는 독일에서는 야드 대신 미터를 쓴다는 걸 미처 몰랐다. 채스는 엎드려서 눈을 조준경에 대고 어깨를 움찔거려 자세를 편하게 했다. 첫 번째 군인이 울타리로 다가오는 게 보였다.

"어, 뚱보 하디가 같이 있네. 하디가 사람들한테 여기저기를 가리키고 있어."

"놈들에게 붙은 거야!" 클로거가 소리쳤다.

"포로로 잡힌 건지도 몰라."

"그건 우리가 어쩔 수 없는 부분이야. 놈들이 닥치기 전에 쏴!"

기관총이 불을 뿜으며 채스의 두 손에 탕탕 부딪혔다. 연기가

모두 사라지자 눈앞에는 아무도 보이지 않았다. 전부 죽었을 리는 없는데, 그가 생각했다.

그때 독일군의 대열이 있던 땅바닥에서 총들이 불을 뿜었다.

뚱보 하디는 어리둥절했다. 방금 전까지 어깨에 힘을 주고 군대를 지휘하며 히스 숲을 걷고 있었는데, 갑자기 누군가에게 떠밀려 더러운 시냇물에 얼굴을 박고 있었다.

"뭐야, 무슨 일이야?" 그가 침을 튀기며 일어섰다. 튼튼한 폴란드인이 그를 다시 쓰러뜨렸다.

"엎드려 있어요. 독일군이에요."

머리 위로 또 한 차례 총탄 세례가 지나갔다. 그런 뒤 폴란드 군이 대응 사격을 했고, 어마어마한 소음이 귀청을 찢었다. 모래와 바위 파편이 니콜 가 앞쪽 땅에서 정신없이 튀어 올라왔다. 엄호 사격 속에 폴란드 군 일부는 팔꿈치에 라이플 총을 끼고 빠른 속도로 앞으로 기어갔다.

"사격 중지!" 뚱보 하디가 소리쳤다. "그러다 사람 죽어요!"

"그게 우리가 하는 일이에요, 나치를 죽이는 것."

코슬로프스키 소령이 침착하게 말했다.

"하지만 독일군이 없잖아요."

"그러면 방금 전의 총탄은 뭐죠? 보이스카우트인가요? 낙하산병이에요.” 소령은 큰 소리로 다시 명령을 내렸고, 다시 한 번 머리 위로 총탄 세례가 지나갔다.

“바보 같은 나치가 너무 높이 쏘고 있군. 곧 잡을 수 있어. 수류탄 하나면…… 쾅!”

그러더니 갑자기 사격이 그쳤다. 하디는 고개를 들었다. 허수아비 같은 사람이 나뭇가지에 더러운 백기를 달고 적군 기관총 바로 앞쪽 나무들 틈에서 걸어 나왔다.

“아주 나치답군요. 비겁한데다 옷차림도 엉망이에요. 저런 스파이는 그냥 총을 쏴야 돼요.”

“백기 든 사람을 쏘면 안 돼요.” 뚱보 하디가 침을 튀겼다.

“그건 정정당당한 일이 아니에요.”

“하, 영국 신사라는 거죠. 늘 정정당당 타령이라니까. 자기 집이 불에 타서 무너진 다음에도 정정당당함을 따질 힘이 있는지 한번 봅시다.”

허수아비가 선두의 폴란드 인들에게 다가갔다. 그들은 그의 몸을 수색한 뒤 두 팔을 뒤로 세게 비틀어서 소령에게 데려갔다. 그는 허리를 굽히고 가쁜 숨을 쉬었다.

“루디 게어라크, 루프트바페 하사 764532.”

“스파이.” 소령이 소리쳤다.

“넌 총살될 거야. 너하고 네 동료 모두.”

“동료는 없습니다. 모두 아이들이에요.”

“아이들?”

“야. 아이들이 여섯 명 있어요.”

뚱보 하디의 머릿속에 불이 반짝 켜졌다.

“혹시 그중에 맥길이라는 아이가 있나?”

“야. 채스 맥길.”

뚱보 하디는 얼굴에 흐르는 물방울을 닦았다. 그리고 헬멧을 고쳐 쓰고 가장 험악한 표정을 지었다. 불현듯 그는 거기가 어디인지를 깨달았다.

“맥길. 진작 알아야 했어!”

18

채스는 어떻게 해야 할지 몰랐다. 루디 말고는 독일 군이 아무도 보이지 않았다. 루디는 뚱보 하디와 이야기하고 있었다. 그러더니 모든 게 뒤죽박죽이 되었다.

경찰차가 와서 다리를 저는 경사와 경관 두 명을 토해 냈다. 그런 뒤 승합차가 와서 리들 선생님과 자치 방위대원 열 명을 토해 냈다.

"저 사람들이 전부 독일에 붙은 거야?"

묘지기가 놀라서 소리쳤다. 그러더니 독일군들이 느긋하게 일어나서 담배를 피우며 천천히 사라졌다. 아이들은 영국 사람들이 다칠까 봐 총을 쏠 수 없었다. 웬일인지 스탠 리들은 설령 그가 배신자라 해도 쏠 수가 없었다. 차들이 더 왔다. 채스의 어머니와 아버지가 내리고, 이어 오드리의 어머니와 아버지가.

"우리 아빠잖아." 홍당무가 말했다.

"우리 아빠도 있어." 묘지기 존스가 말했다.

"독일놈들이 우리 부모님을 인질로 끌고 온 걸까?"

"몰라."

채스가 파리를 쫓듯 퉁명스럽게 말했다. 독일군은 이제 지평선까지 물러가서 트럭에 올라탔다. 안개는 사라져 갔지만 채스는 머리에 안개가 내려앉는 것 같았다. 독일군은 떠났다.

잠시 후 경찰과 부모님들이 요새로 다가오기 시작했다. 겁에 질린 인질의 얼굴이 아니었다. 그저 화난 얼굴들이었다. 채스는 아버지가 주먹을 불끈 쥔 것을 보았다.

"아이구, 우리가 무슨 일을 한 거지?" 묘지기가 울부짖었다.

세상에는 두 가지 얼굴이 있었다. 어떤 것이 진짜인가? 슈투카기와 판저스 부대, 돌격 부대와 죽음을 기다리는 기나긴 밤의 세상? 아니면 회초리와 꾸지람, 하급 재판소가 있는 낮의 세상? 알 수 없었다. 그리고 다가오는 사람들 때문에 생각할 시간도 없었다.

아이들은 더는 견딜 수가 없었다. 땅 소리가 나면서 루거 권총 총알이 하늘로 날아갔다. 경찰, 부모님, 자치 방위대 사람들이 일제히 땅으로 몸을 던졌다. 그 모습은 모두가 한심하고 우스꽝스럽고 표독해 보였다.

"물러가요. 우리를 그냥 내버려 둬요." 채스가 악을 썼다.

“안 가면 총을 쏠 거예요.”

그는 사람들 모두가 꼴도 보기 싫어졌다. 그래서 계속 소리 질렀다.

“물러가요! 돌아가요! 우리를 그냥 내버려 둬요!”

부모님들은 움직이지 않았다.

그때 루디가 혼자 일어서서 아이들을 향해 걸어왔다.

“돌아가요, 루디. 돌아가.”

루디는 기관총 사계를 가로막으며 계속 걸어왔다. 아이들은 그의 등 뒤에서 무슨 일이 벌어지는지 알 수 없었고 답답해서 견딜 수 없었다.

“아, 뭐야!”

클로거가 소리치고 루거 권총을 쏘았다. 루디는 멍청한 웃음을 짓더니 아이들에게 한 손을 들어 보이고 쓰러졌다.

“루디!” 오드리가 소리치고 달려 나갔다. 다른 아이들도 모두 달려 나가 그를 둘러쌌다. 그는 땅에 누워서 창백한 얼굴로 무슨 말인가 하려고 했다. 붉은 얼룩이 잿빛 비행 재킷 위로 번져 갔다.

구급차가 떠났다. 아이들이 한데 모여 서 있었고, 어른들이 또 한 무리를 지어 서 있었다. 모든 사람의 얼굴이 아직도 충격에 굳어진 채였지만, 어른들의 얼굴은 천천히 분노로 변해 갔다. 경사가 답답한 듯 수첩을 만지작거렸고, 맥길 씨는 허리띠 버클을 만졌다.

파턴 씨가 이제 어떻게 되는 거냐고 큰 소리로 물었다. 어른들은 마음속에 바쁘게 사태를 정리해서, 좀 더 받아들이기 편한 형태로 만들었다.

"도대체 저 녀석이 어쩌다가 저렇게 된 거지?"

"집에 당장 데리고 가야겠어!"

"깡패 같으니라고!"

스탠 리들은 결심했다. 자치 방위대 사령관 자리에 책임이 있다면 특권도 있었다.

"사람들을 해산시키게."

그가 방위대원들에게 말했다. 그리고 더 강하게 말했다.

"사람들을 모두 집으로 돌려보내. 이건 군사 문제야."

자치 방위대원들은 미안한 표정이 되어 라이플 총으로 부모들을 밀었다. 샌디가 그들을 한 번 바라보자 사람들은 더 반항하지 않았다.

"경관님도 그렇고, 그리고 경사, 자네도 마찬가지야. 자네가 이 일을 내 손에 맡겼으니 일단은 내가 처리하겠네. 곧 다시 넘겨주지."

다리를 저는 경사는 당황한 기색이었다. 스탠은 미안했지만 저 성난 얼굴들이 곁에 있으면 아이들은 진실을 밝히지 않을 것이다. 물러가는 경찰관 두 명의 등은 분노로 뻣뻣해져 있었다.

"그래, 이제 어떻게 된 일인지 좀 설명해 주겠니, 맥길?"

아이들은 그와 샌디를 안으로 들였다. 그리고 모든 질문에 한 마디로 짧게 대답하고는 그만이었다. 샌디가 "좋은 참호로군. 정말 좋은 참호야! 여간해선 허물어지지 않겠어. 1917년 솜 강 전투 때 나한테 이런 참호가 있었다면!" 하고 소리쳤을 때에야 수척한 미소를 지었지만, 그 미소는 떠오르자마자 사라졌다. 스탠은 샌디에게 상황을 맡겼다. 아이들이 그에게 호의를 품은 것이 보였다.

"이곳을 자치 방위대를 위해 접수하겠습니다. 우리한테 이렇게 좋은 참호는 없습니다."

이 주임 원사가 무슨 소리를 하는 거지? 참호가 잘 지어진 건 맞지만 위치가 전혀 엉뚱했다. 여기서 무얼 지킨다는 말인가? 그런 뒤 그는 아이들의 얼굴을 보고 이해했다. 그 짧은 미소가 돌아와 있었다.

"신사숙녀 여러분, 이제 무기를 돌려주시지요. 우리한테 이렇게 좋은 기관총은 없습니다."

채스는 고개를 끄덕였다. 그리고 루거 권총을 들어서 샌디의 커다란 손에 쥐여 주었다.

"아이들한테 빌링 제분소의 총포들을 가끔 구경시켜 주는 게 어떨까요?" 스탠은 고개를 끄덕였다.

"묘지기하고 나는 좋아요." 채스가 말했다.

"우리를 교육 시설에 보내지 않는다면요. 하지만 얘들은 안 돼요." 클로거와 니키를 가리켰다.

"사람들은 얘들을 고아원에 보낼 거예요."

스탠은 그런 일이 없도록 하겠다고 말하고 싶었지만 그럴 수 없었다. 그는 채스와 묘지기를 문제아 학교에 보내지 않겠다는 약속도 할 수 없었다. 그는 채스를 보았다.

"어쩌다가 이렇게 됐는지 처음부터 말해 줄 수 있니?"

채스는 그를 보았다.

"아뇨. 이해 못 하실 거예요. 어른들은 절대 이해 못해요."

"내가 도울 수 있는 건 없니?"

"클로거하고 니키를 같은 고아원에 보내 주실 수 있나요? 니키는 클로거가 있어야 돼요."

"노력해 보마."

"그리고 나중에, 우리가 루디한테 편지 쓸 수 있게 해 주실 수 있나요? 그리고 루디의 상태도 알려 주세요."

아이들의 얼굴이 누그러들었다.

'루디는 복 받았군.' 스탠이 생각했다.

'복 받은 적군이야. 살아난다면.'

"그건 분명히 약속하마."

"고맙습니다."

"우리끼리 잠깐 이야기 좀 하고 싶어요."

스탠이 참호에서 나오자 파턴 씨가 그에게 쿵쿵 달려왔다.

"어처구니없군요. 리들 선생님. 왜 아이들을 못 보게 하는 겁니까? 교육 위원회에 진정하겠어요."

"저는 지금 교육 위원회의 명령에 따라 행동하지 않습니다. 요크에 있는 북부 사령부의 지침에 따라 행동합니다. 불만 사항은 그곳 여단장에게 전달하시지요." 스탠의 목소리가 날카롭고도 엄격했다. "그리고 파턴 씨?"

"네?"

"어젯밤 해변 도로 다리에서 우리 대원들이 파턴 씨 차를 돌려 세웠을 때 어디로 가시는 중이었습니까?"

"레이크 지역에 사는 여동생에게 가고 있었습니다. 봄이면 늘 가거든요."

"한밤중에 말입니까?"

"네."

"오드리를 혼자 남겨 두고요?"

"그건 선생님이 상관할 바가 아닙니다."

"하지만 휘발유는 어디서 난 겁니까?"

스탠은 얼굴을 일그러뜨리고 경사를 돌아보았다.

"이건 경사가 처리할 문제 같네. 암시장 거래야. 나머지 이야기는 지역 신문에서 읽겠네. 아주 자세히 조사해 주게."

“왜 나를 그런 눈으로 보는 겁니까, 맥길 씨?” 파턴 씨가 성마르게 말했다.

“우리 애에 대해서는 별말 않겠습니다.”

맥길 씨가 천천히 말했다.

“다만 그 애는 자기가 독일군과 싸우는 줄 알았다는 점을 생각해 주시기 바랍니다.”

“그런 말 하지 마.” 맥길 부인이 말했다.

“채스는 사람을 죽일 뻔했어.”

“분별력을 말하는 게 아냐. 용기를 말하는 거지.”

“맞아요.” 묘지기 아버지가 딱딱한 눈길로 파턴 씨를 바라보며 말했다.

“그건 우리 애들한테 부족하지 않았습니다. 용기 말이죠.”

그리고 땅바닥에 침을 뱉었다.

“힘내.” 채스가 클로거에게 불쑥 말했다.

“그래, 힘내.” 클로거가 말했다.

“닐 카르보룬둠, 나쁜 놈들한테 기죽지 말라는 뜻이야.”

“편지 해. 내가 루디 소식 알려 줄게.”

“그래, 편지 쓰는 걸 허락받으면.”

그리고 클로거는 싱긋 웃었다. 폴란드 군의 총알이 모래주머니들에 팍팍 날아와 박힐 때, 채스가 포연 속에 서서 겁도 없이 거친 욕을 퍼붓던 장면이 떠올랐다.

"너는 강한 남자야, 채스 맥길. 멋진 싸움이었어. 전쟁이 계속 되면 나중에 진짜 싸움에 나갈 수 있을지도 몰라."

"그랬으면 좋겠다." 채스가 말했다. 그리고 돌아서서 아이들 한 명 한 명을 마지막으로 돌며 악수를 하고 얼굴을 보았다.

"안녕, 니키."

"닐 카르보룬둠."

니키가 애써 눈물을 참으며 기운 없이 말했다.

"안녕, 묘지기. 재판소에서 보자." 묘지기가 웃었다. 평소의 그 말 같은 멍청한 웃음이었다.

"안녕, 오드리. 너는 남자 못지않았어."

"고마워." 오드리가 말했다.

"안녕, 홍당무."

"나도 껴 줘서 고마워. 멋진 경험이었어."

아이들은 이제 다시는 만나지 못할 것을 알고 헤어졌다. 그리고 각자의 부모에게 갔다. 부모들은 아이들의 팔을 거칠게 잡아 끌고 갔다.

"다시는 저 맥길이랑 못 놀아." 존스 부인이 사납게 속삭였다.

"묘지기 존스는 늘 너한테 문제만 일으켰어."

맥길 부인이 말했다. "아빠가 쓰러지실 뻔한 거 아니?"

"저 깡패 같은 애들하고 다시는 어울리지 마. 너도 알지? 네가 꼬임에 약한 거." 홍당무의 아버지가 말했다.

"도대체 어쩌다가 그렇게 된 거니." 파턴 씨가 말했다.

"앞으로 밤에는 절대로 못 나간다. 무슨 수를 써서라도 널 여자로 만들겠어."

"나는 너를 감당 못하겠다." 클로거의 이모가 말했다.

"다른 곳에 보내야겠어."

"가자, 얘야." 경사가 니키에게 말했다.

"어떻게 된 일인지 자세히 설명해 주려무나. 너는 저 떨거지들하고 수준이 다르잖아. 네 아버지는 해군 대령이셨어. 그분이 뭐라고 그러시겠니?"

니키는 숨을 깊이 들이쉬고 말했다.

"꺼져 주시죠."

작은 요새의 아이들

펴낸날	초판 1쇄 2010년 1월 30일
	초판 3쇄 2012년 5월 30일

지은이	로버트 웨스톨
옮긴이	고정아
펴낸이	심만수
펴낸곳	(주)살림출판사
출판등록	1989년 11월 1일 제9-210호

경기도 파주시 문발동 522-1
전화 031)955-1350   팩스 031)955-1355
http://www.sallimbooks.com
book@sallimbooks.com

ISBN 978-89-522-1325-9 43840

※ 값은 뒤표지에 있습니다.
※ 잘못 만들어진 책은 구입하신 서점에서 바꾸어 드립니다.